KB246765

우 리 가 정 말 알 아 야 할 서 양 고 전

그리스 비극

소포클레스 편

우리가 정말 알아야 할 서양 고전

그리스 비극 – 소포클레스 편

초판 1쇄 발행 | 1969년 10월 29일
2판 1쇄 발행 | 1994년 8월 31일
3판 1쇄 발행 | 2006년 11월 10일
3판 7쇄 발행 | 2017년 3월 30일

지은이 | 소포클레스
옮긴이 | 조우현
펴낸이 | 조미현

펴낸곳 | (주)현암사
등록 | 1951년 12월 24일 · 제10-126호
주소 | 04029 서울시 마포구 동교로12안길 35
전화 | 365-5051 · 팩스 | 313-2729
전자우편 | editor@hyeonamsa.com
홈페이지 | www.hyeonamsa.com

© (주)현암사 2006

•잘못된 책은 바꾸어 드립니다.

ISBN 978-89-323-1408-2 04890
ISBN 978-89-323-1417-4 (세트)

GREEK TRAGEDY
SOPHOCLES

우 리 가 정 말 알 아 야 할 서 양 고 전

조우현 옮김

그리스 비극

소포클레스 편

ㅎ 현암사

개정판에 부쳐

그리스 문화는 서구 문화의 고향이자 토양이었다. 그 전성기에 꽃을 피운 비극悲劇은 신이 부여한 운명에 순응하면서도, 때로는 과감히 저항하다 파멸해 가는 인간의 모습을 완성된 형식미와 시적 운율로 담아내고 있다. 고전적 인간관의 전형을 보여 주는 그리스 비극은 2,500년의 시간을 지나오면서 셰익스피어의 비극, 유진 오닐의 희곡, 프로이트의 정신분석학 등 예술과 학문 여러 분야에 크나큰 영향을 끼쳐 왔다.

그리스 희극은 아테네 민주 정치가 융성하던 페리클레스 시대와 이에 이어진 펠로폰네소스 전쟁의 소용돌이 속에서 전성기를 이루었다. 민주 정치 아래에서 언론 자유의 보장은 희극의 본질적 요소인 해학과 풍자, 심지어는 통치자에 대한 신랄한 인신공격까지도 허용되는 넓은 터전을 마련해 주었다. 그리스 전국을 초토화시킨 40년에 걸친 내전 기간 중에도 희극 경연이 번성할 수 있었던 것은 반전 사상의 고취와 평화에 대한 민중의 염원을 반영하였기 때문이다.

이 책은 1969년에 처음 선보인 국내 유일의 그리스 희곡집이다. 그러기에 약 37년이 지난 오늘날까지도 대학이나 연극계에서 꾸

4

준히 사랑받는 것이다. 이번 개정2판에서는 중학생, 고등학생도 쉽게 읽을 수 있도록 편집하였다. 본문에서 연극적인 요소를 넣었으며, 누구나 이 책을 대본 삼아 직접 공연할 수 있도록 우리말 어법에 맞게 대사를 여러 번 다듬었다. 한 편의 공연을 보는 듯 쉽고 재미있다.

　연극 사상 최초의 본격적인 극작가인 아이스킬로스, 그리스 비극을 완성한 소포클레스, 그리스 3대 비극 작가 중 가장 근대적이라고 평가받는 에우리피데스, 그리스 최고의 희극 작가인 아리스토파네스, 희극의 완성자이자 후세의 희곡에 큰 영향을 끼친 메난드로스의 작품을 통해서 그리스 희곡의 드넓은 세계를 경험할 수 있으며, 문학과 연극 전반에 관한 이해의 기초를 마련할 수 있다. 오늘에 다시 그리스 희곡을 음미해 보는 이유다.

편집부

한국인의 필독서 '그리스 희곡'

처음에 세 권의 희랍 희곡집을 낸다고 했을 때 주위에서는 그 기획 자체가 무리라고 했다. 1969년, 경제적으로 어려운 때였으니 누가 한가하게 2,500년 전에 씌어진 희랍극을 읽겠는가 하는 근심 때문이었다. 더구나 그때는 우리나라에 희랍 연극은커녕 희랍어를 전공하는 사람이 거의 없었다. 원전原典 번역이란 원어를 그대로 우리말로 옮기는 것으로, 단순히 어학만 안다고 할 수 있는 일이 아니다.

당시 현암사 편집부의 양문길, 정철진 두 분이 이 희곡집을 기획·편집했고, 작품을 선정하고 번역할 분들을 찾고 부탁하는 일은 전공자인 내가 맡아 했다. 번역을 끝내고 해설문을 쓰느라 무더운 여름날 고생도 좀 했던 것이 생각난다.

희랍 희곡에 관심이 많은 사람의 수도 제한되어 있었고 당시 출판 풍토상 선뜻 응해 줄 사람도 찾기 힘들었으나, 한국에도 서양 연극의 뿌리인 희랍극의 번역본이 꼭 있어야 한다는 사명감 하나로 바쁜 중에도 번역에 응해 주신 분들께 감사할 따름이다.

번역자들의 어학 배경이 다르다 보니 부득이 각자 능한 외국어를 활용하였고, 영어와 불어 번역본을 우리말로 옮기는 수밖에 없었다. 시로 된 희랍극의 맛을 될 수 있는 대로 살려야 한다는 뜻에서 시적 표현에 애쓴 분도 있었고, 공연을 의식해 산문체로 옮긴 분도 있었다.

그간 이 책이 독자들에게 얼마나 읽혔는지 모르겠지만 한 가지 확실한 것은 우리나라에서 유일한 희랍 희곡집이며, 대학이나 연극계에서 희랍극이 읽히고 토론되고 공연되는 데 크게 기여한 것에 대해 번역가의 한 사람으로서 자부심을 느낀다.

이번 개정판에서는 세로 조판이던 것을 가로 조판으로 바꾸었고, 문장도 현행 한글맞춤법통일안에 맞게 다듬었다. 초판이 나왔을 때는 인명이나 지명 등 고유명사의 한글 표기가 번역자들의 어학 배경에 따라 차이가 많았다. 어떤 작품에는 'Jason'을 영어식으로 '제이슨'이라고 했는가 하면 어떤 작품에는 동일 인물을 '이아손'으로 표기하기도 하였다. 개정판에서는 이러한 문제점을 보완하고자 외래어 표기법과 현재의 언어 현실에 따라 이런 고유명사의 발음을 알맞게 수정 보완하였다. 힘든 작업이지만 발음 하나하나에 무척 신경을 썼다.

좋은 번역은 의미를 정확히 전달하는 데 있다고 하지만, 독자들에게 좀더 친절하려면 역시 해설이나 주 또는 용어 해설까지 붙여 주어야 한다. 특히 우리와는 시간 공간적으로 생소하게 느껴지는 희랍·로마의 작품을 번역하는 데 있어서는 더욱 절실하다. 아직도 만족할 수는 없지만 해설, 주, 용어 해설 등을 가능한 한 많이 싣고자 애쓴 것도 이번 개정판의 특징이다.

요즈음 우리 연극계 공연 작품의 내용과 형식이 매우 다양해졌다. 질 면에서는 아직 문제가 많지만 우리 연극 사상 그 형식이 최근처럼 복잡하고 다양한 적은 일찍이 없었다. 이러한 사정 때문인지 관객은 연극의 본질보다 어떤 형식의 극이 공연되는지 더 관심을 갖는다. 시대와 환경이 변함에 따라 연극 형식도 변하는 것은 당연하다. 그러나 연극의 뿌리는 결코 잊어서도 안 되고, 잊혀지지도 않는 것이다.

희랍극은 인간과 신, 자연과 사회, 질서, 윤리들 간의 관계를 심오하게 파고들며, 고양될 수 있는 인간성에 대한 가능성이 문학, 연기, 노래, 춤 등을 통해 총체적으로 표현된 인류 역사상 가장 오랜 예술이다. 우리가 최근 연극 공연에서 볼 수 있는 다양한 내용과 형식도 실은 희랍극에 내재되어 있던 것이다. 이러한 점

을 고려할 때, 최근 희랍극에 대한 논의가 활발해졌으며 공연 횟
수도 늘어 가고 있음은 다행스러운 일이다.

희랍극은 우리와 시간 공간적으로 멀리 떨어져 있는 남의 것
이 아니라 인종, 민족, 국가, 세월의 흐름을 초월한 인류 모두의
문화유산으로 여겨져야 한다. 우리 전통극이 한국이라는 한 지
역의 산물이 아니라 전 세계 사람이 공감할 수 있는 연극으로 인
정되는 것처럼 말이다.

위대한 인류 문화의 유산인 희랍극에 대해 연구를 활발히 하
고, 연극 분야뿐 아니라 예술 전 분야에 끼친 희랍극의 영향을 깊
이 음미하고 재조명할 때 우리의 예술 문화도 더욱 풍성해질 것
이다.

1994년 6월

이근삼(극작가·서강대 신문방송학과 교수)

책머리에

신문학 이후, 우리나라에서는 많은 서구의 문학 작품이 번역 소개되어 왔고, 덜 정돈된 상태로 남겨진 우리의 전통과 충돌하면서 모방과 혼란의 소용돌이를 거쳐 왔다.

서구 문학을 수용하는 태도, 전통 속에서의 올바른 승화, 새로운 창조적 형상화 등 외국 문학을 소화하는 데는 뛰어넘어야 할 여러 어려운 문제가 따르며 무엇보다 민족 문학에서 세계 문학으로의 지향을 모색하는 데는 더욱 큰 난관을 뚫고 나가지 않으면 안 된다.

우리는 호메로스를 읽었고, 초서를 알고 있으며, 단테와 밀턴과 괴테를 알고 있다. 셰익스피어의 풍요함과 톨스토이의 거봉巨峰과 도스토예프스키의 준열함을 우리는 느낄 수 있다. 카뮈를 알고 조이스와 프루스트와 포크너를 알고 있고, 그리고 더욱 많은 현대의 작가를 알고 있다.

그런데도 줄기찬 전통으로 이어지는 이 수많은 문학 작품 속에서 너무도 뛰어난 저 그리스(희랍)의 문학 작품을 지나쳐 버릴 수 있을 것인가.

서구 문학은 그리스의 호메로스한테서 비롯되었고, 아테네의 전성기에 등장한 3대 비극 작가와 희극 작가는 이를 더욱 극적으로 승화시켜, 서구 문학의 출발에 눈부신 서광을 비췄던 것이다.

그리스 인들은 현실에 충실하였고 자유를 사랑하였다. 그들은 인간을 존중하고 인간 중심으로 살았다. 기원전에 이미 그들은 민주주의가 무엇인가를 알고, 그것을 실천하였으며, 오늘날 20세기 후반에 이르기까지 매우 발전한 세계적인 사상의 근원을 이루었던 것이다.

밝고 의지에 찬 그리스 인들의 생활 감정을 그들의 극작품을 통하여 이해하고, 그것이 서구의 전통 속에서 역사의 발전과 함께 어떻게 변모해 왔는가를 탐구하는 것은 바로 세계 문학을 해석하는 근본 문제일 것이다. 그리고 그것은 예술·종교·철학·역사·사상에 이르기까지 광범하게 해당될 것이다.

세계를 이해하는 데, 그리고 나아가서는 세계의 시원始源을 꿰뚫어 보는 데, 그리스의 극작품들이 큰 도움이 될 것을 굳게 믿는다.

1968년 10월 5일

조의설(한희협회 회장)

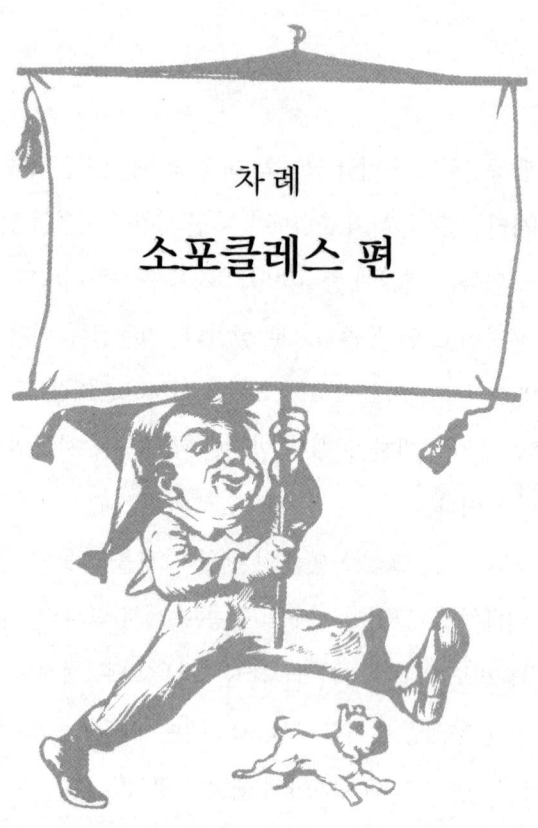

차 례

소포클레스 편

아이스킬로스 편
결박당한 프로메테우스 /
『오레스테이아』 삼부작
아가멤논 / 제주를 바치는 여인들 / 자비로운 여신들

에우리피데스 편
메디아 / 트로이의 여인들 / 안드로마케 / 엘렉트라 /
아울리스의 이피게네이아 / 타우리케의 이피게네이아 /
히폴리토스 / 바코스의 여신도들

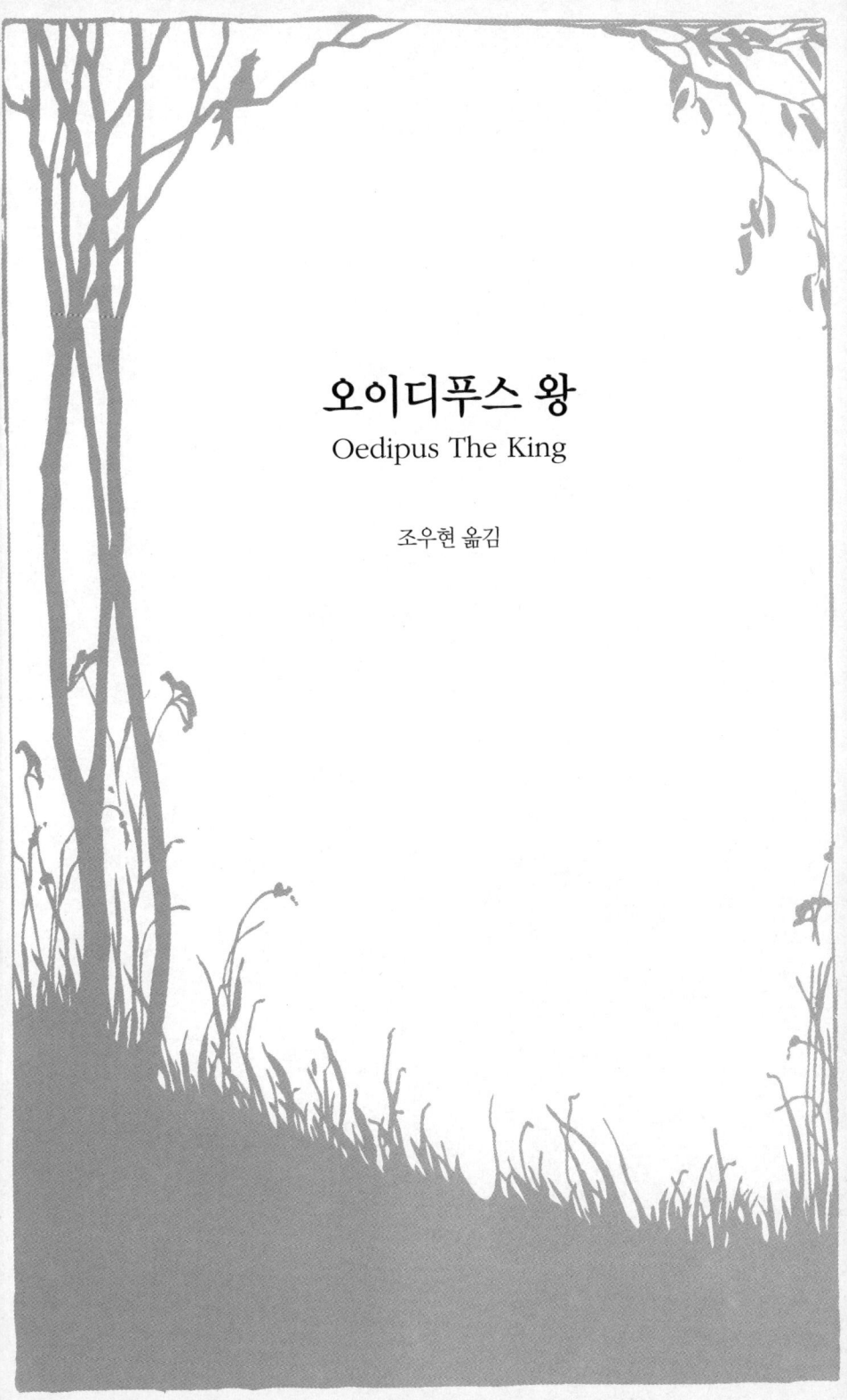

오이디푸스 왕

Oedipus The King

조우현 옮김

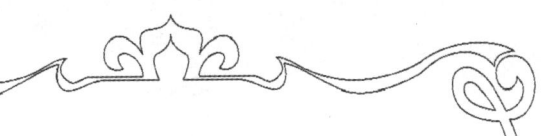

등장인물

오이디푸스	이오카스테와 라이오스 사이의 아들
이오카스테	테베의 왕비
크레온	이오카스테의 오빠
테이레시아스	앞 못 보는 늙은 예언자
제관	제우스 신의
사자	코린토스에서 온
양치기	라이오스 왕의
다른 사자	왕궁으로부터 온
코로스	테베의 노인들로 구성된

그 밖에 탄원하는 시민들, 남녀 아이들

장소

테베의 오이디푸스 왕궁 앞. 한가운데 큰 문 앞에는 제단이 있고, 좌우의 작은 문 앞에도 각각 작은 제단이 있다. 남녀노소의 시민들로 된 탄원자들은 제단의 층계 위에 앉아 있다. 흰 저고리에 긴 윗도리를 걸치고 있다. 머리털을 흰 끈으로 매고 있다. 계단 위에는 양털에 꽂은 올리브 나뭇가지가 놓여 있다. 제우스 신의 제관만이 가운데 문에 마주 서 있다.

(큰 문이 열리고 오이디푸스 왕이 두 사람의 종을 거느리고 등장한다.)

오이디푸스 내 백성아, 카드모스[1]의 후손들아. 이렇게 털실을 드린 올리브 나뭇가지를 들고 애원하며 앉아 있는 것은 무슨 까닭이냐? 온 장안에 향기가 감돌고 기도와 신음 소리가 가득 찬 것은 무슨 뜻이란 말이냐? 백성아, 남들에게 전해 듣기만 해서는 마음에 차지 않아 이렇게 내 스스로 이 자리에 나왔다. 나는 세상에 널리 알려진 오이디푸스 왕이다.

　여보, 노인장. (제우스의 제관에게) 이 사람들을 대신해서 말하는 것은 당신의 의무이니 무슨 마음, 무슨 뜻으로 여기까지 왔는지 설명을 하오. 무슨 두려운 일이라도 있는가, 바랄 것이라도 있는가? 어떤 청이든 들어주지. 그런 애원에 마음이 움직이지 않고서야 정녕 인정 없는 사람이겠으니.

제관 이 나라를 다스리시는 오이디푸스 왕이시여. 보시다시피 이곳에는 잘 날지도 못하는 햇병아리 같은 어린애들과 나이 들어 허리가 굽은 늙은이들, 그리고 제우스 신의 제관인 저 같은 제관들과 뽑혀 온 젊은이들이 왕의 제단을 둘러싸고 있습니다. 다른 사람들은 이렇게 털실을 드린 나뭇가지들을 들고 장터에, 팔라스[2]의 쌍 제단 둘레에, 그리고 이스메노스[3]가 불로 예언을 내린 곳에 앉아들 있습니다.

왕께서도 온 장안의 심한 재앙을 보시다시피 죽음의 큰 물결 밑에서 벗어날 수가 없고, 땅에 나는 곡식의 싹에도 목장에서 물을 먹는 소들에게도, 부인들의 산고에도 죽음의 손이 뻗히고, 더욱이 염병의 귀신이 불을 뿜어 장안을 황폐케 하고, 그 때문에 카드모스의 집은 걷잡을 수 없이 폐허가 되어가고 이 어두운 지옥의 세계는 탄식과 눈물이 넘치고 있습니다.

오, 왕이시여. 저와 이 어린것들이 탄원자로서 지금 이곳에 왔다 해서 왕을 새로운 신이라고 생각한 것은 아닙니다만, 왕께서는 이 세상 일에서나 신들께서 다스리는 일에서나 으뜸가는 분분이라고 저희는 믿고 있습니다. 저 잔인한 스핑크스의 노래[4]에 저희들이 바칠 세금을 면케 하여 주신 분이 카드모스에 새로 오신 왕이 아니셨습니까. 왕께서는 저희들로부터 미리 무슨 지식이나 암시를 받으셨던 것도 아니고, 다만 신의 도우심으로 저희들을 살려 내셨다고 누구나 다 믿고 그렇게 말하고들 있습니다.

그러하오니 비길 데 없이 위대하신 오이디푸스 왕이시여. 또 다시 도움을 내리시기 바라옵니다. 신의 소리를 들으시건 사람의 지혜로 알려지건 저희들을 위해서 무슨 도움의 길을 찾아 주십시오. 지난날 경험을 많이 쌓으신 분들은 오늘의 일을 밝혀 내기에 힘을 주신다고 듣고 있습니다.

가장 위대하신 분이시여. 우리 도시가 다시 살아나도록 도와 주십시오. 왕의 명예를 생각하십시오. 왕께서 도우셨던 덕으로 이 나라는 왕을 구세주로 우러러 모시고 있사온데, 왕의 대에 이르러 오직 망하기 위해서 흥했을 뿐이라는 말을 듣지 않도록 하십시오. 저희들을 끌어올려 주시고, 이 도시를 반석 위에 세워 주십시오.

그전에 행운을 주셨던 그 빛나는 별 아래서 행복한 오늘로 저희들을 인도하시옵소서. 왕께서 지금 그러하시듯이 이 나라를 다스리셔야 한다면 사람 없는 황폐한 곳이 아니라 살아 있는 사람들의 왕이 되시옵소서. 성벽도 배도 사람이 없어서 지키지 못한다면 아무 쓸모도 없는 것입니다.

오이디푸스 내 가엾은 백성아. 너희들의 소원도 괴로움도 나는 잘 알고 있다. 하지만 너희들이 괴로움을 당하고는 있어도 내 괴로움보다 더한 사람은 없느니라. 너희들의 서러운 사정은 제 한 몸을 괴롭힐 뿐 남에게까지 미치는 것은 아니지만, 나는 이 나라 전체의, 내 자신의, 그리고 너희들의 슬픔을 내 한 몸으로 당하고 있구나.

그러니까 너희들이 내 잠을 깨워 준 것은 아니다. 너희들을 위해 많은 눈물을 흘렸고, 궁리하기에 편한 날이 없었다. 그래서 생각을 거듭한 끝에 유일한 희망을 이미 실행에 옮기고 있는 것이다. 내 처남이며, 메노이케우스의 아들인 크레온을 피톤[5]에 있는 포이보스[6]의 집에 보내어 나의 어떤 행동이나 말이 나라를 구할 수 있겠는지 알아오도록 했다. 오늘이 바로 그가 돌아와야 할 날인데 아직도 나타나질 않으니 적이 걱정스럽구나. 그러나 그가 돌아온 다음에도 내가 신의 말씀을 실행치 않는다면 과연 나는 옳지 못한 사람일 것이다.

제관 때맞춰 말씀하셨습니다. 크레온님이 돌아오셨다는 기별이 들리는군요.

오이디푸스 오오, 아폴론 신이시여. 그의 웃는 얼굴이 반가운 소식을 가져온 것으로 알게 하옵소서.

제관 틀림없이 기쁜 소식입니다. 그렇지 않고서야 저렇게 열매가 많이 달린 월계관을 쓰셨을 까닭이 없으니까요.

오이디푸스 이제 곧 알게 되겠지. 목소리가 가까이 들려온다. 처남이여, 메노이케우스의 공자여. 무슨 말씀을 신에게 받아 오셨소?

크레온 반가운 소식입니다. 모든 일이 잘만 되어간다면 아무리 견디기 어려운 재앙에도 좋은 수가 있을 것입니다.

오이디푸스 그런데 신의 말씀은? 그대의 말로는 두려워해야 할는지 안심을 해야 할는지 갈피를 잡을 수가 없구려.

크레온 이 사람들 앞에서 들으셔도 좋으시다면 말씀드리겠습니다. 안 되신다면 안으로 들어가십시다.

오이디푸스 이들 앞에서 말하오. 나는 내 한 몸보다는 이들을 위해서 걱정을 하고 있으니.

크레온 그러시다면 신의 말씀을 그대로 아뢰겠습니다. 이 땅에서 생기고 키워진 더러운 일이 우리를 파멸시키지 않도록 씻어 없애라는 것이 아폴론 신의 분부이십니다.

오이디푸스　어떤 속죄를 말씀하시는 건가? 어떻게 깨끗이 하란 말씀인가?

크레온　한 사람을 쫓아내거나 피를 피로 갚으라는 것입니다. 그 피로 이 나라가 더럽혀져서 멸망해 가고 있는 것입니다.

오이디푸스　그가 누구라고 말씀하시는 거요? 그렇게 비난받은 악한이란 누구란 말이오?

크레온　왕이시여, 왕께서 이 나라를 다스리시기 전에 이 나라의 통치자는 라이오스 왕이셨습니다.

오이디푸스　내 그 말은 들었소만, 그분을 뵌 적은 없소.

크레온　그분이 시해弑害당하셨기 때문에 이제 신의 분부는 분명합니다. 그들이 누구이건 시해자들을 벌주라는 것입니다.

오이디푸스　그래 그놈들은 어디 있단 말이오. 그토록 오래 묵은 죄의 희미한 자취를 이 넓은 천지의 어디서 찾으란 말이오?

크레온　'이 땅에서' 하고 신은 말씀하셨습니다. 찾으면 찾아질 것이요, 찾지 않으면 잃고 말 것이라는 말씀입니다.

오이디푸스　라이오스 왕은 어디서 죽음을 당하셨소? 궁 안이요, 아니면 들이요, 아니면 딴 나라에서였던 말이오?

크레온　딴 나라에서였습니다. 신의 말씀을 듣겠다고 떠나신 채 영영 되돌아오시지 않았습니다.

오이디푸스　그러고는 아무 소식도 없었단 말이지? 그 사건의 실마리가 될 만한 것을 전해 준 수행인도 없었던가?

크레온 겁에 질려 도망쳐 온 자가 단 한 사람 있었는데, 그는 자기가 본 일 중에서 한 가지밖에는 이렇다 할 것을 말하지 못했습니다.

오이디푸스 그래 그것이 무엇이었소? 한 가지가 모든 일의 실마리가 될 수도 있겠지. 가장 작은 실마리라도 희망의 불꽃이 될 수 있다면.

크레온 그의 말로는 도둑이 그것도 한 사람이 아니라 여럿이 나타나서 죽였다 합니다.

오이디푸스 도둑들이 어찌 그렇게 끔찍한 일을 저질렀던가? 이 나라의 어느 누구에게 매수되지 않고서야.

크레온 그렇게 생각한 사람들도 있었습니다. 그러나 그 사건에 잇달아서 어지러운 일들이 일어나자 아무도 원수를 갚는 사람이 없었습니다.

오이디푸스 어지러운 일이라니? 왕께서 그런 참변을 당하셨는데도 그걸 밝혀내지 못할 만큼 어지러운 일이란 무엇이란 말이오?

크레온 수수께끼를 거는 스핑크스가 저희들에게 어두운 과거는 내버려 두고 당장 바쁜 일에만 마음을 쓰도록 하였습니다.

오이디푸스 그렇다면 새로 시작해야겠다. 그리고 다시 한 번 어두운 일들을 밝혀 놓도록 하겠다. 아폴론 신께서는 훌륭하시게도 돌아가신 분을 위해서 이런 마음을 쓰셨구나. (크레온을 향해서) 처남 또한 그렇소. 그래서 나도 거기에 맞도록 이 나라를 위해서 또한 신을 위해서 (여러 사람에게) 그대들과 힘을 합하여 이 원수를 갚아야겠다. 친척을 위해서만이 아니라 내 자신을 위해서도 이 더러운 피를 씻어야 한다. 왕을 시해한 자가 누구이건, 그자는 내게도 칼날을 돌릴 터이니. 그래서 왕을 위한 일은 바로 나를 위한 일이다.

자아, 백성아. 일어들 나거라. 어서 이 탄원의 나뭇가지들을 들고 물러들 나거라. 그리고 카드모스의 모든 백성을 이곳에 모이도록 하여 내가 무슨 일이든지 다 하겠노라고 그들에게 전하여라. 신의 도우심으로 성공이 틀림없다. 아니면 망하고 만다.

(오이디푸스와 크레온은 궁 안으로 들어간다.)

제관 자아, 애들아, 일어서라. 왕의 자비로우신 말씀이 바로 우리가 바라던 것이었다. 원컨대 이 신탁을 보내 주신 포이보스님, 친히 오셔서 우리를 구하시고, 이 무서운 재앙을 면케 하시옵소서.

(제관과 탄원자들 퇴장)

코로스 (노래)

제우스의 달콤한 신탁이여
황금의 아폴론 신전으로부터
성스러운 테베로 무엇을 가져오셨던가요?
두려움에 설레고 떨리는 마음
들어라, 델로스의 치료자여
일찍이 없었던 고통인가?
돌고 도는 세월 따라 새로운 일인가?

황금 같은 희망의 딸이여
알려 주오 그대 불멸의 목소리여.[7]

제우스의 따님 아테나[8]여
우선 당신께 바라옵니다.
또한 우리 장터 한가운데에
영광의 옥좌를 차지하신
이 나라의 여신이시며
당신의 동생이신 아르테미스[9]에게
또한 활쏘기의 신이신 아폴론에게도.
당신들의 세 겹의 힘[10]으로
죽음과 황폐에서 이 나라를 구하시옵소서.
파멸이 닥쳐오던 그 옛날에
이 땅에서 불 같은 재앙[11]을
몰아내셨다면,
이제 또 한 번 오셔서
우리를 지켜 주시옵소서.

아아, 슬프다. 수많은 고난을 지녔구나.
우리는 다 병들고
아무리 생각해도 막을 길이 없다.
땅은 영광스런 열매를 맺지 못하고

여인들은 헛된 산고에 울고
날쌘 새의 날개짓보다 빨리
화신火神의 힘보다 빨리
목숨은 목숨을 이어 쓰러져 가고 있다.
서쪽 신의 나라¹²⁾ 기슭으로.

그 수없이 헛된 죽음으로
이 나라는 여지없이 망하고 있다.
시체는 병을 퍼뜨리고
간호도 조상弔喪도 찾아볼 수 없다.
아내들도 노파들도 제단 층계에서
울부짖는다.
목 놓은 탄식 소리와 찌르는 듯 우는 소리에
뒤섞인 기도의 소리.
오오, 제우스의 황금의 딸¹³⁾이여, 구해 주시옵소서.

당신의 빛나는 얼굴을 보게 하옵소서.
방패나 강철의 칼은 없어도
외치는 소리 속의 뜨거운 입김으로
닥쳐오는 흉악한 아레스를
어서 등을 돌리고 달아나
암피트리테¹⁴⁾의 침실¹⁵⁾에나

피할 길 없는 트라키아 해의 파도로
황급히 쫓겨나게 하옵소서.
밤[16]이 이루지 못한 것을
이튿날 낮이 멸망시킬 것이니.
오오, 불꽃의 번개 같은 힘을 쓰시는
오오, 아버지 제우스 신이여,
당신의 벼락으로 그를 없애 주옵소서.
그를 없애 주옵소서.

리키아의 왕[17]이시여, 당긴 황금의 활줄에서
우리 정의의 용사이신 당신의
화살을 쏘아 내시옵소서.
리키아의 험한 산을 건너뛰며
들고 다니는 아르테미스의
횃불을 보내시옵소서.
황금으로 머리를 땋고
이 나라의 이름으로 불리며
마이나드스[18]의 친구이시며
우리가 공경하는 쾌활한 바코스여
그 밝은 횃불로 비추어
신들께서 천하게 보시는 악신을 몰아내시옵소서.

(오이디푸스 등장)

27

오이디푸스 그대는 그렇게 기도를 드렸지만, 내 말에 따라 조심해서 그 고통에 손쓸 생각이 있다면 그대의 기도에는 위안과 구원이 보답할 것이다. 나는 그 이야기도 그 일도 전혀 몰랐던 사람으로서 말하는 것이다. 나는 단서도 없이 그것을 깊이 살필 수는 없기 때문이다. 그러나 내가 그 일이 있은 뒤에 테베 시민이 되었으니 이제 나는 너희들에게 모든 국민에게 이렇게 선포한다.

너희들 중 누구든지 랍다코스의 아들인 라이오스 왕을 시해한 자를 알거든, 지금 곧 남김없이 내게 고해라. 만약 스스로 저지른 죄가 두렵거든 자수하여 극형을 면하라. 그가 받을 중벌은 추방일 뿐, 그 밖엔 아무 해도 끼치지 않겠다. 그러나 그 시해범이 딴 나라 사람임을 알면, 그것을 알려 준 사람에게 나는 보상을 할 것이며, 그는 길이길이 나의 감사를 받을 것이다.

허나, 너희들이 아뢰지 않고 두려운 나머지 자신이나 친구를 위해서 내 말을 소홀히 안다면 들어라, 내가 그자를 어떻게 처결하는가를. 그 시해범이 누구이든 내가 다스리는 이 나라에서는 그 어느 누구도 그자를 감추거나 그자와 사귀지 못한다. 그자와 함께 기도나 제물을 드리거나 참회를 해서도 안 된다. 델포이에 계신 아폴론 신의 말씀대로 그자는 더러운 자이기 때문에 너희들 집 밖으로 쫓아내야 한다. 그렇게 해야 나는 신에게도 선왕에게도 나의 의무를 다하는 것이다. 그 알려지지 않은 살해범은 한 사람이건 일당이 있건, 그 치욕스럽고 잔악한 일로 하여 평생토록 치욕의 낙인이 찍힐 것이다. 또한 내 자신이 알고도 그자를 내 집에 들어간다면, 내가 남에게 내린 것과 같은 저주가 내 위에 떨어지기를 빈다.

너희들은 나를 위하여, 신을 위하여, 그리고 참혹하게 황폐한 이 나라를 위하여 이 명령을 충실하게 지켜야 한다. 그렇게도 고귀하시고 너희들의 왕이신 분이 시해당한 일이니, 신의 특명은 아니라 하더라도 이 추악한 일을 그대로 두어서는 안 된다. 찾아내야 한다. 이제 나는 그분의 왕위와 침실과 그 아내를 이어받고 있으니. 그리고 왕께서 후손을 이을 소망이 꺾이지 않으셨더라면 한 어머니에게서 태어난 자손들이 그분과 나를 가까운 인연으로 맺어 놓았을 텐데. 그러나 애석하게도 그분에게 악운이 덮치고 말았다. 이제 나는 내 친아버지를 위해 싸우듯이 그분을 위해 싸우겠으며, 아게노르[19]의 아들인 카드모스, 그 아들인 폴리도로스, 또 그 아들인 랍다코스의 아들[20]을 살해한 자를 가려내기에 온갖 힘을 기울일 것이다.

그리고 명령에 복종치 않는 자들을 신들께서는 저주하신다. 그들에게는 땅 위의 수확도 없고 여자들은 애도 못 낳고, 지금의 이 재앙이, 그보다 더 큰 재앙이 그들을 죽음으로 몰고 가라고. 그러나 나에게 충성스러운 너희 카드모스의 후손들에게는 정의의 신과 모든 신께서 영원히 함께 계시기를 축원한다.

코로스장 왕이시여, 그렇게 저주를 하셨으니 저도 거기 걸고 맹세합니다. 저는 시해자도 아니고 그자를 밝혀내지도 못합니다. 이 문제에 관해서는 그 짓을 드러내신 포이보스 신께서 그 시해범이 누구인지 알려 주셨어야 했습니다.

오이디푸스 그 말이 옳기는 하다마는 그러나 사람의 힘으로 신의 뜻을 어겨서 억지로 말하게 할 수는 없지 않느냐.

코로스장 그러면 또 한 가지 말씀드릴 것이 있습니다.

오이디푸스 어서 둘째 생각을 말하라. 셋째 생각까지도.

코로스장 포이보스 신께 가장 가까운 예언자는 테이레시아스님이라고 믿습니다. 그분이야말로 누구보다도 이 일을 밝혀내는 데 도움이 될 것입니다.

오이디푸스 그것도 내가 생각하고 있었다. 크레온의 권고에 따라 이미 두 번이나 부르러 보냈다. 어찌하여 아직 안 오는지 궁금하구나.

코로스장 오래된 소문으로 이미 옛날얘기입니다.

오이디푸스 소문이라니 무슨 소문? 그 얘기를 다 들어야겠군.

코로스장 왕께서는 길에서 나그네들 손에 돌아가셨다 합니다.

오이디푸스 나도 그렇게 들었지만, 아무도 목격한 사람을 만난 자는 없다.

코로스장 그놈[21]이 두려움을 아는 자라면 왕께서 저주하신 것을 듣고 겁을 낼 것입니다.

오이디푸스 사람을 죽인 자가 내 말을 무서워할까?

코로스장 그러하오나 그놈을 들춰낼 분이 계십니다. 신의 영감을 받은 분을 여기 모셔 오고 있습니다. 누구보다도 그분 안에 진리가 살고 있습니다.

(테이레시아스가 한 소년에게 이끌려 들어온다.)

오이디푸스 모든 것에 통달하고 있는 테이레시아스여, 말할 수 있는 것이든 없는 것이든, 하늘의 일이건 땅의 일이건, 비록 보지는 못하지만 어떤 재앙이 이 나라를 뒤덮는지 그대는 알고 있소. 위대한 예언자여, 그대야말로 이 재앙에서 우리를 지키고 구해 주는 유일한 사람이오. 이미 들어서 아시겠지만, 우리는 사람을 보내어 포이보스 신의 대답을 얻어 왔소. 이 재앙을 면하는 유일한 길은 라이오스 왕을 살해한 자를 찾아내서 처형하거나 나라 밖으로 추방하는 것이라 하오. 그러니 점을 치는 새의 소리나 무엇이든 그대가 아는 온갖 예언을 아끼지 말고 그대 자신을 위하여 나라를 위하여 그리고 이 몸을 위하여 이 죽음 때문에 생긴 모든 재앙에서 구해 주오. 우리 운명은 그대 손에 달렸소. 힘을 다해서 남을 돕는 것이 사람의 가장 고귀한 일이오.

테이레시아스 아아, 지혜가 아무 쓸모도 없을 때, 안다는 것은 얼마나 괴로운 일인가! 어쩌자고 내가 그것을 알면서도 잊었단 말인가! 차라리 여기 오지 말 것을.

오이디푸스 무슨 소리요? 그 무슨 근심스런 얼굴이란 말이오?

테이레시아스 돌려보내 주십시오. 왕께서는 왕의 운명을, 저는 제 운명을 지고 가는 것이 가장 좋은 길입니다.

오이디푸스 대답을 거절함은 옳지 못하고, 그대를 키워 낸 이 나라에 충성된 일이 아니오.

테이레시아스 왕의 말씀은 당치도 않습니다. 왕처럼 나도 실수

할까 두렵습니다.

오이디푸스 제발 알고 있거든 숨김없이 말해 주오. 우리 모두가 그대에게 애원하고 있으니.

테이레시아스 모두들 아무것도 모르고 있습니다. 하지만 깊은 비밀을 들추어내지 않으렵니다. 왕의 비밀도.

오이디푸스 뭐라고? 알고 있으면서도 말하지 않겠다고? 우리를 배신하고 이 나라를 망칠 셈인가?

테이레시아스 저는 저 자신이나 왕께 해를 끼치고 싶지가 않습니다. 이롭지도 않은 일을 어째서 자꾸 물으십니까?

오이디푸스 이 괘씸한 놈. 돌에도 마음이 있다면 화를 낼 것이다. 그래도 말 않겠는가? 어디까지 고집을 피울 셈이냐?

테이레시아스 제 성질을 나무라시지만, 스스로 함께 살고 계신 것을 모르시는군.[22] 그저 저만 꾸짖으시는군요.

오이디푸스 이 나라를 모욕하는 그런 말을 듣고 누군들 화가 나지 않겠는가?

테이레시아스 제가 말하지 않더라도 올 것은 옵니다.

오이디푸스 와야 할 일이라면 말하는 것이 그대 의무가 아닌가?

테이레시아스 다 말하지 않으렵니다. 화가 나시거든 얼마든지 내십시오.

오이디푸스 암, 내고말고. 맘 내키는 대로 말하겠다. 네가 손만 대지 않았을 뿐, 그 죄를 꾸며 댔지? 나는 그렇게 믿는다. 앞을 못 보니까 망정이지, 그렇지 않았으면 네 손으로 혼자서 그 일을 다 저질렀을 게다.

테이레시아스 그게 정말입니까? 그렇다면 들어 보십시오. 당신은 자기 입으로 말한 대로 이제부터는 이들에게나 제게 아무 말도 마십시오. 바로 당신 때문에 이 나라가 부정을 타고 있습니다.

오이디푸스 이 더러운 모략꾼아, 염치없게도 그런 말을 하다니. 그러고도 그 벌을 면할 수 있을까?

테이레시아스 면하고말고요. 진실이 내 힘입니다.

오이디푸스 누구에게 배웠느냐? 적어도 네 재주는 아니다.

테이레시아스 당신입니다. 싫다는 것을 억지로 말하게 했습니다.

오이디푸스 무슨 소리냐? 틀림없이 다시 말해 봐라.

테이레시아스 못 알아들으셨단 말입니까? 아니면 저를 위협하시는 겁니까?

오이디푸스 도무지 석연치 않다. 다시 한 번 말해 봐라.

테이레시아스 당신이 찾는 그 살인자가 바로 당신 자신이란 말입니다.

오이디푸스 두 번씩이나 그런 말을 하다니! 후회하게 될 것이다.

테이레시아스 더 말하면 화나 돋우시려고?

오이디푸스 아는 것을 모조리 말해라. 그래 봐야 다 쓸데없는 소리니.

테이레시아스 당신은 가장 가까운 핏줄과 부끄러운 인연을 맺고 사시면서도 그걸 모르고 계신다는 말씀입니다.

오이디푸스 그런 따위의 말을 하고도 무사할까?

테이레시아스 물론이죠. 진리에 힘이 있다면이야.

오이디푸스 힘이야 있지. 다만 너를 위한 힘은 아냐. 널 위한 것은 아냐. 귀도 마음도 눈도, 모든 것이 어두운 자야.

테이레시아스 불쌍한 사람이로군. 지금 여기 있는 사람들이 머지않아 당신을 향해서 그런 욕설을 퍼부을 것입니다.

오이디푸스 너, 영원한 어둠[23] 속에 사는 자여. 너는 빛을 보는 나나 그 밖에 누구든 해치지 못한다.

테이레시아스 못합니다. 나 때문에 당신이 쓰러지지는 않습니다. 그건 아폴론 손에 달렸고, 그분이 해낼 것이니까.

오이디푸스 그건 크레온의 수작이냐. 네 자신의 짓이냐?

테이레시아스 크레온이 아니라 당신 자신이 당신의 원수입니다.

오이디푸스 오오, 부여, 권세여, 생의 경쟁에서 온갖 재주[24]를 넘어선 재주여. 너희들에 붙어 다니는 질투심이란 얼마나 끈질긴 것이냐! 내가 바란 것이 아니요, 이 나라가 내게 얹어준 왕관 때문에, 내 다정한 친구 저 충성된 크레온이 은연 중 나를 엿보고 나를 쫓아낼 궁리를 하여, 이욕에는 밝고 예언에는 어두운 이 사기꾼, 이 엉터리, 이 간악한 예언자 놈을 선동하였구나.

말해 봐라. 네가 한 번이라도 참다운 예언자임을 보여 준 적이 있더냐? 저 요사한 노래를 부르는 개[25]가 이곳에 나타났을 때 너는 어디 있었더냐? 너는 그때 이 겨레를 위해서 과연 무슨 도움이 되었더냐? 그 수수께끼는 보통 재주로는 풀 수 없는 것이었다. 예언자가 풀었어야 했지만 너는 아무 대답도 하지 않았다.

새의 점도 신의 계시도 다 너를 돕지는 않았다. 바로 그때, 내가 나타났던 것이다. 이 무식한 오이디푸스가. 그리하여 새의 점이 아니라 타고난 지혜로 나는 그 수수께끼를 풀고야 말았다. 너는 크레온의 권세에 빌붙기를 바라서, 그런 나를 몰아내려 한다. 네 놈도 너의 일당도 죄 없는 나를 몰아내려 한다. 네놈도 너의 일당도 죄 없는 생사람 잡으려다 크게 변을 당할 것이다. 네놈이 늙어 보이지만 않았더라면 그런 괘씸한 말에 무슨 벌이 합당할지 알았을 것을.

코로스장 오이디푸스 왕이시여, 저분도 왕께서도 모두 격해서 말씀하신 것 같습니다. 그러나 지금은 입씨름할 때가 아니라 어떻게 하면 신의 말씀을 가장 잘 받들 수 있을지 의논하셔야 합니다.

테이레시아스 당신이 왕이시긴 하지만, 적어도 대답할 권리는 동등한 것이니 나는 그렇게 대해 주시기를 바랍니다. 내가 섬기는 분은 록시아스[26]님이고 왕은 아닙니다. 그리고 나는 크레온의 사람으로 매여 있는 것도 아닙니다. 왕께서는 내가 눈이 먼 것을 조롱하였기 때문에 하는 말씀입니다만, 왕께서는 눈은 뜨고 계시면서도 얼마나 처참한 일에 빠지고 계신지 그리고 어디서 사시고, 누구와 함께 지내고 계신지 모르십니다. 당신께서 누구의 자손인지 아십니까? 모르십니다. 그러시면서도 당신은 살아 계신 분과 돌아가신 분에게 죄를 짓고 있습니다. 그렇습니다. 마치 양날 칼날처럼 아버지 어머니의 저주가 언젠가는 당신을 이 나라 밖으로 몰아낼 것입니다. 그리고 지금은 밝은 그 눈도 그때부터는 끝없는 어둠이 되고 말 것입니다.

　어디고 당신의 비통한 소리가 미치지 않는 데 없겠고 키타이론[27]의 방방곡곡에 울리지 않는 곳이 없겠으니, 그때 당신은 훌륭해 보이는 희망의 안식처로 당신을 반가이 맞는 저 달콤한 결혼의 노래가 무엇을 뜻하는지 알 것입니다. 게다가 당신이 생각하기보다 더욱더 비참하게도 당신이 누구이며, 당신을 아버지라고 부르는 애들이 누구인지 알게 될 것입니다.[28]

　그러니 크레온과 내 말을 실컷 나무라십시오. 사람들 가운데서 당신만큼 더러운 욕을 당한 사람도 없을 것입니다.

오이디푸스 이놈의 이런 괘씸한 말을 듣고도 참아야 할까? 이 염병을 할 놈! 어서 없어져라! 어서 빨리! 다시는 이 집에 나타나지 마라!

테이레시아스 누가 오고 싶어서 왔나요? 불러서 왔지.

오이디푸스 네놈이 이렇게까지 바보 천치인 줄은 몰랐구나. 알았더라면 네놈이 오기를 고대하지도 않았을 것을.

테이레시아스 당신 눈에는 내가 바보 천치로 보일지 모르지만 당신을 낳으신 양친께는 현명한 사람이었답니다.

오이디푸스 무어라고? 양친이라고? 나를 낳은 사람이 누구란 말이냐?

테이레시아스 오늘의 이날이 당신을 낳고 당신을 죽일 것입니다.

오이디푸스 정말 네놈은 수수께끼 같은 모를 소리만 하는구나.

테이레시아스 당신이야 수수께끼 푸는 재주로 유명하지 않던가요?

오이디푸스 내 그 크나큰 재주를 네놈이 비웃는구나.

테이레시아스 바로 그것이 당신의 불행이요, 당신의 재앙입니다.

오이디푸스 나는 이 나라를 구해 냈으니, 내 한 몸은 죽어도 좋다.

테이레시아스 자아, 난 가겠습니다. 얘야, 나를 데려다 다오.

오이디푸스 그렇지, 어서 데려가거라. 그놈이 여기 있으면 방해가 되고 성가시다. 가고 나면 나를 더 괴롭히지 못하겠지.

테이레시아스 가기는 가지만, 내가 온 까닭은 말해야겠습니다. 당신의 얼굴쯤은 두렵지가 않습니다. 나를 해칠 수는 없으니까요. 그래서 말씀해 두지만, 당신이 찾아내려는 사람, 라이오스 왕을 살해한 자를 밝혀내겠다고 위협하고 외치고 있는 사람, 그 사람은 바로 여기 있습니다. 여기서는 그가 딴 나라 사람으로 통하고 있지만, 그가 테베 태생임이 머지않아 드러날 것입니다. 그러나 그가 그런 운명을 달가워하지는 않을 것입니다. 그리고 자기 자식들의 형제이자 아비, 자기 어미의 아들이자 남편, 아비의 잠자리를 뺏은 자, 그리고 아비를 살해한 자임이 밝혀질 것입니다.

안으로 들어가셔서 잘 생각해 보십시오. 그리고서 내 말이 잘못되었거든 앞으로는 내 예언이 아무것도 아니라고 말씀해도 좋습니다.

(테이레시아스가 퇴장하고, 이어 오이디푸스는 궁으로 돌아간다.)

코로스 (노래)

델포이의 바위에서 나온 신의 말씀에

피비린내 나는 손으로 형언치 못할
죄악을 저질렀다는
그 사람이란 누구냐?
바람처럼 빠른 말의 다리보다 강하게
그를 도망가게 하라.
불붙은 번개로 무장한 제우스의 아들들은 달리어
저 무섭고 피할 길 없는
죽음의 사자[29]와 함께 그를 습격한다.

그러나 파르나소스[30]의 눈 덮인 산마루에서
나온 소리는
그 숨은 살인자를 뒤져내라 하신다.
들 숲이나 굴속을 헤매는
사나운 황소처럼
외로이 헤매어
대지의 한복판
신전의 거룩한 소리가
영원히 그치지 않을
운명이로구나.

정녕 무섭고, 무섭게 현명한 예언자는
나를 괴롭힌다.

그 말이 정말인지 거짓인지 무엇이라
할는지 망설이며
두려움에 가슴 죄어, 지금도
앞날도 분별이 안 된다.
랍다코스[31] 집안 사람들과 폴리보스[32]의
아들 사이에 있었던
옛날과 이즈음의 싸움에 관하여 나는
아무것도 모른다.
아무 증거도 없으니 오이디푸스라는 이름에
의심을 품을 수도 없고,
이 분명치 않은 죽음을 위하여
랍다코스 집안의 원수를 갚을 길도 알 수 없다.

제우스와 아폴론은 과연 명철하시어
모르시는 것이 없다.
모든 사람 가운데는 남보다
뛰어난 지혜를 가진 이가 없지 않지만
그러나 예언자가 나보다 훌륭하다고
말할 수는 없다.
남들이 그대를 욕하고 떠들어도 나는
믿지 않으련다.
저 날개 돋친 요녀[33]가 그대 앞에

나타났을 때
그대는 시련을 당하여 황금 같은
지혜로 이 나라를 구했으니,
이제 내 어찌 그대에게 죄 있다고
생각할 수 있을까.

(크레온 등장)

크레온 친애하는 시민 여러분. 나는 오이디푸스 왕께서 내게 악의에 찬 비난을 퍼부으셨다는 말을 듣고 참을 수가 없어서 왔습니다. 만약 왕께서 이 어려운 때에 말로든 행동으로든 내가 그분께 해를 입혔다고 생각하신다면, 그런 욕스런 말을 듣고서는 더 살고 싶지가 않습니다. 이 나라가, 그리고 내 친구인 여러분이 나를 악한이라고 부른다면 그것은 불명예 이상으로 더욱 한심스런 일이기 때문입니다.

코로스장 왕의 그런 말씀은 아마 역정이 나셔서 나온 것이고 깊은 생각에서 하신 말씀은 아닐 것입니다.

크레온 그래, 왕께서는 그 예언자가 내 말에 선동되어서 거짓말을 했다고 말씀하시던가?

코로스장 그렇게 말씀은 하셨지만, 무슨 생각에서 그러셨는지는 모릅니다.

크레온 내게 그런 엄청난 비난을 하실 때, 눈 하나 까딱 않으시고 본심에서 그러시던가?

코로스장 그건 모르겠습니다. 웃어른께서 하시는 일은 알 수가 없습니다. 마침 여기 나오시는군요.

(오이디푸스 등장)

오이디푸스 이놈, 너 무슨 일로 여길 왔느냐? 내 문전에 오다니, 넌 무슨 철면피란 말이냐? 분명히 내 목숨을 **빼앗고** 내 왕관을 훔치려는 놈이면서! 어서 말해라. 그런 일을 꾸미다니, 너는 나를 겁쟁이 바보로 알았더냐? 내게 닥쳐오는 네놈의 음모를 눈치 채지 못할 만큼 단순하고, 알면서도 내버려 둘 만큼 약한 줄 알았더냐? 네놈의 꾀는 얼마나 어리석으냐! 네놈은 동지도 돈도 없으면서 왕위를 엿보고 있지만, 사람과 돈주머니 없이 왕의 자리는 손에 들어오지 않는 법이다.

크레온 나 좀 보세요. 그렇게 말씀하셨으니, 이젠 내가 대답할 차례입니다. 내 말을 듣고 판단하십시오.

오이디푸스 말을 듣는 재주보다는 말재주가 더 능하구나. 나는 네게서 위험과 미움을 느끼게 된다.

크레온 그러나 우선 이 일에 관해서는 들어 주십시오.

오이디푸스 하지만 네놈이 악한이 아니라는 따위의 말을 해선 안 된다.

크레온 왕께서 만약 생각 없는 고집불통을 무슨 미덕이나 된다고 여기신다면 분명히 병들고 계신 겁니다.

오이디푸스 간계로 형제를 죽이려 하고도 아무 고통을 느끼지 않는 자는 정녕 눈멀고 있는 거다.

크레온 지당한 말씀입니다. 그러나 저에게서 무슨 해를 입으셨다는 것인지 말씀해 주십시오.

오이디푸스 그 잘난 예언자를 부르라고 재촉한 사람은 너 아니었더냐?

크레온 그랬습니다. 지금도 그건 변함없습니다.

오이디푸스 대체 몇 해나 되었단 말이냐, 라이오스 왕께서…….

크레온 왕께서 어찌 되셨다고요? 무슨 말씀인지 모르겠군요.

오이디푸스 저 피비린내 나는 손에 돌아가신지?

크레온 오랜 일입니다. 정확하게 말씀드릴 수가 없습니다.

오이디푸스 그 당신에도 이 예언자는 예언에 종사하고 있었던가?

크레온 지금과 다름없이 영리했고 존경받고 있었습니다.

오이디푸스 그때도 그가 내 말을 한 일이 있었던가?

크레온 내가 듣기로는 아무 말도 없었습니다.

오이디푸스 그러나 그 살인범을 찾으려 하지 않았던가?

크레온 물론 전력을 기울여 찾아보았지요. 하지만 허사였습니다.

오이디푸스 그렇다면 어째서 그 예언자는 그때 그 얘기를 안 했던가?

크레온 모르겠습니다. 다 모르는 일을 말하고 싶지는 않습니다.

오이디푸스 그러나 적어도 한 가지 일은 알고 있고, 확실히 말할 수 있을 텐데.

크레온 그게 무슨 말씀입니까? 내가 아는 것이 있다면 선선히 말씀드리죠.

오이디푸스 바로 이것이다. 네놈이 그 예언자와 공모만 않았더

라면, 그가 내게 라이오스 왕을 시해한 자라는 누명을 씌우지는
않았을 것이다.

크레온 만약 그가 그랬다면 왕께서 가장 잘 아실 것입니다. 그러
나 왕께서 내게 물으셨듯이 나도 왕께 여쭈어 보고 싶습니다.

오이디푸스 무엇이든 물으라. 그러나 내게서 그 유혈의 죄를 찾
지는 못할 것이다.

크레온 그러면 여쭙죠. 왕께서는 내 누이와 결혼하고 계시죠?

오이디푸스 그래 그것이 어쨌단 말이야.

크레온 그러면 왕비도 왕과 동등한 권리를 가지고 계시죠?

오이디푸스 그가 원하는 것은 선선히 다 주었다.

크레온 그렇다면 나는 세 번째 가는 영예를 차지하는 사람 아닙
니까?

오이디푸스 그렇지, 이 믿지 못할 친구야. 바로 거기에 네 반역이
있는 거야.

크레온 그렇지 않죠. 왕도 나처럼 스스로 가슴에 물어보십시오.
우선 생각해 보시오. 이왕에 같은 권력이 주어졌다면 누군들 불
안한 왕위 때문에 화합하기를 싫다 하겠습니까. 그 누가 왕으로
서 행세하기보다 왕이라고 불리기를 바라겠습니까? 누구나 생각
있는 자라면 다 그런 것입니다. 이제 나는 온갖 필요한 것을 아무
두려움 없이 왕께 얻고 있습니다. 그런데 내가 만약 왕이라면 때
로는 마음에 없었더라도 여러 가지 일을 하지 않으면 안 될 것입
니다.

그런데도 내가 순탄한 지배와 권력을 버리고 왕이라는 이름에 끌릴 까닭이 있겠습니까? 나는 내게 이로운 것보다도 헛된 것을 잡으려고 할 만큼 그렇게 우둔하진 않습니다. 지금 나는 모든 사람의 호의를 받고 있고, 모든 사람의 친구입니다. 왕께 소청이 있는 사람은 우선 나를 찾아옵니다. 거기에 그들의 소원을 이룰 길이 있음을 알고 있기 때문입니다. 그런데 어째서 내가 이 생활을 다른 것과 바꿔야 하겠습니까? 천만의 말씀이죠, 그렇게 정신 나간 짓은 안 합니다. 나는 그런 야심에 한 번도 끌린 적이 없고, 그런 음모에 가담하기도 싫습니다.

의심스러우시거든 우선 피톤의 신전으로 가서 내가 전해 온 신탁이 사실인지 아닌지 알아보시고 그 다음엔 만약 내가 그 예언자와 공모한 것이 드러나거든, 왕께서 혼자가 아니라 나와 왕의 공동 선고로 나를 잡아서 사형에 처하시오. 그러나 터무니없는 혐의로 죄를 지우지는 마십시오. 악인을 덮어놓고 선인이라고 부르거나 선인을 악인이라고 부르는 것은 자기가 가장 애착하는 생명을 버리는 것이나 다름없습니다. 머지않아 왕께서는 그것이 옳다는 것을 아시게 됩니다. 오직 시간만이 옳은 사람을 가려내 주기 때문이죠. 그러나 악인은 단 하루에 드러나고 맙니다.

코로스장 옳거니, 실패를 두려워하는 사람에게는 적절한 말씀입니다. 속단이란 위험한 법입니다.

오이디푸스 재빠른 음모자가 남모르게 움직일 때는 나도 급히 대책을 세우는 것이 안전하다. 주저앉아서 기다리고만 있으면 그의 음모는 이루어지고 나는 패망하고 만다.

크레온 그럼 나를 어떻게 하시겠다는 겁니까? 추방입니까?

오이디푸스 아니 결코! 추방이 아니라 사형이야. 질투가 어떤 것 인지 보여 주기 위해서.

크레온 양보도 않으시고 나를 믿지도 않으시렵니까?

오이디푸스 너 같은 놈을 믿을 바보는 없다.

크레온 아무래도 자기 정신 같진 않군요.

오이디푸스 적어도 내 일에는 정신을 차리고 있어.

크레온 나한테도 그렇게 좀 하시죠.

오이디푸스 무엇 때문에. 너 같은 악한을 위해서?

크레온 그러나 왕께서 아무것도 모르고 계신다면?

오이디푸스 그래도 왕은 지배해야 한다.

크레온 잘못된 지배는 해서는 안 됩니다.

오이디푸스 오오, 내 나라, 내 나라여.

크레온 이 나라에 대해서는 나한테도 권리가 있습니다. 왕의 독 차지가 아닙니다.

코로스장 어르신네들, 그만들 해 두십시오. 마침 궁에서 이오카 스테 왕비가 나오고 계십니다. 저분의 중재로 이젠 이 싸움을 화 해하십시오.

(이오카스테 등장)

이오카스테 참 딱한 분들이십니다. 어쩌자고 그런 분별없는 말 다툼을 벌이십니까? 부끄럽지도 않으세요? 온 나라가 이렇게 고난을 당하고 있는 때에 사사로운 일로 다투시다니. 왕께서는 궁으로 들어가세요. 크레온님도 댁으로 돌아가시고, 그리고 하찮은 일을 크게 벌이지 마세요.

크레온 누이, 그대의 주인 오이디푸스가 나에게 무서운 일을 하겠다 하십니다. 추방이든가 극형이든가 하나를 택하라는 것이오.

오이디푸스 그렇소, 왕비. 저놈이 나한테 괘씸한 음모를 성사시키려다 잡혔으니.

크레온 내가 만약 그런 음모로 죄를 짓고 있다면, 나는 행운의 버림을 받고 저주를 받아 죽어도 좋소.

이오카스테 신의 이름으로, 오이디푸스님, 그를 믿어 주세요. 우선 신께 드린 그의 엄숙한 맹세를 위해서, 그리고 저와 여기 증인으로 있는 사람들을 위해서.

코로스 그렇게 하십시오. 왕이시여, 충언을 받아들이시고 살피십시오. 비옵니다.

오이디푸스 무엇을 받아들이란 말인가?

코로스 약속을 어긴 적이 없고, 이제 굳게 맹세한 사람을 물리치지 마시옵소서.

오이디푸스 그대들이 무엇을 구하고 있는지 아는가?

코로스 알다 뿐입니까.

오이디푸스 그렇다면, 그 진정한 뜻을 말해 보아라.

코로스 그렇게까지 맹세한 친구를 무책임한 말 때문에 나무라시어 욕을 보이지 마시옵소서.

오이디푸스 그러면 잘 들어라. 그대가 그것을 구할 때 나는 죽거나 아니면 추방된다.

코로스 모든 신보다 앞서는 신

해의 신이여, 그 생각이 결코

내 것은 아니었고, 혜택도

친구도 없이 최악의 불행 속에서

망하기나 하련만.

지나간 재난 위에 두 분의 불화까지 겹치니.

오이디푸스 그렇다면 용서해 주자. 내가 분명히 살해당하건, 아니면 부끄러운 추방을 당하건 다만 그대의 애원을 듣고 가엾어졌기 때문이다.

그놈의 말 때문은 아니다.

그가 어디 있건 나는 영원히 그가 밉다.

크레온 양보하실 땐 싫은 얼굴을 하시는군요. 게다가 노여움에 자기를 잊으면 그렇게 심하십니다. 성미가 그렇고서야 자기 몸을 자기가 들볶지.

오이디푸스 나 좀 편하게 내버려 두고, 돌아가지 않겠나?

크레온 갑니다. 그러나 왕은 나를 잘못 보셨지만, 이 사람들한테는 내가 옳습니다.

(크레온 퇴장)

코로스 왕비님, 어째서 왕을 다시 안으로 모셔 가기를 꺼려하십니까?

이오카스테 무슨 영문인지 얘기나 들어 봅시다.

코로스 소문만으로 터무니없는 의심을 받으시다니 가슴이 아픕니다.

이오카스테 양편에서 서로 비난을 했단 말이오?

코로스 그렇습니다.

이오카스테 그래, 그 얘기란 무엇이었소?

코로스 더는 묻지 마십시오. 나라 꼴이 이렇게 고통스럽습니다. 딴 일이란 그저 그대로 내버려 두는 것이 상책인가 합니다.

오이디푸스 현명한 조언자여. 착한 마음씨로 말할 것이긴 하지만 그러나 내 노여움을 어떻게 가라앉히고 누그러뜨렸는지 아는가?

코로스 왕이시여, 다시 한 번

　말씀드립니다.

　왕을 버린다면

　저는 정녕 바보요, 미치광이입니다.

　이 나라가 고난에 허덕일 때

　바르게 이끄셨고, 이제 또한 왕밖에는

　그 누가 우리를 인도하실 수 있겠습니까.

이오카스테 여보, 제발 말씀해 주세요. 대체 무슨 까닭으로 그렇게 역정이 나셨는지?

오이디푸스 말해 주지. 나한테는 이 사람들보다 그대가 더 소중하니까. 크레온이 화근이란 말이오. 그놈이 음모를 꾸민단 말이야.

이오카스테 말씀하세요. 그 싸움의 까닭을 분명히 해주세요.

오이디푸스 내가 라이오스 왕을 시해했다는 거야.

이오카스테 자기가 알고 하는 말인가요, 남의 말을 듣고 그러는 건가요?

오이디푸스 그놈은 간사하게도 자기는 입을 씻고 그 고약한 예언자를 대신 써먹고 있단 말이야.

이오카스테 그렇다면 그런 일에 심기를 상하시지 마시고 제 말씀 좀 들어 주세요. 아무도 예언술을 가진 자는 없습니다. 여기 간단한 증거가 있습니다.

언젠가 라이오스 왕께 신탁이 내린 적이 있었습니다. 직접 포이보스 신이 내린 것이 아니라 그의 제관들로부터였어요. 그 신탁이란, 왕과 저 사이에서 태어난 아들의 손에, 왕이 살해당할 운명이라는 것이었습니다.

그런데 적어도 확실한 소문으로는, 그분이 큰 삼거리의 한복판에서 딴 나라 도둑들 손에 시해당하셨다는 것입니다. 아들은 난 지 겨우 사흘밖에 안 되었는데, 두 발뒤꿈치를 뚫고 그것을 묶어서 사람을 시켜 인적이 없는 산비탈에다 죽으라고 내버렸더랍니다.

그래서 아폴론 신은 그 애가 아비를 죽이는 자가 되지 않도록, 또한 그것을 매우 두려워하시던 라이오스 왕께서는 아들의 손에 죽는 일이 없도록 하셨던 것입니다. 예언의 결과란 이런 것이었습니다. 그러나 그런 것은 조금도 걱정하실 일이 아닙니다. 신이 필요해서 구하시는 일은 스스로 쉽게 밝혀 주실 터이니까요.

오이디푸스 왕비, 당신의 말을 들으니 내 마음이 갈피를 못 잡겠구려. 지난 일의 기억이 가슴속에 되살아나고 있소.

이오카스테 그건 무슨 말씀이십니까? 어째서 그렇게 놀라십니까?

오이디푸스 당신의 말로는 라이오스 왕께서는 삼거리에서 돌아가신 것 같구려.

이오카스테 그렇다더군요. 아직도 그렇게들 말하고 있어요.

오이디푸스 어디서 그 사건이 일어났소? 거기가 어디오?

이오카스테 그 고장은 포키스라고 합니다. 거기서 갈라진 길이 델포이와 다우리아로 통하고 있습니다.

오이디푸스 그래, 그 사건이 일어난 지 얼마나 되오?

이오카스테 그건 왕께서 이 나라를 다스리시기 얼마 전에 퍼진 소식이었습니다.

오이디푸스 오오, 제우스 신이여, 저에게 무엇을 하시려 하셨나요?

이오카스테 오이디푸스님, 그것이 그렇게까지 걱정이 되세요?

오이디푸스 아직은 묻지를 마오. 라이오스 왕께서는 어떻게 생기셨고, 키가 얼마나 되셨고, 아직 장년기에 계셨는지 말해 주오.

이오카스테 키는 크셨고 흰머리가 더러 있었습니다. 모습은 꼭 당신과 같으셨고요.

오이디푸스 아이고 맙소사! 당장 무서운 저주 속에 내 몸을 던지고 있으면서도 그걸 모르고 있다니.

이오카스테 무슨 말씀이세요? 여보, 얼굴을 보고 있으니까 무서워져요.

오이디푸스 몸서리난다. 그 장님이 볼 줄 안다면! 한마디만 더 들으면 모든 것이 분명해질 것이다.

이오카스테 정말 무서워집니다. 하지만 물으세요, 다 말씀해 드리지요.

오이디푸스 그때 왕께서는 몇몇 사람만 거느리셨던가, 아니면 이 나라 왕답게 많은 군졸을 거느리셨던가?

이오카스테 다 해서 다섯 사람이었습니다. 그 중의 한 사람은 길잡이였고 라이오스 왕께서는 혼자서 마차를 타고 계셨지요.

오이디푸스 아아, 이건 참 너무나 분명하구나! 왕비, 도대체 누가 그 얘기를 들려줍디까?

이오카스테 집 종입니다. 그 녀석만이 겨우 살아 돌아왔습니다.

오이디푸스 그래, 그 종은 아직도 이 집에 있는가?

이오카스테 없어요. 그 종은 거기서 돌아와서 돌아가신 라이오스 왕 대신 당신께서 다스리고 계신 것을 알고 제 손을 잡으며, 될 수 있는 대로 이 나라에서 멀리 떨어진 들과 목장으로 보내 달라고 간청을 했더랍니다. 그래서 보내 주었지요. 정직한 노예였습니다. 좀더 잘 해주어도 좋을 만한 사람이었어요.

오이디푸스 당장 그자를 이리로 데리고 올 수 없을까?

이오카스테 데려올 수는 있습니다만, 그자는 불러다 어쩌시려고?

오이디푸스 왕비, 내가 너무 말이 많지 않았나 하오. 그래서 그자에게서 진상을 들어야겠소.

이오카스테 그러시다면, 불러오도록 하지요. 하지만 왕이시여, 그 걱정거리를 저에게 말씀하셔도 좋으시련만.

오이디푸스 그렇게 해주지. 당신에게 숨길 일은 없지. 내 근심이 이쯤 되었으니 그런 얘기를 들어 줄 사람이란 당신 말고 또 누가 있겠소? 그러면 들어 보구려.

나의 아버지는 코린토스의 폴리보스 왕이었고, 나의 어머니는 도리스 사람인 메로페였소. 나는 나라 안에서는 가장 훌륭한 사나이라고 알려지고 있었소. 그런데 하루는 이상한 일을, 참으로 이상한 일을 당했던 것이오. 하기는 뭐 그렇게까지 걱정할 것은 아니었지만, 그것은 어떤 잔치가 있던 때에 술에 만취한 한 사람이 내가 내 아버지의 아들이 아니라고 떠들어 댔던 것이오. 짜증이 나긴 했지만, 그때는 꿀꺽 참고 입 다물고 있었지. 그 다음 날 나는 양친께 가서 사실을 여쭈어 보았소. 그랬더니 그분들은 그런 따위 소리를 감히 지껄인 자에게 매우 역정을 내셨고, 나도 그것으로 마음이 놓이긴 했지만, 그 소문은 쉬지 않고 퍼져 가고 있었기 때문에, 아무래도 이 일만은 내 마음에 편치 않았소. 그래서 나는 양친께 고하지 않고 피톤으로 갔더니 포이보스 신께서는 내가 묻는 일에 관해서는 아무것도 알려 주시질 않고, 그 대신 괴롭고 두렵고 비참한 딴 이야기를 들려주셨소. 그건 내가 내 어머니와 결혼하여, 차마 볼 수 없는 애를 낳고, 나를 낳은 아버지를 죽인다는 것이오.

이런 말을 듣고, 나는 코린토스를 피하여, 별들을 보고 그곳의 위치를 재면서 나에 대한 그 비참한 예언의 죄가 이루어지지 않을 곳으로 달아났소. 그 나그넷길을 걷던 중, 왕께서 돌아가셨다고 당신이 말한 바로 그 자리에 이르렀던 것이오. 왕비여, 이제 나는 당신에게 바른대로 말하겠소. 내가 그 삼거리에 다다랐을 때, 한 사람의 길잡이와 당신이 말한 바와 같이 마차에 탄 사람을 만났소. 그러자 길잡이와 그 노인이 억지로 나를 길에서 몰아내려 했던 것이오. 그래서 나는 그 마차꾼과 승강이 끝에 화가 나서 그를 때렸소. 이것을 본 그 노인은 내가 지나는 것을 기다렸다가 마차 안에서 끝이 두 갈래로 갈라진 몽둥이로 내 머리를 힘껏 쳤소. 그러나 그는 더 큰 앙갚음을 받았소. 그는 내 지팡이에 번개같이 빠르게 한 대 맞고서는 벌렁 굴러 떨어졌고, 나는 그들을 모조리 죽여 버렸소.

그러나 만약 그 낯선 사람이 라이오스 왕과 무슨 관계가 있다면 나보다 더 불행한 사람이 있을까? 나보다 더 신의 미움을 받은 자가 있을까? 어떤 외국인도 어떤 시민도 나를 집에 들여놓아서는 안 된다. 말을 걸어서도 안 된다. 그들의 집에서 몰아내야 한다. 게다가 이런 저주가 나한테 내렸고, 그것은 어느 누구도 아닌 바로 내가 내린 것이오. 내가 죽인 그 사람의 침실을 바로 그 손으로 더럽히고 있구려. 이 아니 괘씸한 놈이오? 더할 수 없이 더러운 놈이 아니오? 이 나라엔 있을 수 없고 그래서 추방된 이 몸은 집안끼리도 만나지 못하고 내가 태어난 고장에 두 번 다시 발을 들여놔서도 안 되오. 그렇지 않으면 어머니와 결혼하고 나를 낳으시고 키워 주신 나의 아버지 폴리보스 왕을 죽였을 것이니.

이것을 나에 대한 무정한 신의 소행이라고 말한다면 그 누가 그 판단을 그르다 할 것인가? 아니 결코, 결코, 오오 그대 거룩한 신이여, 다시는 그런 날이 오지 않도록 하시옵소서! 아니, 그런 더러운 상처가 나한테 찍히기 전에, 차라리 이 세상에서 없어지게 하옵소서!

코로스 오오, 왕이시여, 저희도 무서워집니다. 그러나 그 자리에 있었던 당사자에게 들으실 때까지는 희망이 있습니다.

오이디푸스 내 희망은 사라졌지만 아직은 그 양치기가 오는 것을 기다리는 일이 남아 있소.

이오카스테 그 사람이 오면 무엇을 알아보시겠습니까?

오이디푸스 그건 이렇소. 그자의 말이 당신 말과 맞는다면, 나는 괴로움을 면하게 될 것이란 말이오.

이오카스테 제가 따로 무슨 말씀을 드렸던가요?

오이디푸스 당신 말에 따르면, 그 양치기가 도둑들이 왕을 시해했다고 말하더라는 것이오. 그래서 만약 그가 도둑질한 사람이 아니라, 여러 도둑들이라면 죽인 것은 내가 아니오. 하나는 여럿과 같지 않기 때문이오. 그러나 만약 단 한 사람의 나그네였다고 그가 말한다면, 거기선 피할 길이 없소. 그건 바로 내 죄를 가리키는 것이오.

이오카스테 어쨌든 그가 그렇게 말했다는 것은 틀림없습니다. 이제는 그가 스스로 말한 것을 물을 수 없습니다. 저만이 아니라 온 나라가 그 얘기를 들었거든요. 그리고 설사 처음 얘기와 다소 다른 점이 있다 해도, 왕이시여, 그가 라이오스 왕께서 예언대로 돌아가셨음을 결코 보여 주지는 못할 것입니다. 록시아스께서는 분명히 왕이 친자식 손에 돌아가시리라고 말씀하셨기 때문입니다. 가엾은 그애는 왕을 죽이기는커녕, 제가 먼저 죽고 말았습니다. 예언이란 그런 따위예요. 앞으로는 아예 예언 때문에 여길 보거나 저길 보거나 하진 않겠습니다.

오이디푸스 옳은 생각이오. 그렇긴 하지만, 사람을 보내서 그 종녀석을 이리로 불러왔으면 하오. 잊지 말고.

이오카스테 곧 그렇게 하지요. 하지만 어쨌든 안으로 들어가십시오. 결코 뜻을 어기는 일은 하지 않겠습니다.

(오이디푸스 왕, 이오카스테 퇴장)

코로스 (노래)

내 운명은, 저 밝고 밝은 하늘에 태어나서

드높은 법을 따르고자

모든 말이나 행동에서 순진을 지키는

내 생명을 이끌지어다.

이 법은 올림포스만을 아버지로 하고

죽어야 할 인류가

만든 것은 아니며

결코 망각의 잠 속에 빠지지 않는다.
신은 그 법에서 강하며 늙음을 모르신다.
오만은 폭군을 낳는다.
오만은 헛되이 지나친 이득에
드높은 바위 끝을 기어오르고
이내 비참한 운명에 빠져
손발도 여기서는 쓸모가 없다.
그래도 나라에 이바지하려는
열망에 불탄 참다운 애국자를
신께서 보호하시옵소서!
신은 나의 도움이요, 희망이시며
그를 나는 섬긴다.

정의를 두려워하지 않고
신의 궁전을 어려워하지 않고
말이나 행동에서 오만한 자는
그 불행한 오만 때문에 재앙을 받는다.
만약 그가 옳게 얻지 않고
더럽고 욕된 행동을 피하지 않고
어리석게도 성스런 것을 더럽힌다면
그런 일을 저지를 때, 그 누가
신들의 큰 화살을 피하길 바랄 수 있으랴?

그런 죄가 영광스러울 수 있다면,
어찌하여 내가 춤추고 성스런 합창을 이끄는가?

만약 저 신탁이
누구한테나 분명해지지 않는다면
대지 한복판의 궁전에도
아바에[34]와 올림피아의 제단에도
나는 다시 참례치 않으련다.
만물의 주, 불멸의 힘이신 제우스 신이여
만약 그 이름이 옳다면 옛 신탁을 밝히시옵소서.
라이오스 왕은 잊혀지고
그 무서운 일은 가슴에서 사라지고
아폴론의 영광은 엷어지고
믿음은 날로 식어 가고 있으니.

(이오카스테, 궁으로부터 꽃과 향불을 들고 등장)

이오카스테 이 나라의 어른 되시는 분들, 나는 이 꽃과 향불을 들고 신전들을 찾아다니려고 마음먹었습니다. 오이디푸스 왕께서 지나치게 심려하시고 겹치는 괴로움으로 불안해하시기 때문입니다. 그분은 분별 있는 사람처럼 지난 경험으로 지금 일을 판단하려 하지 않고, 불길한 징조를 말하는 자에게 귀를 기울이십니다. 그 후로는 내가 무슨 말씀을 드려도 소용이 없군요.

괴로운 때에 도움이 되시는 리키아[35]의 아폴론 신이시여, 당신께 제물을 가지고 빌러 왔습니다. 우리를 밝혀서 이 더러움에서 벗어나게 하시옵소서! 선원들이 키잡이의 근심스런 얼굴을 보듯이, 우리는 모두들 위협을 당하고 있습니다.

(코린토스에서 온 사자 등장)

사자 여보세요, 오이디푸스 왕의 궁전이 어디 있는지 가르쳐 주시지 않으렵니까? 아니, 그보다는 왕께서 어디 계신지 혹시 아시면······.

코로스 노인, 이것이 궁전이고 그분은 이 안에 계십니다. 바로 이분이 왕비이시고 그분 자녀들의 어머니 되십니다.

사자 왕비와 왕가에 온갖 행복이 깃들고 있습니다. 그분의 훌륭한 짝이시로군요.

이오카스테 나도 노인을 축복합니다. 노인의 다정한 말씀에 대한 당연한 인사입니다. 그런데 무슨 일로 또 무슨 기별이 있어서 오셨는지 말씀하십시오.

사자 왕비님, 왕과 왕가에 좋은 소식이 있습니다.

이오카스테 무슨 소식이죠? 누가 보낸 사자인가요?

사자 코린토스에서 왔습니다. 저의 얘기를 들으시면 기뻐하실 겁니다. 하긴 한탄도 크시겠지만.

이오카스테 무엇이라고요? 어째서 그런 두 가지 힘이 있단 말이오?

사자 이스트미아[36] 백성은 그분을 그곳의 왕으로 모시려는 것입니다. 거기서 그렇게들 말하고 있더군요.

이오카스테 무엇이라고요? 연만하신 폴리보스 왕께서는 이미 왕위에 계시지 않으신가요?

사자 그렇습니다. 돌아가시어 무덤 속에 계십니다.

이오카스테 네에! 돌아가셨다고요? 폴리보스 왕께서.

사자 제 말씀이 거짓이라면 죽어도 좋습니다.

이오카스테 시녀들아, 어서 가서 왕께 말씀 올려라. 그까짓 신탁쯤 어찌 되었든 오이디푸스 왕께서는 그가 살인자로 증명되는 것을 두려워하셔서 오랫동안 피해 계셨는데, 이제 그분은 자연의 손에 돌아가셨군요. 오이디푸스의 손은 아니었군요!

(오이디푸스 등장)

오이디푸스 사랑하는 이오카스테, 무슨 일로 나를 이렇게 또다시 궁 밖으로 불러냈단 말이오?

이오카스테 이 사람한테서 소식을 들어 보세요. 그걸 들으시고, 그 무서운 신탁이 어떻게 되었는지 말씀해 주세요.

오이디푸스 이 사람은 누구요? 나에게 무엇을 알리려는 거요?

이오카스테 코린토스에서 온 사람입니다. 그리고 당신의 아버님 폴리보스 왕께서는 이미 세상을 떠나셨다는 기별입니다.

오이디푸스 무엇이라고? 노인 당신의 입으로 직접 들려주오.

사자 그 소식부터 우선 밝혀야 한다면 말씀드리죠. 왕께서는 돌아가셨습니다.

오이디푸스 암살이었던가? 아니면 병환이었던가?

사자 조금만 건드려도 노인은 그만입니다.

오이디푸스 불쌍하게도 병환으로 돌아가셨단 말이로군.

사자 게다가 연세가 연세이니 만큼.

오이디푸스 아아 참, 아내여. 피톤 신탁의 집[37]이나 하늘에서 우는 예언의 새들을 걱정할 필요가 있을까? 내가 내 아버지를 죽인다고 하더니 이제 이미 돌아가셔서 땅속에 묻히셨구려. 나는 여기 있어서 칼을 잡은 적도 없는데. 잃어버린 자식이 그리워서 돌아가신 것도 아니고. 만약 그렇다면 과연 내가 죽였다고도 하겠지. 그러나 그 예언은 그대로는 아무 값어치도 없는 것이야. 폴리보스 왕께서 그대 당신과 함께 이미 저승으로 가지고 가셨단 말이야.

이오카스테 벌써 오래전부터 그렇다고 말씀드리지 않았습니까?

오이디푸스 그랬지. 하지만 나는 무서워서 어리둥절했던 거요.

이오카스테 이젠 그런 일은 더 생각하지 마세요.

오이디푸스 어머니와 결혼이라는 것에 관해서도 두려워하지 말아야겠지?

이오카스테 인간 따위가 걱정해서 무엇 하겠어요? 인간에게 운명이란 절대적인 것이어서 무엇 하나 앞일을 분명히 모릅니다. 그저 그날그날 아무 걱정 없이 지내는 것이 상책입니다. 어머니와의 결혼이라는 것도 무서워할 것이 못 돼요. 꿈에 어머니와 동침했다는 일은 얼마나 많습니까! 하지만 그런 따위 일을 마음에 두지 않는 사람이 가장 속 편하게 살아갈 수 있답니다.

오이디푸스 내 어머니가 살아 계시지 않다면이야, 당신 말이 과연 옮기는 하오만. 그분이 살아 계시는, 살아 계신 동안은 아무래도 두려움이 그치질 않는구려.

이오카스테 하지만 아버님이 돌아가신 일만도 불행 중 다행입니다.

오이디푸스 그건 그렇지, 그러나 살아 계신 그분이 두렵구려.

사자 그 여자가 누구기에 그렇게 왕께서 두려워하시나요?

오이디푸스 노인, 메로페라는 폴리보스 왕의 왕비라오.

사자 그런데 어째서 그분이 두렵단 말씀입니까?

오이디푸스 노인, 좋지 않은 신의 말씀이 있었기 때문이라오.

사자 남이 들어서는 안 되는 것입니까? 들어도 괜찮은 것인가요?

오이디푸스 아무렴, 괜찮고말고. 전에 록시아스 신께서 말씀하기를, 나는 내 어머니와 결혼하고 내 손으로 내 아버지의 피를 흘려야 한다는 것이오. 그래서 나는 코린토스에서 오랫동안 멀리 떨어져 살고 있는 터이오. 행복하긴 하지만, 어버이의 얼굴이 그지없이 그립구려.

사자 그러면 그것이 두려워 고국을 떠나 계십니까?

오이디푸스 그렇소, 노인. 내 아버지를 죽일까 두려워서요.

사자 그렇다면 왕이시여, 제가 기쁜 소식을 가져왔는데도 어째서 그 근심은 사라지질 않습니까?

오이디푸스 그야 물론 감사히 여겨야죠.

사자 저 역시 왕께서 고국으로 돌아가시면, 제게도 좋은 수가 있으려니 생각되어서 왔습니다.

오이디푸스 아니오. 나는 다시는 양친 곁으로 가지 않겠소.

사자 젊은 분, 과연 무엇을 하고 계신지 모르시는구려.

오이디푸스 어째서 그렇단 말이오, 노인장? 부디 그 까닭을 말해 주오.

사자 이것 때문에 고국으로 돌아가시기가 두려우시다면.

오이디푸스 그렇소. 포이보스 신의 말씀이 이루어질까 두렵구려.

사자 양친의 일로 죄를 저지르기가 두렵기 때문이죠?

오이디푸스 그렇소, 노인장. 나는 그것이 늘 두려운 거요.

사자 도대체 아무것도 아닌 것을 두려워하고 계신 줄 모르시나요?

오이디푸스 아무것도 아니라니, 내가 바로 그분들의 자식인데도?

사자 왕은 폴리보스 왕과 아무 핏줄도 닿지 않습니다.

오이디푸스 무슨 소리요. 폴리보스 왕이 내 아버지가 아니라고?

사자 저하고나 마찬가지요. 다를 바 없습니다.

오이디푸스 아버지가 아무것도 안 되는 사람과 다를 바 없다니?

사자 제가 왕의 아버지가 아닌 것과 마찬가지죠.

오이디푸스 그러면 어째서 그분이 나를 아들이라고 불렀단 말이오?

사자 제가 왕을 선물로 그분께 바친 것입니다.

오이디푸스 친자식이 아닌데도 그렇게 극진히 귀여워해 주셨단 말이오?

사자 그때까지 어린애가 없었기 때문이죠.

오이디푸스 그러면 노인은 그때 나를 샀던가 주웠던가?

사자 키타이론의 첩첩이 깊은 산골짜기에서 주웠답니다.

오이디푸스 대체 그런 곳을 어째서 지나가게 되었소?

사자 거기서 양을 치고 있었죠.

오이디푸스 그러면 그때 노인은 품팔이 양치기를 하고 있었소?

사자 그렇습니다. 그래서 젊은 분, 당신을 구해 드렸던 것이죠.

오이디푸스 내가 어떤 고통, 어떤 위험을 당하고 있었기에 구해 주었단 말이오?

사자 그야 당신의 발뒤꿈치가 증명하고 있습니다.

오이디푸스 아아, 어쩌자고 내 오랜 상처를 말한단 말이오?

사자 두 발목에 구멍을 뚫고 묶은 것을 풀어 드렸지요.

오이디푸스 그렇지, 내게는 어려서부터 싫은 상처가 있었지.

사자 그 때문에 왕께서는 지금의 이름으로 불리게 된 것입니다.[38]

오이디푸스 제발 부탁이오. 누가 그랬소? 아버지요, 어머니요? 말해 주오.

사자 모르겠습니다. 그건 당신을 저에게 준 사람이 더 잘 알 것입니다.

오이디푸스 그러면 남에게서 받았고 당신이 발견한 것은 아니었구려?

사자 그렇습니다. 다른 양치기가 저에게 주었습니다.

오이디푸스 그가 누구란 말이오? 그가 누군지 말해 줄 수 있겠소?

사자 라이오스 왕의 사람인 것 같더군요.

오이디푸스 오랜전에 이 나라를 다스리셨던 왕 말이오?

사자 맞습니다. 그분의 양치기를 하고 있었습니다.

오이디푸스 그 사람이 아직도 살아 있는가? 내가 볼 수 있을까?

사자 이곳 사람들이 가장 잘 알고 있지요.

오이디푸스 여기 있는 사람들 가운데서 이 노인이 말하는 양치기를 아는 사람은 없을까? 그자를 시골이나 시내에서 본 사람은 없는가? 곧바로 알려라. 이 일을 분명히 할 때가 왔다.

코로스장 앞서 만나고 싶다고 하신 농사꾼 말씀인 듯합니다. 그러나 누구보다도 이오카스테님께서 가장 잘 말씀하실 수 있을 것입니다.

오이디푸스 여보, 조금 전에 부르러 보낸 사람을 알고 있겠지? 노인은 바로 그자를 말하고 있는 것이오.

이오카스테 그자가 누구란 말씀입니까? 아무려면 어떻습니까? 내버려 두세요. 그런 따위는 말도 안 되는데 공연히 심려하실 것 없습니다.

오이디푸스 그렇지 않아. 이만큼 실마리를 잡았는데도 내 출생을 밝혀내지 않고 버려 둘 수는 없어.

이오카스테 제발 당신 목숨을 소중히 여기시거든 그렇게 들춰내는 일은 그만두세요. 이젠 더 견딜 수 없군요.

오이디푸스 염려 마오. 내가 삼 대 전부터 노예 어머니한테서 태어났다 하더라도 당신의 명예가 의심받을 리는 없지.

이오카스테 하지만 제 말씀 좀 들어 주세요. 제발 그만해 두세요.

오이디푸스 그럴 수는 없어. 이 일은 밝혀내야 해.

이오카스테 그렇지만 저는 당신을 위해서 가장 좋은 길을 말씀드린 겁니다.

오이디푸스 그 가장 좋은 것이 나한테는 귀찮아졌단 말이야.

이오카스테 딱하기도 하셔라! 스스로 누군지 모르고 지내시기를.

오이디푸스 누구든지 어서 가서 그 양치기를 데려오너라. 이 여자한테는 그 고귀한 지체를 자랑하게 내버려 두면 그만이다.

이오카스테 아아, 가엾은 분. 이것이 당신께 대한 제 마지막 말입니다. 다시는 아무 말도 않겠습니다.

(이오카스테 궁 안으로 퇴장)

코로스장 오이디푸스 왕이시여. 어찌하여 왕비께서는 저렇게까지 한탄하시면서 들어갔습니까? 그 말 없는 속에 무슨 불길한 일이 일어날 것만 같습니다.

오이디푸스 일어날 테면 일어나라고 하지! 내 지체가 아무리 천하다 하더라도 알지 않고는 못 배기겠어. 여자들에게 흔히 있는 자존심 이상으로 그 여자는 필시 나의 천한 출신을 부끄러워할 거야. 그러나 나는 행운의 신의 아들이며, 좋은 선물을 주는 자라서 조금도 부끄러울 것이 없어. 그런 어머니[39]에게서 태어나서, 내 형제인 변천하는 달과 더불어 나도 때로는 흥하고 때로는 기울게 된 것이야. 나는 그렇게 태어났으니 내 출생을 알기에 두려워할 까닭은 없어. 그 어떤 것도 나를 달리 만들 수는 없단 말이야.

코로스 (노래)

   만약 내가 예언자이며 지혜 깊은 자라면

   오오, 키타이론이여, 올림포스의 하늘을 날아

   내일의 둥근 달에 오이디푸스는

   그대를 낳은 땅, 기른 아버지 어머니로서

   공경하고자

   그대가 우리 왕께 보여 준 은혜 때문에

   우리는 그대를 춤추며 칭송하리.

   오오, 우러러 받드는 포이보스여

   이를 뜻대로 하옵소서!

   내 아들[40]아 너를 낳은 자가 누구인가,

   요정[41]인가, 여신인가,

   들과 산을 뛰어다니는 판[42]이 아버지인가?

   아니면 목장을 사랑하는 록시아스가 낳았나?

   높은 곳 목장은 다 너의 즐거움이니.

   혹은 킬레네의 임자[43]인가, 아니면

   산마루의 바코스[44]가

   언제나 즐거이 화목하는 헬리콘[45]의 님프에게서

   새로운 기쁨을 얻으셨나?[46]

오이디푸스 노인들이여, 아직 그자를 만난 일이 없는 내가 짐작
하기로는 저기 보이는 사람이 아까부터 기다리고 있던 양치기

같군. 늙기도 이 노인과 비슷하고 게다가 그를 데려오는 자들은 내 집 하인들 같고. 그러나 그대는 아마 나보다 더 알고 있겠지. 저 양치기를 전에 본 적이 있으면.

코로스장 알고말고요. 라이오스 왕의 양치기로서 매우 충실한 사람이었습니다.

(양치기 등장)

오이디푸스 코린토스의 나그네. 우선 노인에게 묻겠는데, 저 사람이 바로 노인이 말한 그 사람이오?

사자 바로 그 사람이올시다.

오이디푸스 자아, 그러면 노인. 이쪽을 보고 내가 묻는 말에 대답을 해주오. 그대는 전에 라이오스 왕 밑에서 일하고 있었던가?

양치기 그렇습니다. 노예로 팔려 온 것이 아니고, 댁에서 나서 자랐습니다.[47]

오이디푸스 무슨 일을 보고 있었고, 어떻게 지내고 있었소?

양치기 대개는 양을 보살피고 있었습니다.

오이디푸스 주로 어디서 많이 일을 했소?

양치기 그건 키타이론이기도 했고, 그 근처이기도 했습니다.

오이디푸스 그렇다면 저 노인을 본 적이 있겠군?

양치기 저 노인이라니요? 어디서 그를 보았단 말씀이십니까?

오이디푸스 여기 이 사람 말이오. 전에 어디선가 만난 일이 있지 않소?

양치기 글쎄요, 얼른 생각이 나질 않는군요.

사자 그것도 그럴 것입니다. 그러나 제가 그의 기억을 되살려 놓겠습니다. 저희들이 키타이론 근처에 있던 때의 일은 잘 기억할 것입니다. 저 사람은 양 두 떼, 저는 한 떼를 몰고 꼬박 삼 년, 봄부터 가을까지 반 년씩 거기 있었습니다. 겨울에 저는 양 떼를 저의 우리에, 저 사람은 라이오스 왕의 우리에 몰아넣었습니다. 내 말이 맞지, 안 그렇소?

양치기 오랜전 일이로군. 허나 다 사실이오.

사자 그럼, 묻겠는데, 그때 자넨 나에게 어린애를 주지 않았나? 나더러 양자로 기르라고.

양치기 무슨 소리야? 그건 왜 묻지?

사자 이 사람아, 자네 앞에 서 계신 분이 바로 그때 그 어린애란 말이야.

양치기 염병할 놈! 입 닥치지 못해?

오이디푸스 늙은이, 이 사람을 나무랄 것이 아냐. 내가 듣기엔 이 노인 말이 거기보다 더 정직한 것 같군.

양치기 높으신 어른, 제가 어째서 잘못입니까?

오이디푸스 이 노인이 묻고 있는 그 어린애에 관해서 아무 대답도 않기 때문이야.

양치기 저자는 자기가 무슨 말을 하고 있는지도 모르고 바보처럼 중얼거립니다.

오이디푸스 바른대로 말하지 않으면, 입을 열도록 해야겠군.

양치기 그저 이 늙은이를 용서하십시오.

오이디푸스 여봐라, 이놈의 두 팔을 묶어라.

양치기 아이고 이게 웬일입니까? 무엇을 더 들으시겠단 말씀입니까?

오이디푸스 어린애 말인데, 네가 이 사람한테 주었지.

양치기 주었습니다. 차라리 그날 내가 죽어 버릴걸.

오이디푸스 바른대로 말하지 않으면 그렇게 될 거다.

양치기 하지만 말하면 더욱 큰일인걸.

오이디푸스 아직도 우물쭈물할 셈이로구나.

양치기 아닙니다. 저 사람한테 주었다고 아까 말씀드렸습니다.

오이디푸스 어디서 얻었나? 네 어린애냐, 아니면 남한테서 얻었더냐?

양치기 제 어린애는 아닙니다. 다른 사람한테 받은 것이었습니다.

오이디푸스 여기 시민들 중의 누구한테서? 뉘 집에서?

양치기 주인어른, 제발 소원입니다. 더는 묻지 마십시오.

오이디푸스 또다시 내게 말을 시키면 그땐 목숨이 없을 줄 알아라.

양치기 그러시다면 할 수 없죠. 그건 라이오스 왕 댁의 애기였습니다.

오이디푸스 노예인가? 그의 친자손인가?

양치기 이거 참 딱하군. 아무래도 무서운 말을 해야겠으니.

오이디푸스 바로 그걸 내가 듣겠다는 거야. 기어이 들어야겠다.

양치기 왕의 친아드님이라고들 말했습니다. 그러나 안에 계신 왕비님께서 그 사연을 가장 잘 아십니다.

오이디푸스 그러면 왕비가, 바로 왕비가 내주었던 말인가?

양치기 그렇습니다. 임금님.

오이디푸스 무엇 때문에?

양치기 죽여 없애라는 것이었죠.

오이디푸스 그럴 수가……. 제 자식이면서!

양치기 불길한 신탁이 두려웠기 때문이라 합니다.

오이디푸스 무슨 신탁?

양치기 그 애가 아버지를 죽인다는 것이었습니다.

오이디푸스 그럼, 어째서 그대는 그 애를 저 노인에게 주었는가?

양치기 그 어린것이 하도 가엾어서 그랬습니다. 주인어른, 이 사람이 딴 데로, 제 나라로 데려가려니 생각했습니다. 그렇지만 이 사람이 살려 놓았기 때문에 큰일이 벌어졌습니다. 왕께서 바로 이 사람이 말하는 분이시라면, 정말 불행하게 태어나셨군요.

오이디푸스 아아, 참, 이젠 모든 것이 분명해졌구나. 모든 것이 사실이로구나! 오오, 빛이여, 다시는 너를 보지 못하게 해 다오! 이 몸은 죄 많게 태어나 죄 많은 혼인을 하고, 죄 많은 피를 흘렸구나!

(오이디푸스 퇴장)

코로스 (노래)

사람의 아들이여,

너희들은 하루살이 목숨.

그는 누군가, 저 행운도 이름뿐
삽시간에 망해 없어지는 행운.
그런 행운보다 나은 것을 얻은 자는 누구냐?
좋은 가르침이다, 그대 운명은.
그대의 그것은 오오, 불행한 오이디푸스님이여
내 이것을 보고
이 세상일 무엇을 행운이라 하랴!

저 님은 비길 데 없는 솜씨로 과녁을 맞혀
모든 것에서 영화와 부와 힘을 얻고
오오, 제우스 신이여, 저 굽은 손톱의
요사스런 스핑크스를 넘어뜨리고
나라 위해
재난을 막는 수호자가 되셨다.
그로부터 당신은 우리 왕이라 불리어
가장 높은 사람으로 우러러 보여
대 테베를 다스리셨다.

그러나 이제 이보다 더 슬픈 이야기가 있을까?
누가 이처럼 격심한 재앙과 고뇌 가운데서,
삶의 무상에서 다시 만날 자 있을까?
오오, 이름 높은 오이디푸스님이여,

똑같은 하나의 휴식의 집이
아들이면서 또 아버지인
당신에 만족하여 혼인의 침실이 되었다.
당신 아버지가 씨 뿌린 밭이 어떻게
그토록 오래 말없이 그런 잘못을
견딜 수 있었던가?

모든 것을 뚫어 보는 세월은
깨닫지 못한 당신의 죄를 들추어
오랫동안 이미 아버지이면서 아들인
흉한 혼인을 심판한다.
오오 라이오스의 아들이여
차라리, 차라리 당신을 안 보는 것이 좋았을 것을!
나에겐 죽은 자를 조상하는 듯한 슬픔이 있다.
과연 당신 때문에 되살아나고
이제는 당신으로 하여 어둠은 다시 내 눈을 덮었다.

(안에서 다른 사장 등장)

사자 영원히 이 나라 최대의 영예를 지니신 분들, 이런 일들을
들으셔야 하다니. 이런 일들을 보셔야 하다니. 이런 큰 슬픔을
당하시다니! 만약 여러분께서 랍다코스의 참다운 자손들이요,
충성된 분들이라면. 이스트로스[48]의 강물도 파시스[49]의 강물도
이 댁의 핏자국을 씻지는 못할 것입니다. 알고 하는 일이지만,

이 댁은 불길한 일을 하나는 숨기고 있고 하나는 곧 드러납니다.[50] 스스로 짊어질 이 상처를 보고서 고통은 더욱 큽니다.

코로스장 이제까지 알고 본 일로만 해서도 비참하게 눈물을 흘렸는데, 이 위에 또 무슨 얘기를 할 셈인가?

사자 우선 급한 대로 말씀드리죠. 우리의 이오카스테 왕비는 돌아가셨습니다.

코로스장 아아, 가엾은 분. 도대체 어찌 된 셈인가.

사자 자살하셨습니다. 이 일에서 가장 비참한 것을 못 보셨기 때문에 여러분은 오히려 괴로움도 적습니다. 그러나 기억하는 한에서 내가 본 그 불행한 분의 임종을 말씀드리겠습니다.

그분은 미친 듯이 집안으로 뛰어드시더니 머리채를 두 손으로 쥐어뜯으시면서, 곧장 내외분의 침실로 뛰어가셨습니다. 방에 들어가시자마자 문을 쾅 닫으시고는, 오래전에 돌아가신 라이오스 왕을 소리쳐 부르셨습니다. 그 몸에서 태어난 아드님을 생각하셨던 것이죠. 아버지를 죽이고 어머니를 자신의 소생으로 저주받게 한 그 아들, 그 엄청난 자손 말입니다.

불쌍하게도 남편에게서 남편을, 자식에게서 자식이라는 이중의 출산을 본, 그 혼인을 한탄하고 계셨습니다. 그 다음에 무슨 일이 일어났는지 저는 모릅니다. 오이디푸스 왕께서 소리치시며 뛰어 들어오셨기 때문에, 그분의 마지막은 보지 못하고 말았습니다. 누구나 다 왕께서 서성대시는 것을 물끄러미 보고만 있었습니다. 왕께서는 오락가락하시면서 '칼을 달라. 아내이면서도 아내가 아니고, 자기와 자기 애를 함께 낳은 사람은 어디 있느냐? 고 외치셨습니다. 그렇게 미친 듯이 외치시는 동안에, 아무도 보진 못했지만, 무슨 인간 이상의 다른 힘이 이끌었던지 왕께서는 소리를 지르시면서 문에 덤벼드시어 빗장을 비틀어 벗기시고 방안으로 뛰어드셨습니다.

보니까 이미 왕비의 몸은 매달려 있었습니다. 밧줄의 고리로 목을 졸리고 있었던 것입니다. 왕께서는 그 모양을 보시자 목이 멘 소리를 내시면서 밧줄을 푸셨습니다. 그러고는 그 가엾은 시체를 내려 눕히셨는데, 차마 못 볼 일이 일어났습니다. 왕께서는 왕비가 입고 계신 옷에서 황금의 장식 바늘을 빼서 높이 치켜드셨다가 당신의 두 눈알을 그것으로 콱 찌르셨습니다. 그때 이런 말을 하시더군요.

'너희들은 이제 다시는 내게 덮친 수많은 재앙도, 내가 스스로 저지른 수많은 죄업도 보지 마라! 이제부터 너희들은 어둠 속에 있거라! 보아선 안 될 사람을 보고, 알고 싶었던 사람을 알아채지 못했던 너희들은 다시는 누구의 모습도 보아서는 안 된다.'

이렇게 신음하시면서, 한 번도 아니고 몇 번씩 손을 치켜드셨다가는 눈을 찌르시고 그때마다 눈에서 흘러내리는 피가 수염을 적셨습니다. 핏방울이 떨어졌다기보다는 시꺼먼 피가 억수같이 쏟아져 나왔습니다.

이런 무서운 일이 한편에서만이 아니라 양편에서, 내외분께 생겼습니다. 옛날부터 내려온 이 집안의 행복은 과연 행복이었습니다. 그러나 오늘부터는 비탄과 파멸과 죽음과 치욕, 온갖 재앙이라고 부를 수 있는 것들은 하나도 갖추지 않은 것이 없습니다.

코로스장 왕께서는 아직도 고통을 당하고 계실까?

사자 이렇게 호통을 치십니다. '빗장을 젖히고 모든 테베 사람들에게 보여 주어라. 이 아비를 죽인자, 그의 어머니의…….' 그러나 내 입이 부끄러운 말을 되풀이할 수는 없습니다. 그분은 즉시로 이 나라에서 스스로 물러나야지 여기 더 머물러서 스스로 말한 저주를 이 집에 끼쳐서는 안 되겠다는 것입니다. 그러나 힘도 없으시고 이끌어 드릴 사람도 없습니다. 여러분이 보시면 아시겠지만, 견딜 수 없는 고통을 당하고 계십니다. 저기 문이 열리고 있습니다. 이제 곧 그 모습이 보일 것입니다. 너무나 슬픈 일이라, 싫증을 낼 사람이라도 가엾어 할 모습입니다.

(앞 못 보는 오이디푸스 등장)

코로스 아아, 이 얼마나
　일찍이 본 적도 없는
　처참한 모습이란 말인가?
　아아, 이 무슨 광증입니까?
　그 무슨 운명의 마귀가
　덮쳐서 당신을 망쳤나요?
　아아, 딱하다, 애처롭다.
　차마 볼 수가 없군요.
　보고 싶어도

견뎌 낼 수가 없고, 듣고 싶어도
무섭기만 합니다.

오이디푸스 아아 슬프다. 재앙의 이 몸! 나는 어디로 가나? 내 목소리는 지향 없이 날아가다니! 아아 운명이여, 너는 어디서 왔는가?

코로스 말할 수 없이 무섭고 차마 볼 수 없이 어두운 곳으로.

오이디푸스 아아 무서운 검은 구름의 이 어둠! 손을 쓸 수도 없이 바싹바싹 닥쳐온다. 괴롭고 비참하다. 상처의 아픔과 어두운 기억에서 이 몸은 잘리어 시달린다!

코로스 이렇게 큰일, 겹친 한탄, 겹친 괴로움을 느끼신다 해도, 이상할 것 없습니다.

오이디푸스 아아, 그대는 아직도 친구로 있어 주는가, 아직도 이 장님을 걱정해 주는가? 아직도 내 가까이 있는가? 내게 들리는 것은 그대 음성이로군. 비록 그대 얼굴이 보이지 않지만.

코로스 아아, 그 눈, 어떻게 그런 무서운 일을 하실 수 있습니까? 그 무슨 마귀의 탓입니까?

오이디푸스 아폴론이다, 친구들이여. 나한테 쓰리고 괴로운 재앙을 가져온 아폴론이다.

그러나 눈을 찌른 것은 다른 아무것도 아니다.

바로 나다.

무엇 때문에 내 눈으로 보아야 하나?

모든 것이 추악한 곳에서.

코로스 옳은 말씀입니다.

오이디푸스 어디에 내게 볼 만한 아름다움은 있는가? 어디에 보고 듣기에 사랑스런 것이 있는가? 어서 빨리 여기서 끌어내 주오, 친구들이여. 절망과 저주를 받은 사람, 신들의 미움을 가장 많이 받은 이 사람을!

코로스 자책과 불행으로 괴로움이 겹친 분! 차라리 뵙지 않았더라면 좋았을 것을!

오이디푸스 그 목장에서 내 발의 사슬을 풀고
　나를 죽음에서 살려 낸 사람을
　나는 저주한다, 반갑지도 않다.
　그때 죽고 말았더라면
　친구한테도 나한테도 이런 고통은 없었을 것을.

코로스 저도 그러기를 바랐을 것입니다.

오이디푸스 그러면 내 아버지의 피를 흘리지도 않고, 나를 낳은 사람의 남편이라고 불리지도 않았겠지.
　그러나 지금은 신들에게서도 버림받은 자, 치욕의 아들입니다.
　나를 낳은 어버이의 침실을 더럽힌 자,
　더러운 것 중에도 더러운 것이 있다면 그것이야말로
　오이디푸스의 몸이다.

코로스 그래도 잘하신 일이라고 말할 수는 없습니다. 눈멀고 사느니, 차라리 죽는 편이 더 나았을 것을.

오이디푸스 그것이 잘한 일이 아니라는 훈계 따위는 집어치워라.

내 확신을 흔들지는 못한다. 저승에 가서 무슨 눈으로 내 아버지를, 그리고 내 불쌍한 어머니를 뵐 수 있을는지 모르겠다. 그렇게 해서 낳은 내가 보기 즐거울 리가 없다. 이 나라도 그 성벽도, 신들의 귀하신 모습도, 이처럼 비참한 내 몸은 테베 땅에 태어난 으뜸가는 젊은이였건만 이젠 두 번 다시 보아서는 안 된다고 스스로 선고하게 되었구나! 더러운 사내, 신들이 더러운 놈이라고 보신 이 사내, 라이오스 왕의 피를 받은 사내를 쫓아내라고 스스로 명령한 것이다.

그런 더러운 사내임을 스스로 알고도 내 어찌 사람들을 마주 볼 수 있겠는가? 그럴 수는 없어! 듣지 못하게 하는 방법만 알았더라면 눈뿐이겠는가, 귀도 들리지 않게 이 부끄러운 몸뚱이를 땅속의 감옥으로 만들겠다. 슬픔이 닿지 않는 곳에서 사는 마음은 평화롭기 때문이야.

아아, 키타이론 산이여! 어찌하여 나를 맞아들였던가? 어찌하여 받아들이자 곧 죽여 없애지 않았더란 말인가? 그랬으면 이 몸이 태어남을 세상에 알리지 않았을 것인데, 오오 폴리보스 왕이시여, 코린토스여, 그리고 내 조상의 집이라고 불려 온 집이여, 그토록 아름다운 겉보기의 뒤에는 화를 감추고 있으면서 나를 키워 주다니! 이제는 죄악에서 나온 저주받은 이 몸이다. 저 세 갈래의 좁은 길이여, 네놈들은 내 손에서 내 아버지의, 즉 나의 피를 마신 것이다. 잊을래야 잊을 수 없구나. 내가 무슨 짓을 저질렀던가. 그리고 그 후에 이곳에 와서 다시 무엇을 범했던가?

오오, 숙명의 결혼이여. 그대는 나를 낳고 나를 낳았으면서도 내 씨를 지녔다. 아버지와 형제와 자식, 새색시와 아내와 어머니, 육친끼리 피를 섞는 죄를 낳았다. 사람의 세상에 다시없이 더러운 죄악이로구나. 그러나 해서 안 될 일은 입에도 올려서는 안 되겠지. 자아, 제발 소원이다. 나를 어서 나라 밖으로 숨겨 다오. 죽이든가, 다시는 보이지 않도록 바닷속으로 깊이 던지든가 해라! 이리 와서 이 불쌍한 자를 데려가 다오. 부탁이다, 꺼려할 것 없다. 내 죄는 나밖에는 그 어느 누구와도 상관없는 것이니.

코로스장 마침 크레온님께서 오시는군요. 당신께서 바라시는 것을 저분이 행하시거나 말씀해 주시겠죠. 저분밖에는 당신을 대신해서 나라를 지킬 사람이 없으니까요.

오이디푸스 아아, 무엇이라고 그에게 말을 걸어야 할까? 어떻게 그가 나를 믿어 줄 수 있을까? 앞서는 그렇게까지 모질게 대했으니.

(크레온 등장)

크레온 오이디푸스님, 내가 온 것은 빈정거리거나 지난 잘못을 비난하려는 것이 아닙니다. (옆에 있는 사람들에게) 자네들, 사람의 몸에서 태어난 자를 별것 아니라고 느낀다 하더라도 적어도 만물을 키워 주시는 태양의 빛은 공경할 줄 알아야 한다. 땅도, 하늘에서 내리는 비도, 햇빛도 받아들이려고 하지 않는 그런 더러움을 숨김없이 누구에게나 들춰낼 것이 아니다. 자아, 어서 궁안으로 모셔 드려라. 집안의 불행은 집안사람만이 보고 듣는 것이 옳으니까 말이다.

오이디푸스 내 말 좀 들어 주오. 그런 고마운 마음씨로 내게 와서 이 극악무도한 나의 불안을 물리쳐 주다니 꼭 들어 주오. 나를 위해서가 아니라 그대를 위해서 말이오.

크레온 무엇 때문에 그렇게까지 말씀하십니까?

오이디푸스 어서 빨리 나를 이 땅에서 쫓아내 주오. 누구 하나 말을 걸 사람도 없는 곳으로.

크레온 그건 지체 없이 그렇게 해드려도 좋지만 우선 신의 말씀을 기다려 봐야겠습니다.

오이디푸스 그러나 신의 분부는 이미 분명하오. 아비를 죽인 자, 이 더럽혀진 사내를 없애는 것이오. 그가 바로 나요.

크레온 신의 말씀이 그렇긴 했지만, 일이 이렇게 되었으니 다시 한 번 확실한 것을 들어 보는 것이 좋겠습니다.

오이디푸스 그렇다면 이런 저주받은 자를 위해서도 여쭈어 보겠소?

크레온 그러고말고요. 이젠 당신께서도 신을 믿으시니까.

오이디푸스 그렇소. 그리고 이것은 그대의 친절을 믿고 부탁인데 저 안에 있는 사람을 잘 묻어 주오. 누이니까 그대가 만사를 잘해 줄 것으로 믿소. 그러나 내 일이란, 살아 있는 동안에는 내가 내 아버지의 나라에 살면서 나라를 더럽혀서는 안 된다는 것이오. 그렇지, 나를 산으로 보내 주오. 저 인연 깊은 키타이론 산 말이오. 내 양친께서 아직 생존하셨을 때, 나의 무덤으로 삼으려던 곳이오. 그러니 나를 죽이려던 사람들이 바랐던 것처럼, 내 죽음의 자리가 될 수 있도록 말이오. 그러나 이것만은 알고 있소. 병이나 그밖의 일로 내가 죽지는 않는다는 것이오. 무서운 불행에 빠지도록 마련되어 있지 않다면, 일단 죽으려다가 구조되지는 않았을 것이오. 제발 그랬으면.

다만 크레온이여, 애들 일은, 두 사내놈들은 걱정할 것 없소. 사내놈이니 어디 간들 제 구실하겠지. 그러나 나를 떠나서 한 번도 따로 끼니를 이은 적이 없었고, 내가 먹는 것을 늘 함께 먹은 불쌍한 딸들을 아무쪼록 잘 돌보아 주기 바라오. 만약 될 수만 있다면 그 애들을 한번 만져 볼 수 없을까? 무엇보다도 소원이오. 나를 다시 한 번 불행하게 하여 주오. 오오, 그대 갸륵한 마음씨를 가진 그대, 부디 소원이오. 만약 손으로 어루만질 수 있다면 눈이 보일 때처럼 함께 있는 것 같을 거요.

저, 저것이 무슨 소리요? 내 귀여운 것들이 흐느끼고 있는 것이 아니오? 크레온이 나를 불쌍히 여겨서 내 귀여운 자식들을, 저 두 딸들을 보내 주셨는가? 그렇지?

크레온 그렇습니다. 그 애들을 데려왔습니다. 전에 그렇게 기뻐하셨고, 지금도 기뻐하시리라는 것을 알고 있습니다.

오이디푸스 아무쪼록 그대에게 행운이 있기를! 이것들을 데려다 주시기를! 오오, 애들아, 어디 있느냐? 동기간이기도 한 나의 손에 와 다오. 이 손이 너희 아비의 밝았던 눈을 이 모양으로 만들었구나. 그 아비는 얘들아, 조금도 눈치 채지 못하고, 모르고서 나를 낳은 사람한테서 너희들의 아비가 되었단다. 나는 너희들을 위해서 운다. 사실 나는 너희들을 보지 못하니 이제부터 너희들이 남들을 위해서 지내지 않을 수 없는 쓰라린 생활을 할 것이라고 생각하니 괴롭구나. 시민들의 모임에서도 상대를 안 해 줄 것이다. 무슨 축제를 보러 가도 구경은커녕 눈물로 되돌아설 것이 아니냐? 그리고 나이가 들어도 얘들아, 내 자식이나 너희 자식 중에, 매정스런 비난을 받아들일 사내놈이 있을까? 너희들의 아비는 제 아비를 죽였다. 자기를 낳은 어미를 아내로 삼았다. 그리고 제가 태어난 몸에서 너희들을 낳았다. 너희들은 그런 조롱을 받을 것이다.

그렇게 되면 누가 결혼을 해주겠느냐? 그래 줄 사람이 있을까? 얘들아, 필연코 자식도 없고 결혼도 안 하고 시들어 가고 말겠지.

오오, 메노이케우스의 아들이여, 이 애들은 부모를 모두 잃어버렸으니 그대가 이 두 애들의 단 하나 남은 아버지요. 그러니 한 핏줄인 이 둘을 가난하고 남편도 없이 거리를 헤매는 일이 없도록, 또한 나 같은 불행에 빠지는 일이 없도록 하여 주오. 아무쪼록 불쌍히 여겨 주오. 이런 어린 나이로는 그대밖에는 아무한테도 기댈 데가 없구려. 경이여, 승낙의 표시로 손을 만져 보아 주오. 그리고 얘들아, 너희들이 들었으면 일러두고 싶은 말이 많다. 그러나 지금으로서는 이렇게 기도해 다오. 너희들이 어디서든지 기회가 허락되는 곳에서 살아갈 수 있게 하시기를, 그리고

너희들의 일생이 너희들의 아비보다는 행복하게 하여 주시기를
바란다고.

크레온 이젠 더 상심하지 마시고 안으로 들어가십시다.

오이디푸스 그렇게 해야겠지. 무섭긴 하지만.

크레온 무엇이든 다 때가 있게 마련입니다.

오이디푸스 한 가지 약속을 해주면 들어가겠소.

크레온 말씀해 보십시오. 듣겠습니다.

오이디푸스 나를 나라 밖으로 쫓아내는 것이오.

크레온 그건 신들께서 결정할 겁니다. 저는 아닙니다.

오이디푸스 그러나 나는 신들께서 미워하시는 자요.

크레온 그렇다면 머지않아 소원을 이루실 것입니다.

오이디푸스 정말 그렇겠지?

크레온 모르는 것을 함부로 말하지는 않습니다.

오이디푸스 그렇다면 데려다 주오.

크레온 그럼 이리로. 그러나 애들은 놓으십시오.

오이디푸스 아냐, 애들을 나한테서 데려가지 마오.

크레온 이제는 아무것도 더 지배하실 생각을 마십시오. 모처럼
손에 넣으신 권력도 평생을 따르지는 않지요.

코로스 (노래)

조국 테베 사람들이여, 명심하고 보라.

이이가 오이디푸스이시다.

그이야말로 저 이름 높은, 죽음의

수수께끼를 풀고, 권세 이를 데 없던 사람.

온 장안의 누구나 그 행운을 부러워했건만

아아, 이제는 저토록

격렬한 풍파에 묻히고 마셨다.

그러니 사람으로 태어난 몸은 조심스럽게

운명으로 정해진 마지막 날을 볼 수 있도록 기다려라.

아무 괴로움도 당하지 말고

삶의 저편에 이르기 전에는

이 세상 누구도 행복하다고 부르지는 마라.

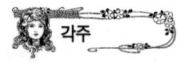
각주

1) 카드모스 | 페니키아의 티로스의 왕인 아게노르의 아들. 테베(카드메이아) 나라를 세우고 여신 아테네의 도움으로 왕위에 올라 테베 국민의 시조가 되었다.
2) 팔라스 | 여신 아테나를 말한다.
3) 이스메노스 | 강의 신으로서 테베에 있는 강의 이름이기도 하다. 그 강가에 아폴론 신전이 있다.
4) 스핑크스의 노래 | 아름다운 여자의 머리에 사자의 몸을 한 괴물로서, 테베 시의 서쪽 산에 도사리고 앉아 지나는 사람에게 수수께끼를 걸어 못 풀면 잡아 먹었다고 한다. 스핑크스의 노래란 그 수수께끼를 말하며, 스핑크스에게 바치는 세금이란 곧 사람의 목숨.
5) 피톤 | 델포이의 옛 이름. 델포이는 파르나소스 산에 있는 아폴론 신의 성지. 아폴론 신은 이곳에 신탁소를 둠. 이곳을 그리스 사람은 땅의 한복판이라 여겨 종교적 정치적인 중심이 됨.
6) 포이보스 | 제우스 신의 아들. 음악, 의술, 활쏘기, 예언, 가축 또한 빛의 신인 아폴론의 다른 이름. 포이보스란 '빛나는' 이라는 뜻. 그리스 사람에게는 모든 지성과 문화의 대표자.
7) 불멸의 목소리여. | 여신 아테나의 말씀을 뜻한다.
8) 아테나 | 그리스 최대의 여신. 제우스 신의 딸. 처녀신으로서 나라의 수호신. 모든 기술, 음악, 전투의 신이요, 아테네에서는 올리브 재배의 보호신으로 섬겼다.
9) 아르테미스 | 제우스 신의 딸로서, 아폴론과는 쌍둥이 누이. 젊고 아름다운 처녀 사냥꾼으로서 사냥개를 데리고 산과 들을 뛰어다닌다.
10) 세 겹의 힘 | 아폴론, 아테나, 아르테미스 세 신의 힘.

11) 불 같은 재앙 | 스핑크스의 재앙.

12) 서쪽 신의 나라 | 저승을 지배하는 신(하데스)을 말한다. 죽은 자의 나라는 호메로스에게는 서쪽 끝에 있는 것으로 되어 있다.

13) 제우스의 황금의 딸 | 여신 아테나.

14) 암피트리테 | 바다의 신 포세이돈의 아내. 바다의 여왕.

15) 침실 | 대서양을 말한다.

16) 밤 | 재난이 그치지 않음을 말한다.

17) 리키아의 왕 | 아폴론을 뜻하며, 또 다른 이름은 리카이오스.

18) 마이나드스 | 또는 메이나드스라고도 한다. 어린 디오니소스(술의 신)를 키워서 언제나 따라다니는 님프(산천 초목의 여신)의 다른 이름.

19) 아게노르 | 각주 1) 참조. 여기서 테베 왕가의 계보를 들고 있는 것은 일이 매우 중대함을 나타내고 있다.

20) 랍다코스의 아들 | 라이오스 왕을 말한다.

21) 그놈 | 라이오스 왕을 죽인 자.

22) 제~모르시는군. | 오이디푸스도 그런 성질을 함께 가지고 있다는 뜻과 그가 아내이면서 어머니인 여자와 함께 살고 있다는 뜻을 비꼬아 한 말.

23) 영원한 어둠 | 앞 못 보는 어둠.

24) 온갖 재주 | 재주 중의 큰 재주. 나라를 다스리는 것.

25) 저~개 | 스핑크스를 말한다. 올림포스의 여신들 중에서 가장 높은 여신인 헤라의 분노를 사서 테베로 보내졌다.

26) 록시아스 | 아폴론을 말한다.

27) 키타이론 | 테베의 서남쪽에 있는 산맥. 오이디푸스는 낳자마자 이 산속에 버려졌다.

28) 당신이~것입니다. | 당신이 누구며 라는 말은 라이오스 왕의 친아들이라는 것. '애들이 누군지' 라는 말은 이오카스테의 아들로서 오이디푸스와 형제가 된다는 뜻.

29) 죽음의 사자 | 복수의 신.

30) 파르나소스 | 그 산 남쪽 기슭에 아폴론의 신탁소인 델포이가 있다.

31) 랍다코스 | 라이오스 왕의 아버지.

32) 폴리보스 | 코린토스의 왕. 오이디푸스는 그를 친아버지로 알고 그 밑에서 자라났다.

33) 저~요녀 | 스핑크스를 말한다.

34) 아바에 | 아폴론 신전이 있는 곳.

35) 리키아 | 각주 17) 참조. 리키아는 땅 이름으로서 예로부터 아폴론 신 숭배의 중심지. 그래서 아폴론을 리카이오스('리키아의' 라는 형용사)라고도 부르게 되었다.

36) 이스트미아 | 코린토스에 있는 지명. 코린토스를 가리키는 말이기도 하다.

37) 피톤 신탁의 집 | 각주 5) 참조.

38) 그 때문에~것입니다. | 발(pod)이 곪은(oidein)=오이디푸스.

39) 어머니 | 운명.

40) 내 아들 | 오이디푸스.

41) 요정 | 각주 18) 참조.

42) 들과~판 | 양치기와 가축의 신. 상반신은 털이 많은 사람 모습으로서 수염이 있고, 뺨에 두 뿔이 달려 있다. 하반신은 양이며, 발에는 굽이 있어 산이건 들이건 숲이건 바위이건 자유로이 가볍게 뛰며 님프를 쫓아다닌다.

43) 킬레네의 임자 | 제우스의 막내아들로 아르카디아의 킬레네 산 속에서 태어난 헤르메스(상업, 발명, 체육을 다스리고, 양 떼와 나그네를 지키는 신)를 말함.

44) 산마루의 바코스 | 디오니소스 신의 다른 이름.

45) 헬리콘 | 보이오티아 땅에 있는 높은 산. 나무가 많고 큰 샘이 둘 있다.

46) 새로운 기쁨을 얻으셨나? | 님프는 디오니소스와 사랑을 맺는다.

47) 노예로~자랐습니다. | 대대로 부린 노예는 그 주인집과 인연이 깊다.

48) 이스트로스 | 지금의 다뉴브 강.

49) 파시스 | 소 아시아와 콜키스 사이를 흘러서 흑해로 나가는 강.

50) 불길한~드러납니다. | 하나는 자살한 이오카스테의 시체, 또 하나는 스스로 눈을 찌른 오이디푸스.

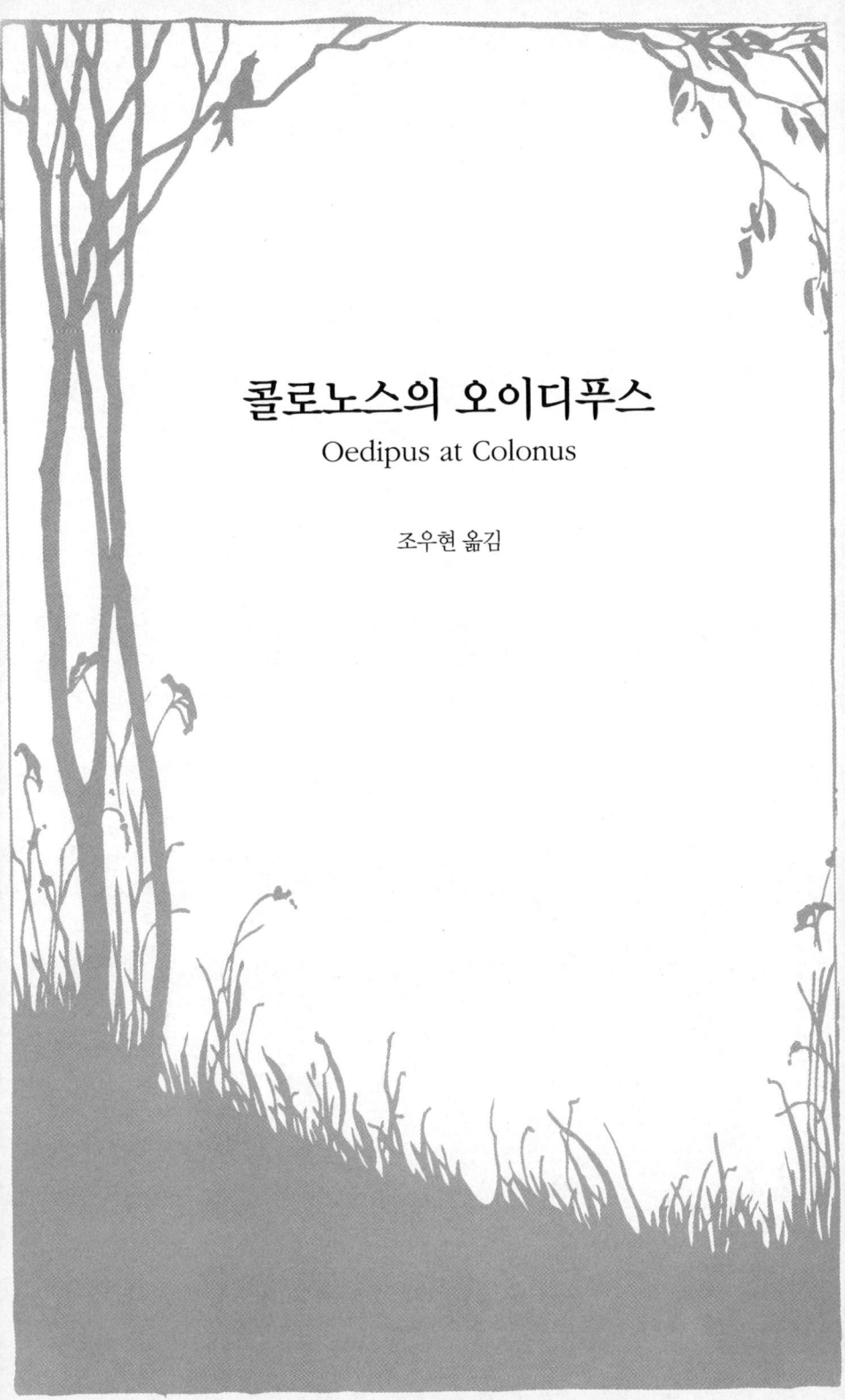

콜로노스의 오이디푸스

Oedipus at Colonus

조우현 옮김

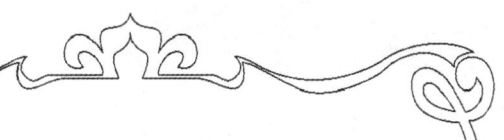

등장인물

오이디푸스	테베의 왕이었다.
안티고네	오이디푸스의 맏딸
이스메네	오이디푸스의 둘째 딸
테세우스	아테네의 왕
크레온	테베의 왕
폴리네이케스	오이디푸스의 아들(흔히 둘째 아들로 알려져 있는데, 여기서는 그 형인 에테오클레스가 동생으로 되어 있다.)
콜로노스 인	콜로노스 본고장의 사나이
사자	
코로스	콜로노스 본고장의 연장자들로 이루어진

장소

아테네의 중심인 아크로폴리스에서 서북쪽으로 2킬로미터쯤 떨어진 곳. 에우메니데스 여신의 성지인 콜로노스의 조그마한 숲 앞.

(앞 못 보는 오이디푸스가 안티고네에 이끌려 왼편에서 등장)

오이디푸스 앞 못 보는 늙은이의 딸 안티고네야. 우리는 어떤 곳에 어떤 사람들의 나라에 와 있느냐? 떠돌아다니는 오이디푸스에게 오늘은 누가 얼마 안 되는 동냥이나마 줄까?

　나는 조금밖에 바라지 않지만, 바란 것만큼 얻지도 못한다. 그래도 그것으로 나는 족하다. 고생도 했고, 오랜 세월을 함께 다녔으며 그리고 고귀하게 태어났다는 것이 나에게 참을성을 가르쳐 주니까. 애야 신과 상관없는 땅이건 신들의 숲이건, 어디 쉴 만한 데가 있거든 멈추어서 앉혀 주려무나. 우리가 어디에 와 있는지 물어보고 싶구나. 우리는 외국 사람이니 이 고장 사람에게 물어서, 그들이 하라는 대로 해야지.

안티고네 아버지, 불쌍하신 오이디푸스님. 이 나라를 지키는 성탑은 보기에 아직도 먼 것 같습니다. 하지만 여기는 분명히 성스런 곳인가 봅니다. 월계수와 올리브와 포도덩굴이 무성해서 그 속에서는 수많은 꾀꼬리가 우는 소리가 음악을 이루고 있습니다. 여기 이 돌덩이 위에 앉으세요. 연로하신 몸으로 너무 먼 길을 걸으셨으니까요.

오이디푸스 그러면 날 앉히려무나. 그리고 이 소경을 지켜 다오.

안티고네 오랜 일이니까, 말씀 않으셔도 잘 압니다.

오이디푸스 그래, 우리가 어느 곳에 와 있는지 알겠니?

안티고네 아테네는 알지만, 여긴 모르겠어요.

오이디푸스 지나는 사람마다 그렇게 말하더라.

안티고네 그러면 여기가 어딘지 제가 가서 알아볼까요?

오이디푸스 얘, 그렇구나. 사람이 살 만한 데라면.

안티고네 틀림없이 살고 있어요. 하지만 그럴 건 없겠어요. 저 편에 사람이 가까이 보입니다.

오이디푸스 이리고 오고 있느냐, 저리 가고 있느냐?

안티고네 벌써 옆에 온걸요. 그 사람이 여기 있으니 묻고 싶으신 것을 말씀하세요.

(콜로노스 인 등장)

오이디푸스 여보시오. 눈을 가진 이 처녀애한테서, 제 자신과 나를 위해 당신이 우리들의 궁금증을 풀어 주려고 마침 가까이 오셨다고 들었습니다.

콜로노스 인 무엇인가 자세히 묻기 전에 우선 이 자리를 물러나시오. 당신은 발 들여놔서는 안 될 땅에 있는 것입니다.

오이디푸스 아니 여기가 어디기에? 무슨 신성한 곳이오?

콜로노스 인 침범할 수 없는 땅입니다. 아무도 머물러서는 안 되는 곳이외다. 가이아[1]와 스코토스[2]의 따님들인 무서운 여신들[3]께서

91

사시는 곳입니다.

오이디푸스 그분들이 누구시라고? 그분들의 거룩한 이름을 듣고 간청을 해야겠소.

콜로노스 인 이 고장 사람들은 모든 것을 보시는 에우메니데스님 이라고 부르고 있는데, 다른 고장에서는 다른 이름들을 잘 쓰고 있나 봅니다.

오이디푸스 그렇다면 그분들께서는 간청하는 이 사람을 인자하 게 받아들여 주시옵소서! 나는 다시는 이 고장의 내 휴식처를 떠 나지 않을 작정이니.

콜로노스 인 그건 무슨 뜻이죠?

오이디푸스 내 운명의 낌새⁴⁾이외다.

콜로노스 인 아니오. 나로서는 내가 하고 있는 일을 보고도 하기 전에 나라의 허락도 없이 당신을 감히 몰아내지는 않겠습니다.

오이디푸스 그렇다면 여보시오. 신들께 맹세코 나 같은 가엾은 방랑객을 거절하지 말고 내가 부탁하는 것을 가르쳐 주시오.

콜로노스 인 말씀하세요, 거절은 않을 것이니.

오이디푸스 그러면 우리가 들어와 있는 곳은 어떤 곳이오?

콜로노스 인 내가 아는 것을 다 들려 드리죠. 이곳은 다 거룩합니 다. 어마어마하신 포세이돈⁵⁾님의 땅입니다. 그리고 이곳에는 불 을 가져오신 신, 티탄의 프로메테우스⁶⁾님도 계십니다. 그러나 지 금 당신이 딛고 계신 자리는 이 고장의 '청동의 문탁'⁷⁾ 또는 '아 테네의 기둥' 이라고도 부르고 있습니다. 그리고 이 근처 땅은 기사인 콜로노스를 그 으뜸가는 주인으로 모시고, 모든 사람은 흔히들 그 이름을 따서 자기 이름을 삼고 있지요. 이젠 아시겠지만 여보시오, 여기는 그런 곳이며, 이야기로는 없지만 이곳을 사랑하는 생활 속에서 칭송되고 있지요.

오이디푸스 이곳엔 정말로 사람이 살고 있나요?

콜로노스 인 그렇고말고요. 저 신[8]의 이름을 따고 있는 사람들이지요.

오이디푸스 그들에게 왕이 있나요? 아니면 백성에게 말할 수 있도록 하고 있나요?

콜로노스 인 이 고장은 이 나라의 왕께서 다스리십니다.

오이디푸스 생각에서도 힘에서도 그렇게 통치자 되시는 분은 누구이시오?

콜로노스 인 테세우스님이라는 분이죠. 먼젓번 왕이셨던 아이게우스님의 아드님입니다.

오이디푸스 누가 그분께 심부름할 사람은 없을까?

콜로노스 인 무슨 말을 하시려고, 아니면 그분을 오시게 하려고?

오이디푸스 조금만 힘써 주면, 큰 이득이 있을 거요.

콜로노스 인 앞 못 보는 사람한테서 무슨 도움이 있을 수 있단 말이오?

오이디푸스 내가 말하는 것에는 다 눈을 뜨고 있소이다.

콜로노스 인 여보시오, 정신 차리시오. 나는 당신에게 해가 없길 바라니까요. 운수는 제쳐 놓고라도 보기에 귀한 분 같으니까. 시

93

내가 아니라 이곳 사람들에게 내가 가서 이 일을 말하기까지는 이 자리라도 좋으니 그대로 계시오. 이 고장 사람들이 머물러도 좋을지, 물러 나가야 할지 결정해 줄 것입니다.

(콜로노스 인 퇴장)

오이디푸스 애야, 그 사람은 갔느냐?

안티고네 갔어요, 아버지. 그래서 가까이 있는 것은 저뿐이에요. 무엇이든지 조용히 말씀하실 수 있습니다.

오이디푸스 무서운 모습의 여왕들[9]이시여, 이제 내가 처음으로 이 땅에 무릎을 꿇은 것은 여러분들의 자리이기 때문이니, 포이보스[10]님이나 또 나에게 불친절하게 보이지 마십시오. 그분은 나에게 그 여러 가지 슬픈 운명을 선언하셨을 때, 오랜 세월이 지난 뒤에 내가 머무를 이곳을 이렇게 말하셨습니다. '네가 송구스런 여신들의 자리와 너를 반겨 보호해 주는 땅에서 네 목적지에 도달하면 거기서 네 고달픈 일생은 끝나리라. 그리고 네가 거기 머무름으로써 너를 맞아 주는 사람들에게는 이득이 있고, 그러나 너를 쫓아낸…… 지난날 너를 몰아낸 사람들에게는 멸망이 있을 것'이라고 말씀하셨습니다. 그리고 이어서 그분은 '지진이나 천둥이나 제우스의 번갯불에서 이런 일들의 징조가 있으리라.'고 경고하셨습니다.

이제야말로 나는 이 나그넷길에서 여러분의 참다운 낌새가 확실히 나를 이 숲으로 이끌어 오셨다는 것을 알게 되었습니다. 그렇지 않고서야 내가 무엇보다도 먼저 방랑의 길에서 여러분들

94

을, 술 안 마시는[11] 내가 술을 즐거워하지 않는 여러분들을 만나거나, 사람의 손으로 되지 않은 이 엄숙한 자리에 앉지는 않았을 것입니다.

그러하오니 여러분들이시여. 만약 제가 영원히 땅 위에서 가장 아픈 일을 당해야 할, 은혜 받을 수 없는 자라면, 아폴론님의 말씀대로 마지막으로 내 길을 이루고 끝낼 방도를 베풀어 주시옵소서. 태초의 스코토스의 아름다운 따님들이시여, 들어 주십시오. 위대한 팔라스[12] 나라라고 불리고, 모든 나라 중에서 가장 영광스런 나라 아테네여. 오이디푸스의 이 가엾은 유령을 불쌍히 여기십시오. 과연 이 사람은 이미 옛날의 그 사나이는 아니니까요.

안티고네 쉬이, 누군지 늙은 사람들이 아버지께서 쉬고 계신 곳을 살피러 온 모양이에요.

오이디푸스 입 다물지. 그러니 그들이 무슨 말을 하는지 알 때까지 나를 길에서 떨어진 숲 속에 감춰 다오. 그것을 알면 우리가 앞으로 하는 일에 조심이 될 거야.

(오이디푸스와 안티고네 퇴장. 콜로노스의 연장자들로 구성된 코로스가 무엇을 열심히 찾는 듯이 살피며 등장)

코로스 (노래)

조심해라. 그래, 그가 누구라고? 어디 있어?

모든 사람 중에서, 세상에서

가장 뻔뻔스런 놈이 어디로 갔어?

땅을 잘 살펴라, 잘 보아라!

구석구석까지 찾아봐라!

나그네야, 그 늙은이는

나그네다. 이 고장 사람은 아냐.

이 고장 사람이라면 아무도 대항할 수 없는

아가씨들의 인적 없는 숲으로

들어왔을 리가 없다. 우리들은

이름을 입에 올리기도 떨린다.

앞을 지날 때는 눈을 돌리고, 소리도 말도 죽이고

말없이 기도를 드리고 간다.

이제 조금도 두려워하지 않는 자가

왔다는 소문인데

구석구석 이 거룩한 곳을 둘러봐도

어디 있는지 알 수가 없구나.

(오이디푸스가 안티고네와 함께 숨었던 숲 속에서 나온다.)

오이디푸스 그건 바로 나다. 옛말에도 있듯이, 나는 소리로 보니까.

코로스 오오, 오오!

보기도 무섭고, 듣기도 무섭다.

오이디푸스 부탁이오. 나를 무법한 사람으로 보진 마오.

코로스 제우스여, 우리를 지키시옵소서! 이 늙은이는 누구요?

오이디푸스 그대들이 시새울 만큼 극진하게 행복한 자는 결코 아니야. 아아, 이 땅을 지키는 사람들이여, 그건 분명하오. 그렇지 않으면 그렇게 남들의 눈에 의지해서 걷거나, 힘이 약한 자의 부축을 받지는 않을 것이오.

코로스 (노래)

아이고, 배냇소경이었나?

보자하니 지난날 고생도 했고

세월도 많이 흐른 것 같소.

그러나 내가 도울 수만 있다면

적어도 당신이 자기 운명에 대한 저주에

덧붙이질 않도록 하고 싶소.

너무 멀리 가는구려, 너무 멀리!

그러나 저기 저 항아리에 물과 꿀로 된

제물이 흘러서 맞닿은 고요한 숲 속.

풀밭 안으로 마구 밟고

들어가지 않도록 조심하오.

불쌍한 나그네, 물러서시오. 그리 가진 말고

꽤 멀리 떨어져 있는데 고생스런 나그네, 우리 말이 들리오?

무엇인가 우리하고 얘기할 것이 있거든

그 금지된 땅을 떠나서

누구에게나 허락된 곳에서 이야기하오.

그러나 그때까지는 삼가시오.

오이디푸스 얘야, 어떡하면 좋지?

안티고네 아버지, 이 고장 관습은 우리가 따라야 합니다. 그런 경우엔 굽히기도 하고, 귀를 기울이기도 해서.

오이디푸스 그럼 네 손을 빌려 다오.

안티고네 여기 있어요.

오이디푸스 당신네들, 당신들을 믿고 이곳을 떠날 때 부당한 일을 당하지 않도록 해주시오.

코로스 결코, 노인, 결코 당신을 억지로 이 휴식처에서 몰아내지는 않을 것이오.

오이디푸스 (차츰 앞으로 나서면서) 더 나갈까?

코로스 더 앞으로 나가시오.

오이디푸스 더?

코로스 따님, 더 앞으로 모셔 내요. 아가씬 알고 있으니까.

[3행 빠짐]]¹³⁾

안티고네 자아, 아버지. 제가 모시는 대로 그 어두운 발걸음을 이리 옮기세요.

[1행 빠짐]

코로스 낯선 고장에 온 나그네.
  아아, 불쌍한 사람 이 나라가 싫어하는 것은 기피하도록 하고 좋아하는 것은 존경하도록 하오.

오이디푸스 그렇다면, 애야 경건한 곳으로 가서 말도 하고, 듣기도 하도록 나를 데려가 다오. 그리고 어쩔 수 없는 일로 다투지는 않도록 하자.

코로스 거기, 그 자연석의 바닥에서 한 걸음도 더 나가진 마오.

오이디푸스 이만큼?

코로스 됐소. 말한 대로요.

오이디푸스 여기 앉을까?

코로스 그렇지, 옆으로 비켜서 그 바위 끝에 쭈그리고 앉으시오.

안티고네 아버지, 그건 제가 할 일입니다. 조용히.

오이디푸스 아아 이런, 이런.

안티고네 차근차근 발을 맞추어서 늙으신 몸을 저의 다정한 팔에 의지하세요.

오이디푸스 아아, 내 신세야!

(안티고네, 그를 바위에 앉힌다.)

코로스 아아, 가엾은 사람! 이젠 편하게 됐으니 묻겠는데, 당신은 누구의 아들이오? 그렇게 고달픔에 이끌려 온 당신은 누구란 말이오? 당신의 고향은 어디요?

오이디푸스 여러분 나는 나라에서 쫓겨난 사람이오. 그러나 참아 주시오.

코로스 노인, 무엇이 안 된단 말이오?

오이디푸스 참으시오. 내가 누구냐고 묻는 것을 참으시오. 더는 묻지 마시오.

코로스 어째서?

오이디푸스 무서운 출생이라!

코로스 말해 보구려.

오이디푸스 아아, 참 얘야. 무어라고 할까?

코로스 어떤 집안이기에……. 나그네, 말하오. 아버지는 뉘시오?

오이디푸스 괴로운 일이로군. 얘야 어떻게 된 셈이냐?

안티고네 말씀하세요. 이젠 어쩔 수 없으니까요.

오이디푸스 그럼 이야기할까, 감출 길이 없구나.

코로스 무엇을 둘이서 우물쭈물하는 거요? 자아 어서.

오이디푸스 라이오스 왕의 아들을 아시오? 아아.

코로스 아이고! 아이고!

오이디푸스 랍다코스[14]의 자손을 아시오?

코로스 아아, 제우스여!

오이디푸스 저 불쌍한 오이디푸스를?

코로스 당신이 바로 그렇단 말이오?

오이디푸스 내가 말하는 것을 두려워하지 마시오.

코로스 오오, 오오!

오이디푸스 불행한 이 몸이외다.

코로스 오오, 오오!

오이디푸스 딸애야, 대체 무슨 일이 일어난단 말이냐?

코로스 이 땅 밖으로 멀리 나가시오.

오이디푸스 그럼 당신네들 약속은 어떻게 지키겠단 말이오?

코로스 먼저 당한 행위를 갚는 자는 아무도 운명의 타격을 받지 않는다. 한편의 거짓이 다른 편의 거짓과 맞으면, 그 대가는 혜택이 아니라 괴로움이야. 여기서 다시 물러나거라. 우리 땅에서 어서 빨리 먼 데로 가 버려라! 우리 나라에 무슨 무거운 짐이 내리지 않도록.

안티고네 후덕하신 분들, 늙고 앞 못 보는 아버지가 아시다시피 모르고 저지른 죄의 소문을 들으시고, 참으실 수 없다면 적어도 불행한 저를, 제발 여러분 부탁입니다, 불쌍히 여겨 주십시오. 오직 아버지를 위해서 탄원합니다. 여러분의 눈을 볼 수 있는 눈으로 마치 제가 여러분의 피에서 태어난 것처럼 이 수난자가 동정을 얻을 수 있기를 간청합니다. 이렇게 비참하오니, 우리는 신께 의지하듯이 여러분에게 의지하고 있습니다. 부탁입니다. 감히 말씀드리지만, 은혜를 베풀어 주십시오. 여러분한테 나온 모든 다정스런 것에 의지해서, 자녀에게, 부인이나 재물에, 또한 신께 의지해서 간청드립니다. 신께서 그를 이끌어 주시는 한, 여러분이 잘 생각해 주시면 도피할 수 없는 인간임을 알게 되실 겁니다.

코로스 아니, 그뿐만 아니라 오이디푸스의 따님, 우리는 그대나 이 사람이나 그 불행 때문에 애처롭게 생각은 되오. 그러나 신들의 심판이 두려워서, 앞서 말한 것밖에는 더 말할 수가 없군요.

오이디푸스 그러면 세상의 칭찬이나 아름다운 명성이 다만 헛되이 끝난다면 그것이 무슨 이로울 것이 있을까, 흔히 말하듯이 비록 아테네가 신께 매우 경건하고 그것만이 괴로워하는 사람을 보호하고 그것만이 그런 사람을 도울 수 있다 한들.

도대체 내가 그런 것을 어디서 찾아볼 수 있단 말이오? 나를 이 바위에서 일으켜 세운 다음 오직 내 이름만이 두려워서 나를 이 땅에서 쫓아낸다면 정녕 나라는 사람이나 내 소행을 두려워해서 가 아니오? 내 소행이란 적어도 내가 했다기보다는 당한 일이니까. 내 부모의 이야기를 당신들에게 말해야 한다면 말이오. 당신들은 나를 두려워하고 있소. 그건 내가 잘 알고 있는 터이오.

그러나 내가 천성이 악할 수 있었을까? 나는 다만 부당한 행위에 보복을 했을 따름이오. 그러므로 알고 했다 해도 나를 나쁘다 할 수는 없소. 그런데 나는 내가 어디로 가는지 전혀 모르고 그 길을 갔던 것이오. 그와 반대로 나에게 해를 입힌 자들은 알면서 나를 망치려 했소.

그러니 여러분. 신들께 맹세코 당신들에게 애원하오. 나를 그 자리에서 떠나게 했듯이 나를 보호해 주시오. 그리고 당신들이 신들을 공경한다면, 마땅히 신들께 차례가 가야 할 것을 신들께 바치기를 거부하지 마시오. 그러나 신들께서는 경건한 자를 보며 또한 믿음 없는 자도 보시니 경건치 않은 인간들은 결코 면할 수 없다고 생각해야 하오.

그 신들의 도우심을 받아, 성스럽지 못한 행동을 도움으로써 아테네의 빛나는 명성을 흐려서는 안 되오. 그러나 당신들의 보증으로 내 간청을 당신들이 받아들였으니, 끝까지 나를 도와서 지켜 주시기 바라오. 내 얼굴이 보기에 추하다 해서 나를 업신여기지는 마시오. 나는 성스럽고, 경건하고 게다가 이 나라 사람들에게 안락을 가져다주는 자로 이곳에 왔으니까. 그러나 당신들의 왕이 누구이건 그분이 여기 오실 때, 당신들도 모든 것을 듣고 알게 될 것이외다. 그때까지는 결코 잘못된 모습을 보이지 말기 바라오.

코로스 노인, 당신이 생각하는 것은 매우 끔찍한 일이오. 그런 생각이 가볍지 않은 말로 나타났으니. 그러나 나는 이 나라를 다스리시는 분들께 이 일을 심판하시도록 맡겨 드려야 하오.

오이디푸스 그러면 여러분 이 땅의 어른은 어디 계시오?

코로스장 그분이 이 땅의 조상부터의 나라에 계시오. 우리를 이곳에 보낸 그 사자가 그분을 모시러 갔소.

오이디푸스 그분은 이 소경을 소중히 여기시거나 염려하셔서, 친히 이곳에 와 주시는 것일까?

코로스장 그야 확실하지, 당신의 이름을 아시게 되면.

오이디푸스 그 기별을 누가 그분께 전해 드리러 가는 거요?

코로스장 길은 멀지만, 나그네들한테서 나온 여러 가지 소문이 널리 전해져서 그 얘기를 들으시면 곧 오실 것이니 두려워 마시오. 노인, 당신의 이름은 방방곡곡에 널리 퍼져 있으니까. 그래서 편히 쉬고 계시더라도 당신 얘길 들으시면, 급히 이곳에 닿으실 거요.

오이디푸스 그렇다면 그분의 나라를 위해서도 나를 위해서도

와 주시면 다행이겠는데. 어찌 착한 사람이 그분의 친구가 아니겠소?

안티고네 오오, 제우스님, 무엇이라고 말씀할까요? 어떻게 생각해야 옳을까요, 아버지?

오이디푸스 무엇이냐? 얘, 안티고네야.

안티고네 여자가 이리 오는 것이 보입니다. 에트나의 망아지[15]를 타고 있군요. 햇빛에서 얼굴을 가리느라고 테살리아 모자[16]를 쓰고 있습니다. 무엇이라고 할까요? 그런가 아닌가, 알 수가 없구나. 아아. 그렇지, 틀림없어. 점점 가까이 오면서 생글생글 인사를 하는구나. 내 안에 있는 것이 다름 아닌 이스메네지.

오이디푸스 얘, 너 무슨 소릴 하고 있느냐?

안티고네 아버지의 딸, 제 동생이 보입니다. 이제 곧 목소리로 아실 수 있습니다.

(이스메네 등장)

이스메네 아아, 아버지, 언니, 정말 그리운 분들. 참으로 뵙기 힘들었습니다. 그런데도 눈물이 앞을 가려서 보이지가 않는군요.

오이디푸스 오오, 딸애야, 네가 왔느냐!

이스메네 아아, 아버지, 가엾으신 분!

오이디푸스 얘야, 이젠 만났구나!

이스메네 그렇지만, 고생을 했어요.

오이디푸스 나를 만져 봐 다오, 얘.

이스메네 두 분 손을 다 잡겠어요.

오이디푸스 아아, 같은 피를 나눈 자매들아!

이스메네 아아, 불행이 겹친 생활!

오이디푸스 언니와 내 생활 말이냐?

이스메네 게다가 저까지도 불행하군요.

오이디푸스 애야, 대체 무슨 일로 왔느냐?

이스메네 아버지, 아버지가 걱정이 돼서요.

오이디푸스 내가 그렇게도 보고 싶더냐?

오이디푸스 네. 그리고 제 자신의 입으로 소식을 전해 드리려고, 제게 있는 단 하나의 충실한 종을 데리고.

오이디푸스 이렇게 필요한 때에, 네 젊은 오라비들은 어디 있단 말이냐?

이스메네 있기는 있지요만, 참 큰일이에요.

오이디푸스 오오, 그 애들의 정신도 생활도 다시 이집트의 방식과 흡사하구나. 그 고장에서는 사내들은 집안에 들어앉아서 길쌈을 하지만, 아낙네들은 그날그날의 밥벌이를 하기 위해 밖에서 일을 한다더라. 그런데 너희들 경우를 말하면 얘들아, 마땅히 이런 고생을 해야 할 그 녀석들은 계집애들처럼 집안에 있고 너희 둘이 그놈들 대신에 불행한 나의 재앙을 견디고 있구나.

하나는 어린 때를 지나서 한 여자의 구실을 할 때부터 나와 함께 고달픈 밤길에서 나를 이끌어 주었다. 가끔 끼니도 잇지 못하고, 발은 헐벗은 채로 인적 없는 숲 속을 헤매고, 몇 번이고 억수같은 비와 내리쬐는 더위에 시달리면서도 아비의 시중만 들 수 있다면, 집안의 즐거움 같은 것은 마음에 두지도 않고 있었다.

그리고 또 너는 애야, 전에는 카드모스네 사람들 모르게 아비에 관한 모든 신탁을 알려 주었다. 그리고 내가 그 땅에서 쫓겨났을 때, 나를 위해서 충실하게 경계의 구실을 해주었다. 그런데 이제, 이스메네야, 무슨 기별을 아비한테 가져왔느냐? 무슨 일로 집을 떠났더냐? 무턱대고 왔을 리는 없다. 내가 잘 알지. 무엇인가 무서운 말을 전하러 온 것이겠지.

이스메네 아버지, 아버지께서 살고 계신 곳을 찾으려는 동안 고생한 일들은 일절 말씀 않기로 하겠습니다. 괴로운 일을 다시 말씀해서 고통을 되풀이하고 싶지는 않으니까요. 하지만 아버지의 저 불행한 아들들한테 이제 닥쳐온 액운을 말씀드리러 왔습니다.

당초에는 크레온님한테 왕위를 맡겨서, 나라가 부정을 타지 않길 그분들은 바라고 있었습니다. 그것은 예부터의 혈통에 대한 저주와 아버지의 불행한 집안에 그것이 어떻게 덮쳤는가를 냉정히 생각했기 때문입니다. 그런데 이제 어떤 신들과 죄 많은 마음에 흔들려서 정말 환장을 한 그들은 서로 지배자가 되어 왕권을 잡으려고 불행한 경쟁심에 사로잡히고 말았습니다.

혈기 왕성한 손아래의 작은 오빠는 손위의 폴리네이케스한테서 왕위를 빼앗고 나라 밖으로 쫓아내고 말았습니다. 그러나 큰오빠는 저희들 사이에서 널리 퍼진 소문입니다만, 망명자로서 아르고스 야산[17]으로 가서 새로 장가를 들고 용사들을 친구로 삼았습니다. 그것은 아르고스가 명예롭게 카드모스의 땅을 곧 차지하거나 그 땅을 별들에게까지 높여서 찬미하기를 결정하려는 것입니다.

오이디푸스 그 신탁이란 무엇이냐? 얘야, 어떤 예언이었느냐?

이스메네 아버지께서는 살아계실 때나 돌아가셔서나 그 땅의 사람들이 자기들의 행복을 위해서 찾는 분이 된다는 것입니다.

오이디푸스 나 같은 사람이 누구의 도움이 된다던?

이스메네 그들의 힘은 아버지 손에 달렸다던데요.

오이디푸스 아무것도 아닌 이때에 와서도 내가 남자란 말이냐?

이스메네 그렇고말고요. 이제야말로 신들께서 아버질 이끌어 올려 주십시다. 전에는 멸망을 주셨지만.

오이디푸스 젊어서 망했던 사람을 늙어서 이끌어 올려도 별 수 없지.

이스메네 그렇지만 적어도 그 까닭으로 크레온님이 먼 앞날이 아니라, 곧 이곳에 오시는 줄 아십시오. 그것은 빈말이 아니에요. 신들께서는 아버지의 슬픔을 동정해 주시는지 알 수가 없습니다.

오이디푸스 그러나 너는 신들께서 나를 구해 내기 위하여 과연 보살펴 주시리라고 생각하느냐?

이스메네 네, 아버지. 이런 신탁으로 그렇게 생각합니다.

오이디푸스 얘, 무엇 때문에? 까닭을 말해 다오.

이스메네 아버지를 자기들 손아귀에 넣고, 그러면서도 국경 안에 발 들여놓지 못하게 하기 위해서 아버질 카드모스 땅[18] 근처로 모셔 가려 합니다.

오이디푸스 내가 나라 문 밖에 있는 동안 어떻게 그들에게 이익을 줄 수 있느냐?

이스메네 아버지의 묘를 잘 모시지 않으면 그들에게 화가 닥칩니다.

오이디푸스 그것쯤이야 신의 도움이 아니라도 알 수 있지.

이스메네 그래서 그들은 아버지를 그들의 이웃으로 모셔가려 합니다. 아버지께서 스스로 주인 노릇을 못 하실 곳으로.

오이디푸스 그러면서도 그들은 나를 테베 땅에 묻겠다는 거냐?

이스메네 아니에요, 아버지. 같은 핏줄의 죄 때문에 안 됩니다.

오이디푸스 그렇다면 그놈들이 내 주인은 결코 안 될 것이야.

이스메네 그래서 언젠가는 그것이 카드모스 사람들의 슬픔이 되겠지요.

오이디푸스 애야, 무슨 일이 일어났을 때란 말이냐?

이스메네 그들이 아버지 묘 앞에 섰을 때, 아버지의 노여움의 힘으로.

오이디푸스 애, 그런 말을 누구한테서 들었더냐?

이스메네 델포이의 화로[19]에서 온 신의 사자한테서 들었습니다.

오이디푸스 포이보스님이, 과연 나에 관해서 그렇게 말씀하셨느냐?

이스메네 테베로 돌아온 사람들이 그렇게 말합니다.

오이디푸스 그래, 아들놈들 중에 누가 그걸 들었단 말이냐?

이스메네 둘이 다 듣고 잘 알고 있습니다.

오이디푸스 그걸 알고 있으면서도 그 고얀 놈들은 나를 데려갈 생각보다는 왕위가 더 탐났다더냐.

이스메네 그런 말씀을 듣기가 괴롭습니다. 그래도 참아야죠.

오이디푸스 그렇다면 그놈들의 숙명적인 싸움을 신들께서는 말리지 마시옵소서! 그리고 그들이 지금 서로 벌이고 있는 싸움의 결판을 저에게 맡겨 주시옵소서! 지금 왕의 자리에서 권세를 떨치는 자도 길지 않고 또한 저 쫓겨난 자도 다시는 돌아가지 않도록 하기 위해서. 그들은 내가, 그들의 아비가 그렇게도 욕스럽게 내 나라에서 쫓겨났을 때, 그것을 막으려 하지도 않았고 나를 지켜 주지도 않았어. 아니 그저 내가 집도 없이 쫓겨나는 것을 보고, 큰 소리로 공표된 내 추방의 선고를 듣고만 있었단 말이다.

그러나 그것을 그때 내 스스로가 원했던 것이고 나라에서는 내게 적당히 그런 혜택을 베풀었다고 너는 말하겠지. 정녕 그렇지 않다. 그 첫날, 화가 치밀어 그저 간절히 죽고만 싶어서, 돌로 맞아 죽기를 바라기만 했을 때는 어느 누구도 그 소원을 들어주는 사람은 없었다. 그러나 세월이 흘러 내 모든 괴로움도 이제는 누그러지고, 분노가 뻗친 끝에 지나간 잘못을 지나치게 벌주었다고 느끼기 시작했을 무렵, 바로 그 무렵에 내 나라는 억지로 나를 쫓아내려 했던 것이다. 그 기나긴 세월이 지나서. 그리고 그 아들놈들이란, 이 아비의 아들로서 나를 도울 수 있으련만 그러지 않았다. 한데, 그저 짧은 말 한마디도 없었기 때문에 나는 영원히 쫓겨나서 비렁뱅이처럼 떠돌아다녀야 했다.

다만 이 두 자매가 비록 여자이긴 하지만, 그 힘이 닿는 대로 그날의 끼니와 편히 쉴 자리 그리고 집안 간의 도움을 얻고 있는 터로구나. 그런데 그 형제놈들이란 왕의 자리를 제 아비와 바꿔서 왕권을 휘둘러 영토를 다스리고 싶었더란 말이다. 그렇지만 나는 놈들과 결코 한편이 되진 않는다. 그렇게 해서 카드모스의 땅을 지배한들 별 수 없다. 이번 신탁을 듣고 포이보스님이 결국 나를 위해서 이루신, 내 마음속의 옛 예언이 생각날 때 나는 그것을 알 수 있다.

그러나 나를 찾기 위해서 크레온이건 그 밖의 테베에서 힘 있다는 자들을 보낼 테면 보내라. 마을의 여러분, 그 까닭은 만약 당신들이 당신들 가운데서 살고 계신 무서운 여신들의 옹호와 내게 힘을 빌려 준다면 이 나라를 위해서는 큰 조력자를 얻는 것이며, 나를 위해서는 재앙을 만드는 일이 될 것이기 때문이오.

코로스장 오이디푸스여, 당신도 이 따님들도 참으로 불쌍하오. 그리고 이 간청에 덧붙여서 당신이 우리 나라를 구하는 힘이 된다고 말씀하시니 나는 당신에게 복이 되는 것을 말해 드리죠.

오이디푸스 친절하신 분. 그렇다면 확실히 나는 뭐든 하라는 대로 하겠으니 부디 힘이 되어 주기 바라오.

코로스장 그래서 말씀인데, 당신이 처음에 와서 발 들여놓은 이곳 여신들께 치를 것을 치러야 하오.

오이디푸스 어떤 의식으로? 여러분 일러 주시오.

코로스장 우선 마르지 않은 샘물에서 성스런 물을 길어 오시오. 깨끗한 손으로.

오이디푸스 그리고 그 깨끗한 물을 길어 와서는?

코로스장 사발[20]이 있소. 정교한 기술자가 만든 것인데, 그 사발 앞과 양편의 손잡이를 장식하시오.

오이디푸스 나뭇가지 아니면 양털로 짠 천으로, 아니면 어떻게 하는 것이오?

코로스장 새끼 암양의 갓 자른 털을 가져다가.

오이디푸스 좋소. 그리고서 마지막으로는 어떻게 하는 거요?

코로스장 그 성스런 물을 따르시오. 동쪽을 향해 서서.

오이디푸스 당신이 말한 그 그릇으로 쏟으면 되오?

코로스장 그렇소, 세 번씩[21] 붓되 마지막에는 한 번에 비우는 것이오.

오이디푸스 무엇으로 그것을 채워야 하나? 그것도 가르쳐 주구려.

코로스장 물과 꿀[22]로. 그러나 술은 담지 않는 것이오.

오이디푸스 그런데 저 어두운 그늘 밑의 땅이 그걸 빨아들이면?

코로스장 올리브나무 잔가지 아홉 개의 세 곱을 두 손으로 그 위에 놓고 그동안에 이 기도를 올리는 것이외다.

오이디푸스 그 기도가 듣고 싶구려. 가장 중요한 것이니까.

코로스장 우리들은 에우메니데스님이라고 부르고 있사오니 자비로우신 마음으로 이 탄원자를 구해 주십사고 기도하는 것이오. 그 일만 마치면 나도 서슴지 않고 당신 편을 들겠소. 그렇지 않고서는, 여보시오, 나는 당신이 걱정되는구려.

오이디푸스 딸들아, 가까이 살고 계신 이분들의 말씀을 들었느냐?

안티고네 들었습니다. 어떻게 해야 하는지 말씀해 주세요.

오이디푸스 나는 갈 수가 없다. 내게는 그런 힘도 없고 보이지도 않고, 겹친 재앙이로구나. 너희들 중 하나가 가서 이 일을 해 다오. 착한 뜻을 가지고 간다면, 한 사람으로도 천 사람을 위한 빚을 갚기에 충분하다고 생각한다. 그러니 어서 움직여라. 다만 나를 혼자 버려두진 마라. 도움이나 손을 이끌어 줌이 없이는 힘을 쓸 수가 없으니.

이스메네 그러시다면, 제가 그 의식을 치르러 가겠어요. 하지만 그곳이 어딘지 가르쳐 주셨으면 좋겠어요.

코로스장 딴 나라의 아가씨여, 이 숲의 저편이오. 무엇이든 모자라는 것이 있으면 거기 있는 궁궐지기가 가르쳐 줄 것이오.

이스메네 그러면 가겠습니다. 안티고네 언니, 언니는 여기서 아버지를 보살펴 드리세요. 어버지이시니 비록 괴로운 일이라도, 우린 괴롭게 여겨서는 안 되지요.

코로스 (읊음)

　낯선 사람이여, 지나간 슬픔을 불러일으키기란

　무서운 일이긴 하지만, 그래도 나는 듣고 싶소.

오이디푸스 또 무슨 말이오?

코로스 저 비참한, 벗어날 길 없는 당신이 맞씨름한 그 괴로움

말이외다.

오이디푸스 손님에 대한 당신의 친절에 걸고, 내가 당한 치욕을 들추지 말아 주시오.

코로스 그 얘기가 널리 퍼지고 가라앉지 않는 것을 알기 때문에, 나그네여, 그래서 나는 사실을 듣고 싶은 것이오.

오이디푸스 아아!

코로스 부탁이오. 기꺼이 들려주오.

오이디푸스 아아, 아아!

코로스 이루어 주시오. 내가 당신의 청을 다 들어주었듯이.

오이디푸스 나는 비참한 일을 당해 왔소. 여러분, 아무것도 모르고 저지른 일이오. 신께서 보살피시옵소서. 그 중의 어느 한 가지도 내가 스스로 한 일은 없소.

코로스 그러나 그건 무슨 일인데?

오이디푸스 흉측한 부부의 잠자리로 그 나라는 아무것도 모르는 나를 이 몸의 저주가 된 짝으로 맺어 놓았소.

코로스 소문과 같이 어머니를 잠자리의 짝으로 삼았던가? 부끄럼도 없이.

오이디푸스 아아, 듣고 있자니 죽기보다 쓰리구나. 여러분, 그러나 내게서 난 이 두 딸애는…….

코로스 무슨 말을 하려는 거요?

오이디푸스 두 딸, 두 저주받은 씨…….

코로스 오오, 제우스여!

오이디푸스 나와 한 배에서 태어났소.

코로스 그러면, 이들은 당신 자식이고, 그리고······.

오이디푸스 그렇소. 바로 그들 아비의 누이들이오.

코로스 아아.

오이디푸스 아아, 정말 무섭구나, 수없는 재앙의 화가 되돌아 닥치는구나!

코로스 괴로웠던가······.

오이디푸스 견디기 어려운, 무서운 괴로움을 겪었소······.

코로스 죄다.

오이디푸스 죄는 아냐.

코로스 무엇이라고?

오이디푸스 나는 선물을 받았지만, 얼마나 불행하냐. 그것을, 나라 위해 바친 그 상을 결코 받지 말아야 했을 건데.

코로스 가엾은 사람! 그리고? 흘린 피가······.

오이디푸스 어째서 그 말을 하나? 무엇이 알고 싶단 말인가?

코로스 아버지의 핀가?

오이디푸스 아, 또 한 번 맞는구나, 상처 위에 상처.

코로스 죽였구먼.

오이디푸스 죽었지, 하지만 나는······.

코로스 무슨 소릴?

오이디푸스 정당한 이유가 있지.

코로스 무엇이라고?

오이디푸스 말하지. 내가 그렇게 안 했으면 내가 죽인 자들은 날 죽였을 거야. 나는 법 앞에서는 깨끗해. 모르고서 한 일이야.

코로스장 자아, 저기 우리 왕이신 아이게우스의 아드님 테세우스께서 당신의 부름을 받고 오셨소.

(테세우스 등장)

테세우스 예부터 피투성이가 되어 눈을 상했다고 많은 사람에게서 듣고 있었기 때문에, 라이오스의 아드님이여, 나는 당신을 알아차렸지만, 지금 이리로 오는 길에 소문을 듣고 이제는 더할 수 없이 확실해졌소. 당신의 옷과 그 불행한 얼굴은 당신이 누구인가를 분명히 나타내고 있소. 불쌍히 여기고 묻겠는데, 운수 사나운 오이디푸스여, 이 나라와 이 사람에게 당신과 당신을 부축하는 불운한 따님은 무엇을 간청하고 있는 거요. 이야길 하시오. 당신이 말하는 운수가 과연 비참하긴 하지만 내가 그 일에 무관심할 수는 없을 것이외다. 이 사람도 당신과 마찬가지로 나라 밖에서 자라서, 누구 못지않게 남의 나라에서 목숨을 걸고 위험과 싸웠소. 그러니 지금의 당신 같은 딴 나라 사람들을 피하거나 돕기를 거절하거나 하지는 않소이다. 내가 인간임을 그리고 당신 못지않게 내 신세가 내일 어떻게 될는지 모른다는 것을 알고 있기 때문이오.

오이디푸스 테세우스님, 당신의 갸륵한 마음씨는 그 짤막한 말로 잘 나타나고 있습니다. 그러니 나는 길게 얘기할 필요가 없습니다. 내 이름, 내 아버지, 내 나라는 당신이 말씀하신 바와 같습니다. 그러니 내 소망을 말하는 것밖엔 남지 않았습니다. 내 얘기 끝났습니다.

테세우스 그런데 바로 그걸 말씀하시오. 내가 잘 알아듣도록.

오이디푸스 나는 이 비참한 몸을 당신에게 선물로 바치려고 했습니다. 그것은 보기엔 별로 신통치 않지만, 거기서 생기는 이득은 아름다운 것보다는 훨씬 낫습니다.

테세우스 무슨 이득을 가져온단 말씀이오?

오이디푸스 머지않아 아시겠지만, 지금은 아직…….

테세우스 그렇다면 말씀하시는 혜택이란 언제나 밝혀지겠소?

오이디푸스 내가 세상을 떠나고 당신이 나를 묻어 줄 때.

테세우스 당신은 이 세상의 마지막 것을 바라지만, 그때까지의 일을 당신은 잊으셨는지 무심하오.

오이디푸스 그렇습니다. 그것만 이루어지면 나머진 저절로 얻게 됩니다.

테세우스 그러면 당신이 바라는 것은 작은 것이오?

오이디푸스 그러나 조심하십시오. 이건 결코 가벼운 일이 아니올시다.

테세우스 당신 아들들과 내 사이를 말하는 거요?

오이디푸스 왕이시여. 그들은 나를 그곳으로 데려가고 싶어합니다.

테세우스 그러나 당신도 그러길 바란다면, 나라 밖에 있는 것이 좋아 보이진 않소.

오이디푸스 아닙니다. 내가 그러길 바라고 있을 땐, 그놈들은 거절을 했죠.

테세우스 하지만, 어리석은 사람, 불행한 때에 화를 내는 것은 정당치 않소이다.

오이디푸스 내 얘길 듣고 충고하십시오. 그때까진 참으십시오.

테세우스 들어 봅시다. 아무것도 모르고서 말할 것이 아니오.

오이디푸스 나는 고생했습니다. 테세우스여. 겹쳐 오는 참혹한 재난으로.

테세우스 당신 집안의 예부터의 우환을 말하려는 거요.

오이디푸스 아니, 그것은 헬라스 천지에 알려지고 있습니다.

테세우스 그러면 사람의 슬픔을 넘어선 그 슬픔이란 무엇이오?

오이디푸스 그건 이렇습니다. 나는 나라에서 내 자식들 손으로 쫓겨났지요. 그리고 아버지를 죽인 죄 때문에 다시는 되돌아갈 수 없는 신세입니다.

테세우스 그런데 떨어져 살아야 한다면 어째서 그들이 당신을 불러 가야 하오?

오이디푸스 신의 입이 그들에게 강요할 것입니다.

테세우스 무엇이 두려워서 신의 말씀으로?

오이디푸스 그들이 이 땅에서 망할 운에 있다는 것을.

테세우스 그런데 어째서 그들과 나 사이에 미움이 있어야 할까?

오이디푸스 나의 친구, 아이게우스의 아들이시여. 오직 신들만이 늙지도 죽지도 않습니다. 그 밖의 모든 것은 온갖 것을 극복하는 시간에 굴복하고 맙니다. 땅의 힘도 쇠퇴하고 몸의 힘도 기웁니다. 믿음은 죽고 불신이 생겨납니다. 친한 사이에도, 나라와 나라 사이에도 같은 마음이 결코 오래 가질 않습니다. 과연 어떤 자는 빨리, 또 어떤 자는 나중에, 즐거움은 괴로움으로 그리고 다시 사랑으로 바뀌기도 합니다.

테베와 당신 사이가 오늘은 햇살 밑에서 두텁다 해도, 숱한 세월에는 많은 낮도 밤도 있고, 그동안에는 하찮은 일에서 오늘의 화목의 맹세가 칼날 끝에서 사라지기도 합니다. 그때 땅속에 잠든 내 차디찬 시체는 언젠가는 그들의 뜨거운 피를 빨아 먹을 것입니다. 제우스께서 아직 제우스이시며 그 아드님인 포이보스가 진실을 말씀하신다면, 그러나 나는 덮어 두어야 할 일까지 말하고 싶지는 않으니, 내가 말하기 시작한 데서 그치길 허락하시기 바랍니다. 당신의 그전 약속만은 지켜 주시고. 그렇게 하면 신의 말씀에 거짓이 없는 한 이 땅에 공연히 오이디푸스를 받아들여 아무 이로운 일도 없었다는 말을 듣지는 않을 것입니다.

코로스장 왕이시여, 처음부터 이 사람은 이 땅을 위해서 이런 약속이나 그와 같은 것을 지키려는 사람으로 보였습니다.

테세우스 그렇다면 누가 그런 사람의 호의를 마다할 수 있을까? 첫째로, 그런 사람은 우리 측도 언제나 한집안같이 터놓고 지낼 수 있는 권리를 함께 가지고 있어. 그리고 다음엔 그가 우리 신들께 간구하는 사람으로서 이 땅에 와서 이 땅과 나에게 적지 않은 보답을 가져오고 있어. 나는 그런 일을 귀히 여겨 이 사람의 호의

를 결코 물리치지 않고, 이 나라 사람으로 맞아들이겠다. 이 딴
나라 사람이 기꺼이 이곳에서 살겠다면, 나는 이 사람을 지켜 주
도록 너희들에게 명령한다. 또한 나와 함께 가기를 더욱 바란다
면, 이 두 가지 중의 어느 것이든 오이디푸스여, 마음대로 택하
시오. 그대로 하겠으니까.

오이디푸스 오오, 제우스여, 이런 분에게 은총을 베푸소서.

테세우스 그러면, 어떡하시겠소? 나한테로 오시겠소?

오이디푸스 나한테 허락이 된다면야. 그러나 여기가 바로 그곳
입니다.

테세우스 여기서 어떡하시겠단 말이오? 말리지는 않겠소만.

오이디푸스 나를 쫓아낸 놈들을 여기서 패망시키겠습니다.

테세우스 당신이 있음으로 해서 받는다는 선물은 매우 큰 것
같군.

오이디푸스 그렇죠. 약속한 것만 지켜 주신다면야.

테세우스 나에 관해서는 걱정할 것 없소이다. 결코 배신하지는
않겠으니.

오이디푸스 그렇다면 믿지 못하는 자처럼 당신을 맹세로 얽매지
는 않겠습니다.

테세우스 그렇다 해서 내 말보다 더한 것을 얻지는 못할 것이오.

오이디푸스 그럼 어떻게 하시겠습니까?

테세우스 무엇이 두렵단 말이오?

오이디푸스 놈들이 올 것입니다.

테세우스 아니, 그건 이자들이 조심하겠으니까.

오이디푸스 날 두고 가시면 어떻게 되는지······.

테세우스 내가 할 일을 가르칠 건 없소.

오이디푸스 그러나 마음이 놓이질 않아서······.

테세우스 내 마음은 든든하오.

오이디푸스 당신은 그놈들의 위협을 모르시니까······.

테세우스 나는 어느 누구도 내 뜻을 어겨서 당신을 여기서 데려가는 일이 없을 것을 알고 있소. 많은 위협과 많은 말을 쓸데없이 홧김에 늘어놓았지만, 제정신으로 돌아가면 위협이고 무엇이고 없어지는 것이오. 그들이 우쭐해서 당신을 데려간다는 따위의 큰소릴 치지만 내가 알기로는 아마 건너지 않으면 안 될 바다가 넓어서, 그리 쉬운 항해는 못 될 것이외다. 또한 내 결심은 어찌 되었든 포이보스께서 당신을 보내셨다면 안심해도 좋을 줄 아오. 그러나 내가 이곳에 없다 하더라도 확실히 내 이름은 당신을 무사하게 지켜 줄 것이오.

(테세우스 퇴장)

코로스 (노래)

나그네여, 그대는 이 명마가 나는 곳, 다시없이

아름다운 거처, 이 흰 땅[23] 콜로노스에 왔다.

여기 밤꾀꼬리는 쉴 새 없이 찾아와서

푸른 나무 그늘에 우짖는다.

포도빛 짙은 그늘에

숱한 열매 맺어
햇빛이 찾아들지 못하니
비바람에도 끄덕 않는
인적 없는 신의 숲의 밤꾀꼬리가.
여기서 술의 신 디오니소스[24]가
자기를 키운 여신들[25]을 데리고
언제나 거닌다.

하늘에서 내리는 이슬로 키워서
아침마다 피어나는
탐스런 꽃송이의 나르키소스[26]가
장하신 여신들[27]의 예부터의 화환이다.
금빛의 크로코스[28]도 꽃핀다.
한시도 잠들지 않는 샘물은
케피소스[29]의 흐름을 키우고
일찍이 줄어든 일 없고
나날이 언제나 맑은 물을 담아
부푼 대지[30]의 들을 달려
푸짐한 행복을 가져다준다.
뮤즈[31] 여신들의 가무단도
황금의 고삐를 쥔 아프로디테[32]도
여길 즐거워하신다.

아시아에도, 또한 펠로프스의 크나큰
도리스 섬에도 생겨났다고 듣지 못했던
사람의 손을 빌리지 않고
저절로 솟아난
적의 창에는 두려움이 되는
이 땅에 무성하게 자라나는 나무[33]가 있다.
그것은 어린애[34]를 키워 주는 회색 잎 올리브.
젊은이도 늙은이도 파괴의 손을 내밀지 못한다.
모리아스의 디오스[35]와 은빛 나는 눈의 아테나[36]가
쉬지 않고 언제나 살피고 계신다.

그뿐이랴. 우리들의 이 어머니 나라에는
위대한 신의 선물, 또 하나의 자랑이 있다.
이 땅의 가장 높은 영광.
준마, 훌륭한 망아지, 그리고 아름다운 바다.
오오, 크로노스[37]의 아드님 우리 주 포세이돈
당신은 이 나라에 그런 자랑을 베푸셨습니다.
여기 이 길에서 비로소 사나운 말을 다루는 고삐를
보여 주셨습니다.
또한 사람 손으로 마음대로 움직이는 노가
백 개의 다리를 가진
네레이데스[38]를 따라

바다 위를 놀랍도록 빨리 달린다.

안티고네 오오, 세상에 둘도 없이 찬미되는 나라여. 당신의 빛나는 찬미를 행동으로 보일 때는 바로 지금입니다.

오이디푸스 얘야, 또 무슨 일이 일어났느냐?

안티고네 저기, 크레온님께서 다가오십니다, 아버지. 부하를 거느리고.

오이디푸스 아아, 친절한 노인들이여, 내가 걱정 없다는 마지막 증거를 보여 주시오. 부탁입니다.

코로스장 염려 없소이다. 보여 드리지. 나는 늙었어도 이 나라의 힘은 늙지 않고 있으니까.

(크레온 등장)

크레온 여러분, 이 땅에 사시는 귀한 분들. 내가 갑자기 온 것이 당신들 눈에는 두렵겠지만, 나를 겁낼 것은 없습니다. 그리고 점잖지 못한 말을 하진 마시오.

　내가 무슨 억지를 쓰려는 생각으로 온 것은 아닙니다. 나는 늙었고, 헬라스에 힘이 있는 나라가 있다 해도, 가장 강한 나라에 내가 왔다는 것을 알고 있으니까. 다만 나는 저기 있는 분과 함께 카드모스의 나라로 돌아오도록 권하기 위해서 이 늙은 나이로 여기까지 심부름 왔습니다. 나는 한 사람의 심부름으로 온 것이 아니고 온 나라 사람의 명령에 따른 것입니다. 한집안 사람으로서 나라의 어떤 사람보다도 그분의 불행을 슬퍼하는 것은 당연하기 때문입니다.

자아, 불행한 오이디푸스여. 내 말대로 집으로 돌아가 주시오. 카드모스의 모든 시민이 당신을 부르고 있는데, 그건 옳습니다. 그 중에서도 특히 내가 가장 천한 사람이 아니라면, 나야말로 당신의 불행을 가장 슬퍼하고 있습니다. 노인장, 당신은 불행한 나그네, 방랑자로서 딸 하나를 의지하여 끼니도 잇지를 못하고 헤매고 계십니다. 그 따님이 지금까지 겪었던 바와 같은 비참한 일을 당하리라고는 미처 생각도 못했습니다. 참으로 불행한 일입니다. 궁한 중에서 언제나 당신 생활을 돌보아 드리고 있으니. 게다가 그 좋은 나이에 시집도 못 가고, 처음 걸려드는 거친 손에 사로잡힐는지도 모릅니다.

아아, 당신에게, 그리고 나에게, 또한 온 집안사람에게 내가 던진 이 비난이 잔인하진 않습니까? 그러나 기왕 드러난 이 부끄러운 일은 감출 도리도 없습니다. 그러니 오이디푸스여, 조상신들의 이름으로 그것을 감추어 주십시오. 내 말대로 조상의 나라와 집으로 돌아가기로 합의하고, 그러나 그보다 앞서 이 나라에 친절히 작별하십시오. 이 나라는 그럴 만한 나라니까. 그렇지만 일찍이 당신을 키워 준 고향은 다른 것보다 더 존중해야 합니다.

오이디푸스 이 당돌한 놈, 어떤 일에서든지 그럴듯한 핑계를 꾸며서 간교한 잔꾀를 부리고 있구나. 어찌하여 그렇게 또다시 나를, 곤경에 빠뜨려 더할 수 없는 고통을 겪게 하는가? 지난날, 스스로 부른 불행에 괴로워하고 나라에서 쫓겨나길 바라던 때는 그것이 내 소원대로 이루어지지 않았다. 그 후 분한 것도 가라앉아 집에 있기가 즐거웠다. 그런데 그때 너는 나를 쫓아내고 네가 말하는 집안 간엔 그 무렵에는 아무 애정도 갖질 않았다. 그런데 이제 또다시 이 나라와 그 온 백성이 내게 호의를 가지고 나를 맞 아들이는 것을 보고, 굳은 마음을 부드러운 말로 감추어 나를 꾀 어내려 하는구나. 그러나 마음에 거슬리는 친절이 기쁠 리가 있 는가? 그것은 마치 무엇인가 간절히 바라고 있을 때는 아무것도 주지도 돕지도 않다가 바라던 것으로 마음이 이미 채워져서 베 풀어도 고맙지 않을 때 주는 것이나 다름없다. 그런 기쁨이란 아 무 보람도 없는 것이라고 생각지 않느냐? 그런데 네놈은 바로 그 런 따위를 나한테 주고 있다. 말로는 그럴듯하지만, 속셈은 고약 하구나.

나는 네가 악인임을 밝히기 위해서 이분들에게 말해 두겠다. 네가 날 데리러 온 것은 고국으로 데려가기 위한 것이 아니라, 국 경 가까이에다 두어서 네놈의 나라가 이 나라로부터의 봉변을 무사히 면하기 위한 것이야. 그러나 소원대로 되진 않을 게다. 그것이 네 운명이야. 영원히 그 땅 그곳에 붙은 내 저주다. 내 자 식놈들은 내 땅 중에서, 바로 거기서 죽을 만큼만 떼어 주겠다.

테베의 운명에 관해서는 너보다 내가 더 알지 않느냐? 그렇지, 훨씬 더. 나는 포이보스와 그 아버지 되시는 대 제우스 신이라는 한층 확실하신 분께 들어 알고 있으니까. 그러나 너는 칼날보다 얄팍한 입술로 거짓말만 가지고 왔다. 말해 봤댔자 네가 받을 것 은 구원보다는 오히려 재앙일 게다. 그러나 너한테 그런 말이 통하지 않으리라는 것은 알고 있다. 가거라! 우리가 여기서 사는 것을 방해하지 마라. 우리가 스스로 만족하고 있는 한, 비록 이런 꼴이지만 우리 살림이 비참하진 않다.

크레온 그런 말로 어느 쪽이 더 곤란하다고 생각하시오? 당신이 나를 해치는 것일까, 아니면 당신이 스스로?

오이디푸스 네놈이 나를 그리고 이분들을 설득할 수 없다면 그것으로 그만이다.

크레온 불쌍한 사나이, 그 나이에도 철이 안 들다니. 오래 살아서 그 나이에다 욕을 볼 셈인가?

오이디푸스 대단한 입이로구나. 그러나 어떤 일에서든 말 잘하는 놈치고 정직한 놈을 보지 못했다.

크레온 말이 많은 것과 이치에 맞는 것은 다르지.

오이디푸스 네깐엔 말은 짧고, 이치엔 맞는 줄 아는 모양이로구나.

크레온 그렇지도 않을 게요. 당신 같은 머리를 가진 사람에겐.

오이디푸스 돌아가라. 이 사람들을 대신해서 말하마. 내가 머물기로 정한 곳에서 날 귀찮게 굴지 마.

크레온 당신이 아니라 이 사람들이 증인이야. 그러나 당신 핏줄에 대한 그 대답은, 내가 당신을 잡는 날엔…….

오이디푸스 이렇게 우리 편이 있는데 누가 감히 날 잡다니?

크레온 그렇게까진 아니더라도, 이제 곧 혼이 날 거요.

오이디푸스 무슨 근거로 그런 장담을 할까?

크레온 당신 딸 중의 하나는 벌써 잡아서 보냈고, 또 하나도 곧 데려가겠어.

오이디푸스 아아, 저런!

크레온 더 기막힌 일이 또 있지.

오이디푸스 내 딸을 잡았단 말이냐?

크레온 이제 곧 이 딸도.

오이디푸스 아아, 친구들이여, 어떡하렵니까? 날 버릴 셈입니까? 이 사악한 놈을 이 땅에서 몰아내지 않으렵니까?

코로스장 네 이놈. 어서 여기서 사라져라. 네가 지금 하는 짓도 옳지 않거니와 이미 저지른 일도 오래가지 못할 게다.

크레온 (부하들에게) 저 계집애가 순순히 가려 들지 않으면 너희들은 우물쭈물하지 말고 억지로라도 끌고 가야 한다.

안티고네 아아, 어쩌나. 어디로 달아날까? 신이나 사람의 도움을 어디서 찾을까?

코로스장 이 무슨 짓이냐? 이놈!

크레온 저자에겐 손대지 않겠다. 그러나 이 계집앤 내 것이야.

오이디푸스 부탁합니다. 이 땅의 노인들!

코로스장 이놈, 네놈이 하는 짓은 괘씸하다.

크레온 정당하다.

코로스장 어째서 정당하냐?

크레온 내 걸 내가 데려가는 거야.

(크레온의 부하들, 안티고네를 잡는다.)

오이디푸스 오오, 나라[39]여!

코로스 이놈, 무슨 짓이냐! 놓지 못할까? 어느 편이 강한지 곧 알려 주마.

크레온 비켜라.

코로스 그런 일에선 비킬 수 없다.

크레온 나를 해치면 나라끼리의 싸움이 된다.

오이디푸스 내 그렇게 말했지 않나?

코로스 그 처녀를 당장 놓아줘라!

크레온 힘도 없으면서 명령은 마라.

코로스 네놈에게 말하는 거야. 어서 놔라!

크레온 (부하들에게) 어서 데려가거라.

코로스 모여라, 이 고장 사람들아. 모여라, 어서 어서. 나라가, 우리 나라가 폭력을 당하고 있다. 살리러 오너라.

안티고네 저는 끌려가요! 여러분, 여러분!

오이디푸스 딸아 어디 있느냐?

안티고네 억지로 끌려갑니다!

오이디푸스 애야, 손을 내라.

안티고네 되지 않아요!

크레온 (부하들에게) 어서 끌어가거라.

오이디푸스 아아, 어떡하나.

(부하들과 안티고네 퇴장)

크레온 이젠 저 둘이 너의 발걸음을 이끌어 주지는 않을 거야.

너는 네 나라와 친구들을 이기려고 생각하고 있으니……. 나는 왕이긴 하지만 그들의 명령으로 이 일을 하고 있는데 이겨 보렴. 곧 알아차릴 것이니까. 친구를 업신여기고, 언제나 네 재앙이 되는 노여움에 함부로 몸을 맡겨 예나 지금이나 너에게 해로운 일을 했다는 것을.

(부하들의 뒤를 따르려 한다.)

코로스장 멈춰라, 이놈.

크레온 손을 놓아라.

코로스장 저 두 아가씨들을 빼앗겼으니 너는 이제 못 간다.

크레온 그렇게 하면 곧 우리 나라에 더욱 큰 보증을 해주는 셈이다. 내가 잡은 것은 저 두 애에 그치지 않을걸.

코로스장 무슨 수작을 부리려는 것이냐?

크레온 이 사람을 잡아가겠다.

코로스장 큰소리치는군.

크레온 당장에라도 해보이지.

코로스장 그렇고말고, 이 땅의 주인께서 막지만 않으신다면야.

오이디푸스 오오, 뻔뻔스런 그 소리! 정말 나한테 손을 댈 셈이냐?

크레온 닥쳐라!

오이디푸스 이곳의 여신들께서 부디 내가 저주의 말을 하게 해주시옵소서.

이 악한아. 어둠 속에 있는 내 눈을 대신해 준 내 눈이라고도 할 가엾은 애들을 억지로 잡아갔구나. 그 앙갚음으로 모든 것을 보살피시는 헬리오스[40] 신께서 너와 네 족속에게 나와 다름없는 만년晚年을 내려 주시옵소서!

크레온 보았지요, 여러분?

오이디푸스 그들은 너도 나도 다 보고 있어. 그리고 행동으로 나는 해를 입고, 거기에 대해서 말로 갚고 있을 뿐이라는 것을 알고 있다.

크레온 이젠 참을 수 없구나. 그렇다. 내 비록 혼잣몸이고 늙긴 했지만, 억지로라도 끌고 가겠다.

(오이디푸스를 잡으려는 듯이 다가간다.)

오이디푸스 아아, 딱하구나!

코로스 이놈, 이것이 이루어질 수 있다고 생각한다면 어지간히 간이 크구나.

크레온 아무렴.

코로스 그렇다면 이 나라는 없는 거나 다름없구나.

크레온 옳기만 하면 약자도 강자를 이긴다.

오이디푸스 저놈의 말을 들었소?

코로스 그러나 그렇겐 안 되지. 제우스께서 아신다.

크레온 제우스께선 아시겠지만 넌 몰라.

코로스 건방진 소리!

크레온 건방져도 할 수 없지.

코로스 여보시오, 여러분. 여보시오, 이 고장 여러분들. 어서들 오시오, 어서어서. 이놈들이 우리 국경을 넘어가려 하오.

(테세우스 등장)

테세우스 무슨 소란들이냐? 무슨 일이냐? 무엇이 두려워서 제단에서 이 콜로노스를 다스리시는 바다의 신께 제물을 바치고 있던 나를 어지럽게 하느냐? 말해라. 다 알 수 있도록. 그것 때문에 나는 숨이 가쁘게 이리로 달려왔으니.

오이디푸스 아아, 친구여. 나는 당신 음성을 압니다. 방금 나는 이놈한테 봉변을 당했습니다.

테세우스 무슨 일을 당했단 말이오? 누가 그 짓을 했소? 말하시오.

오이디푸스 저기 보이는 저놈, 크레온이 둘밖에 없는 내 자식들을 빼앗아 갔습니다.

테세우스 무슨 말이오?

오이디푸스 지금 들으신 대로 당했습니다.

테세우스 너희들, 누군가 한 사람 어서 빨리 저편 제단으로 가서, 걷는 자건 말탄 자건 모두들 제물 바치기를 그만두고 말을 달려 저 큰길의 갈림길로 달려가게 해라. 그 처녀들이 지나쳐 버려, 내가 폭력에 굴복했다고 이 사내의 웃음거리가 안 되도록. 내 명령대로 어서 가거라, 빨리! 이 사내에 대해서 합당한 화를 낸다면 내 손으로 결코 이 사내를 그냥 보내진 않겠다. 자 이놈은 제 스스로 가져온 법률로 버릇을 고쳐 주어야겠다.

   (크레온에게) 네놈이 이리로 내 눈앞에 그 처녀들을 데려다 놓기 전에 이 땅 밖으로 내보내진 않겠다. 네놈은 나한테도, 너 자신

의 족속한테도 그리고 네 나라에도 불명예스런 짓을 했어. 정의를 존중하고 매사에 법을 따르는 나라로 왔으면서도, 그 나라의 권위를 무시하고 함부로 침입해서 제 마음대로 사람을 납치하고 폭력으로 날치길 했다. 사뭇 이 나라엔 사람도 없는 듯이, 아니면 노예의 나라인 것처럼, 나를 있으나마나로 생각했던 것이야.

그러나 테베가 너의 그 천한 마음을 키운 것은 아니야. 그 나라는 무도한 사람을 키우길 좋아하진 않는다. 만약 네놈이 내 것을 빼앗고, 신들의 것을 범하고, 그 가엾은 애원자들을 억지로 끌어가려던 것을 알면, 그 나라도 너를 칭찬하진 않을 게다. 내가 만약 네 땅에 발을 들여놨다고 한다면, 비록 모든 것을 능가하는 정당한 이유가 있다 하더라도 그가 누구든 간에, 그 땅의 통치자의 허락이 없이는 함부로 빼앗거나 끌어가지는 않을 게다. 딴 나라 사람으로서 그 나라 사람들 사이에서 어떻게 처신해야 할까를 알아차렸을 것이다. 그런데 네놈은 스스로 부당하게도 나라를, 제 나라를 욕되게 하고, 오래 살아서 망령이 든 데다가 분별도 못하게 되었다.

이미 말했고, 지금도 말해 두지만, 빨리 그 처녀들을 이리 데려다 놔라. 만약 그러지 않으면, 억지로라도 이 땅에다 발을 묶어놓겠다. 나는 입으로만이 아니라 본심에서 이렇게 말하고 있는 것이다.

코로스장 이놈, 어떻게 됐는지 알지? 태어난 걸로는 옳아야 할 텐데 하는 짓은 고약하구나.

크레온 아이게우스의 아드님. 내가 이런 일을 한 것은 당신이 말하듯이 이 나라에 사람이 없다든가 어리석다고 생각했기 때문은 아닙니다. 다만 나는 이 나라 사람이 내 뜻을 어겨서까지 내 집안 사람들을 감쌀 만큼 그들한테 깊은 애정을 갖으리라고는 생각지 못했기 때문입니다. 잘 알고 있었습니다. 그렇게 믿었기 때문에 그자를 잡으려 했던 것입니다. 게다가 저 사람이 나와 나의 일족에게 모진 악담을 퍼붓지 않았더라면 그러진 않았을 것입니다. 그렇게까지 당하고서야 이쯤 갚아도 마땅하다고 생각했습니다. 노여움의 감정이란 죽을 때까지 사그라들지 않기 때문에 아비를 죽인 더러운 자, 어머니와 아들 사이의 부정한 결혼을 한 자를 받아들일 리가 없다는 것을 나는 알고 있었습니다. 이 땅에는 그렇게도 지혜로운 아레스 언덕의 심판이 있고, 그것은 이런 부랑자를 이 나라에서 함께 살게 하지 않는다는 것을 내가 잘 알기 때문이죠. 고통을 모르는 것은 죽은 자뿐입니다.

　그러니 좋도록 하십시오. 내 말이 옳긴 하지만, 혼자서는 약하니까. 그러나 내가 늙기는 했지만 당한 만큼은 갚아 줄 작정입니다.

오이디푸스 이 철면피야! 도대체 어느 쪽이 욕을 당했느냐! 이 늙은 나냐? 그렇지 않으면 너냐? 네놈은 나한테 살인이니, 근친 상간이니, 불행이니 뇌까리고 있지만, 그것은 슬프게도 내 본심에서 한 일은 아니다. 그것은 아마 예부터 우리 집안에 대해서 격분하고 계신 신들이 바라시는 바였기 때문이야. 나 한 사람한테서

133

는 나 자신이나 육친에게 그런 죄를 저지르는 것 같은 그릇된 실
책은 찾아볼 수 없을 것이다. 자아. 말해 봐라. 설사, 아들의 손에
걸려서 죽을 운명이 신탁으로 닥쳐왔다 하더라도 그때 아직 아
버지에게서도 어머니에게도 생을 얻지도 않고 태어나지도 않은
내가 그렇게 죄인이라고 비난받아야 할 이유가 있을까? 나같이
불행한 별 밑에 태어나서 무엇을 하고 누구에게 하고 있는지 아
무것도 모르면서 아버지와 싸워서 돌아가시게 했다 하더라도,
그 모르고 저지른 죄를 비난하는 것이 옳을까?

그리고 어머니에 관해서는 이 철면피야, 너와 남매간인 내 어
머니와 결혼을 억지로 말하게 한 것이 부끄럽지도 않으냐? 이젠
입을 열어야겠다. 네가 그렇게까지 더러운 입을 놀렸으니 잠자
코 있진 않겠다. 나를 낳은, 그렇지, 낳았다. 아아, 기막혀라! 서
로 모르면서 나를 낳은 그 사람이 부끄럽게도 내 애를 낳았다. 그
러나 나는 분명히 이 한 가지만은 알고 있다. 네놈은 나와 그 여
자를 좋아라 하고 욕을 퍼붓지만 내가 자진해서 그 여자를 아내
로 삼은 것은 아니었다. 그리고 내가 좋아서 그것을 입에 올리고
있는 것은 아니다.

그러나 그 결혼에 관해서도, 네놈이 언제나 나를 모질게 욕하
는 아버지의 살해에 관해서도 죄인이라고 부르진 못할 것이다.
다만 한 가지 내 묻는 것에 대답해 봐라. 지금 여기 누군가가 다
가와서 올바른 너를 죽이려고 한다면, 너는 그 살인자가 아버진
지 아닌지 물어보겠는가? 너도 목숨이 아까우니 그 죄인에게 덤

134

벼들고, 그것이 옳다 그르다, 이유를 찾진 않을 것이다. 내가 빠진 재앙도 그것과 마찬가지야. 빠뜨린 것은 신들이었다. 설사 아버지의 혼백이 되살아나신다 해도 이 점에서는 나를 반대하지는 않으실 게다.

그런데 네놈은 옳지 않을 뿐만 아니라 말해도 좋은 것과 나쁜 것을 가리지 않고, 무엇이건 말해도 좋다고 생각하여, 이 사람들 앞에서 그렇게 나에게 욕설을 퍼부었다. 게다가 고명하신 테세우스님에게도 그리고 아테나에게도 훌륭하게 다스려지고 있다고 아첨을 할 때라고 생각하고 있다. 그러나 그렇게 칭찬을 늘어놓으면서도 신들을 바른 예식으로 숭앙하기를 알고 있는 나라들 틈에서 이 나라는 그 점에서 어떤 다른 나라보다도 으뜸간다는 것을 잊어버리고 있어. 그런데 이 나라에 구원을 청하고 있는 이 늙은 나를 훔치려 하고, 딸들은 벌써 데려가고 말았다. 그래서 나는 이제 이곳의 여신들의 이름을 부르고 탄원하여, 구원자로서 오셔서 나를 위하여 싸워 주시길 기원한다. 그렇게 하면 네놈도, 이 나라를 지키는 것이 어떤 사람들인지 잘 알 수 있을 거야.

코로스장 왕이시여, 이 나그네는 훌륭한 사람입니다. 그 운명은 비참하지만, 저희들이 도와줄 만한 사람입니다.

테세우스 말은 더 할 것 없다. 죄를 저지른 자들은 황급히 달아나고 있는데, 일을 당한 우리들은 그저 가만히만 있구나!

크레온 그럼 이 힘없는 사람에게 어떻게 하란 말입니까?

테세우스 길잡이를 해라. 내가 따라가겠다. 우리가 찾는 그 처녀들을 이 근처에 두고 있거든, 네가 직접 내게 알려라. 그러나 잡아갔다면, 우리는 아무것도 할 일이 없다. 다른 자들이 쫓아 가고 있으니까. 그들 손에서 나라 밖으로 벗어나서, 신들께 감사의 기도를 드리기란 결코 있을 수 없다.

자아, 앞장서라. 잡은 자가 잡히고, 사냥꾼이 운명의 그물에 걸렸다. 옳지 못한 수단으로 얻은 것은 이내 잃고 만다. 그리고 네 목적은 남의 도움을 얻을 수 없어. 네가 혼자서 공모자 없이 이런 끔찍한 일에 그만큼 건방진 말을 할 까닭이 없다는 것을 내가 잘 알고 있기 때문이야. 그래도 누굴 믿고서 이런 일을 했겠지. 그걸 따져야겠다.

그리고 이 나라가 남자 하나에게 지는 일이 있어서는 안 되겠다. 내 말 알아듣겠느냐? 아니면 지금의 말은 네가 획책했을 때와 마찬가지로 헛소리 같으냐?

크레온 당신이 여기 있는 동안엔 무슨 말이든 하고 싶은 대로 하시오. 그러나 내 나라로 돌아가면 나도 어떻게 할까를 알 것이오.

테세우스 지금은 위협 안 해도 좋지만, 자아 나서자. 그리고 오이디푸스여, 안심하고 여기 계시오. 따님들을 돌려 드리기 전에는, 내가 먼저 죽지 않는 한 결단코 손을 떼진 않는다는 것을 믿고.

오이디푸스 테세우스여. 그 갸륵한 마음씨와 그 자상한 심려에 신들의 은총이 내리시옵소서.

(테세우스와 그 부하들이 크레온을 앞세우고 퇴장)

코로스 (노래)

적이 다시 밀어닥쳐

이내 싸움의 요란한 놋쇠 소리가 들려오겠지.

우리도 그곳에 가고 싶구나.

피톤[41]의 강기슭일까?

횃불이 휘황한 모래사장인가?

거기[42]는 여신들께서 인간을 위하여

엄숙한 의식을 행하시는 곳.

그 인간들의 입을

신의 종인 에우몰피다이[43]가

황금의 자물쇠[44]로 잠그고 있다.

아마도 그곳에서

싸움을 불러일으키는 테세우스와

그 처녀 자매는 곧 만나겠지.

나라 안의 믿음직한 외침 소리 속에서.

또는 오이에의 백설이 빛나는 바위의

서쪽 초원으로

말이나 신속한 전차를 타고

달아나고 있는 중일까?

그놈[45]은 패배하고 있다.

이 땅의 사람들도

테세우스의 신하들도
싸움에선 강하다.
말굴레는 하나같이 빛나고
기사의 여신 아테나와
물을 지키는 바다의 신
레아⁴⁶⁾의 귀여운 아드님을
우러러 모시는 기사들은
다 같이 고삐를 말에 맡기고 달린다.

싸우고 있을까, 아직도 아닐까?
저 무서운 일을 당한
집안네 사람한테서 참혹한 꼴을 겪은
처녀들을 어쩐지 곧 만날 것만 같다.
오늘이란 날은 제우스의 신력神力이 나타난다.
내게는 승리의 예감이 든다.
질풍같이 빠른 비둘기가 되어
드높이 뜬 구름을 타고
싸움을 위에서 내려다보고 싶구나.

오오! 모든 신을 다스리시는,
모든 것을 보살피는 제우스시여!
이 땅을 지키는 자들이

승리에 빛나는 힘으로 적을 무찔러

이길 수 있게 하옵소서.

또한 엄하신 따님, 팔라스 아테나여

사냥꾼 아폴론이여

빠른 말에 무늬 있는 사슴을 쫓는 동생[47]

아무쪼록 겹친 신력으로

이 나라와 그 백성을 도와주시옵소서.

코로스장 아아, 방랑의 친구여, 당신을 지키는 자가 거짓 예언자라고 말하진 않겠지. 저기 저 딸들이 호위를 받으며 이리로 오는 것이 보이는군.

오이디푸스 어디, 어디? 무엇, 무엇이라고 했나?

(안티고네, 이스메네, 테세우스와 그 신하들 함께 등장)

안티고네 아버지, 아버지. 이 거룩하신 분을 신께서 아버지가 보실 수 있게 해드릴 순 없을까요? 이분이 저희를 이리로, 아버지께 데려다 주셨습니다.

오이디푸스 얘야, 정말 거기 있느냐?

안티고네 그렇고말고요. 테세우스님과 그분의 충성스런 부하들이 저희를 살려 주셨답니다.

오이디푸스 이리 오너라, 얘야. 어디 안아 보자꾸나. 다시는 돌아오지 못할 줄 알았던 네 몸을.

안티고네 소원대로 하세요. 저희도 그렇게 하고 싶어요.

오이디푸스 어디냐, 어디 있느냐?

안티고네 저희는 지금 다가가고 있습니다.

오이디푸스 아아, 귀여운 자식들아!

안티고네 부모는 다 자식이 귀엽습니다.

오이디푸스 너희는 내 기둥이야.

안티고네 불쌍한 아버지의 가엾은 동반자들입니다.

오이디푸스 내가 사랑하는 것들이 돌아왔구나! 이젠 죽어도 너희들이 곁에 있어 주니 내 불행에도 구원이 있구나. 애야, 이 아비의 양 옆으로 꼭 안겨서 지금까지 외롭고 참혹하게 시달린 고달픔을 쉬도록 해라. 그리고 될 수 있는 대로 짤막하게 그 사건을 들려 다오. 너희 같은 처녀가 말이 많으면 못쓴다.

안티고네 여기, 저희를 구해 주신 분이 계십니다. 이분한테서 그 얘기를 들으세요, 아버지. 그분 덕택이니까요. 그러면 저희 일은 가벼워집니다.

오이디푸스 친구여, 이상하게 여기지 말아 주십시오. 뜻밖에도 애들이 돌아오고 보니 이렇게 안타깝게 얘기가 길어졌군요. 애들에게서 받는 기쁨은 다름 아닌 바로 당신 덕분임을 나는 잘 알고 있습니다. 다른 사람도 아니고 당신이 두 애들을 살려 주셨습니다. 아무쪼록 신들께서 당신과 이 땅에 내 소원대로 복을 내려 주시옵소서. 신을 공경하고 정의를 존중하며, 또한 거짓이 없는 것을 나는 오직 당신에게서만 찾아보았기 때문입니다. 그것을 알았으니 이렇게 인사의 말씀을 드릴 수밖에 없습니다. 내가 가지고 있는 것은 딴 사람 아닌 바로 당신의 덕택이라고.

자아, 왕이시여, 바른손을 내어 주시오. 그 손을 만지고, 또한 무례하지 않다면 당신의 볼에 입을 맞추고 싶습니다. 한데, 내가 무슨 소릴 하고 있나? 이렇게 비참한 몰골이 된 내가, 온갖 죄로 더럽혀진 이 몸뚱이에 당신을 대달라고 어찌 감히 바랄 수 있겠습니까? 아, 아니지, 설사 원하신다 해도 그렇겐 할 수 없습니다. 그저 그런 속에 말려든 자만이 이 불행을 나눌 수 있기 때문입니다. 당신이 서 계신 곳에서 내 인사를 받아 주십시오. 그리고 앞으로도 마찬가지로 변함없이 나를 보살펴 주시기를 바랍니다.

테세우스 이 따님들에게 기쁨을 찾고, 이야기가 좀 길어졌기로서니, 또 내 얘기보다 따님들의 말을 먼저 들었기로서니, 나는 조금도 이상하게 생각지도 않고, 그것 때문에 심기를 상하거나 하진 않소. 나는 내 일생을 행동보다 말로 장식하려고 생각하진 않소. 나는 그 증거를 보였소이다. 노인장, 내가 당신에게 서약한 것은 그 어느 하나도 어긴 일이 없소. 나는 따님들을 그 위협에서 아무 상처도 없이 산 채로 데려왔으니까.

싸움에서 어떻게 이겼는지, 그런 것은 내 입으로 헛되이 자랑할 것은 없소이다. 그것은 이 두 사람의 이야기에서 당신 스스로 들을 것이외다.

다만 내가 이리 오는 도중 귀에 들어온 것이 있는데, 거기 관해서 지혜를 빌려 주시오. 대단할 것은 없지만 이상한 일이외다. 사람이란 무엇이고 소홀히 여겨서는 안 되기 때문이오.

오이디푸스 무슨 일입니까? 아이게우스의 아드님이여. 말씀해 보십시오. 묻고 계신 것을 나는 아무것도 모르고 있으니까요.

테세우스 듣건대, 당신 나라 사람은 아니지만, 당신 집안의 누군가가 내가 이리로 떠나오기 전에 제물을 바치고 있던 포세이돈의 제단에 어떻게 해선진 모르지만, 달려가서 엎드려 기도를 드리고 있더라는 것이오.

오이디푸스 어느 고장 사람이랍니까? 무엇을 빌고 있더랍니까?

테세우스 내가 아는 것은 한 가지뿐이오. 내가 듣기로는 당신과 좀 이야기가 하고 싶고 별일은 아니라더군요.

오이디푸스 무슨 일인가요? 그렇게 기도를 드리다니 작은 일이 아닙니다.

테세우스 그는 당신과 이야기하여 무사히 제 길로 돌아가길 바라는 것뿐이라 하더군.

오이디푸스 대체 신께 탄원을 하는 그 사람은 누구란 말입니까?

테세우스 이런 일을 당신에게 이루어지기 바라는 당신 집안네 사람이 아르고스에 있는지 좀 생각해 보구려.

오이디푸스 제발 여보시오. 더 묻진 말아 주시오.

테세우스 무슨 일이오?

오이디푸스 묻지 마십시오.

테세우스 무엇을? 말하오.

오이디푸스 당신 말씀을 듣고 그 탄원하는 사람이 누군지 알았습니다.

테세우스 대체 그 사람이 누구요? 내가 마땅치 않게 생각하는 그런 사람.

오이디푸스 왕이시여, 내 자식 놈입니다. 목소리만 들어도 어느 누구보다 미운 자식 놈입니다.

테세우스 무엇이라고? 그냥 듣기만 하고, 싫은 일은 안 하면 되지 않소? 어째서 그렇게 듣기조차 마다하오?

오이디푸스 왕이시여. 그놈의 소리는 아비에게 가장 미운 소립니다. 들어 주란 말씀은 제발 마십시오.

테세우스 하지만 그렇게 탄원을 하고 있으니 안 들어 줄 수 있는지 생각해 보시오. 당신은 신을 공경하는 마음을 가져야 하오.

안티고네 아버지, 나이는 어리지만 제 말씀도 들어 주세요. 아무쪼록 이분 생각하시는 대로 그리고 신께서 바라시는 대로 되도록 해드리십시오. 그리고 저희들을 위해서도 오빠가 이리 오도록 허락해 주세요. 오빠가 아버지를 위해서 해로운 말을 해서 억지로 결심하신 것을 바꾸시도록 할 염려 없으니까요. 말만 듣는 일에 무슨 해가 있겠어요? 나쁜 꾀는 말로 나타나게 마련입니다. 아버지께선 그의 어버이이십니다. 설사 제아무리 고약한 행패를 부렸다 해도, 네 아버지, 오빠에게 원수를 갚을 순 없습니다.

자아, 오빠가 오도록 허락하세요. 다른 사람들은 못된 자손을 두어 화를 잘 내기도 합니다만 충고를 받아들여 친구가 달래는 말로 마음이 가라앉기도 합니다.

지금이 아니라 옛일을, 양친에게서 받으신 그 괴로움을 모조리 생각해 보세요. 그런 일들을 생각하신다면, 저는 잘 압니다만, 나쁜 노여움이 얼마나 좋지 않은 일로 끝나는지 아시게 될 겁니다. 다시는 되돌아오지 않는 그 눈을 잃으신 일로도 여러 가지 생각하시는 바가 계실 것입니다.

자아, 저희들에게 양보를 하세요. 옳은 소원을 가진 자를 너무 애태우는 것은 보기 좋지 않습니다. 그리고 친절을 받고서도 갚을 줄 모르는 것은 보기 싫은 일입니다.

오이디푸스 얘야, 너는 나를 설복시키고서 나의 쓰라린 기쁨을 내게서 얻었구나. 너희들 좋은 대로 해라. 다만 친구여, 그 녀석이 이리 오더라도, 어느 누구든 내 목숨을 위협하는 자가 없도록 부탁합니다.

테세우스 노인장, 그런 것은 한 번으로 넉넉하오. 두 번 들을 것도 없소. 자랑은 아니지만 신들께서 내 목숨을 지켜 주시는 한 당신의 목숨은 안전하다고 생각하시오.

코로스 (노래)
　적당한 수명에는 만족치 않고
　더 오래 살고 싶어하는 사람은
　내가 보기엔 분명히 어리석은 자다.
　오래 살면 더 많은 것은 기쁨보다
　슬픔을 가깝게 하고
　지나치게 오래 살면 아무 데도 기쁨은 없다.
　그리고 마지막으로 구원의 손길이
　누구한테나 고르게 나타난다.

결혼의 축가도, 거문고 소리도 춤도 없이
하데스의 운명이 나타날 때
결국 마지막은 죽음이다.

이 세상에 태어나지 않은 것은
더 말할 나위 없이 좋은 일이지만, 태어난 바엔
온 곳으로 속히 되돌아감이 그 다음으로
가장 좋은 일이다.
죄 없는 경박한 청춘이 지나면
어떠한 괴로움의 불행을 면할 수 있을까?
어떠한 고통이 닥쳐오지 않고 지날 수 있을까?
질투, 파쟁, 싸움, 전쟁
그리고 살인, 마지막으로 누구나 싫어하는
힘없고 친구 없고, 아무도 상대를 안 하는 늙음이
온갖 불행을 데리고 닥쳐온다.

나만이 아니다, 저 불쌍한 사람도
그 나이가 되었다.
사방에서 노도에 부대끼는
북녘으로 향한 곳처럼
이 사람한테도 무서운 고생이 떠나질 않고
물결치는 파도인 양

밀려 닥쳐온다.

어떤 것은 해가 기우는 쪽에서

어떤 것은 해가 뜨는 쪽에서

어떤 것은 대낮 햇빛 속에서

어떤 것은 어두운 리파이[48]

산속에서.

안티고네 저기, 아마 딴 고장 사람이 왔나 봐요, 아버지. 혼자 눈
물을 흘리면서 이리 오는군요.

오이디푸스 누구란 말이냐?

안티고네 아까부터 저희가 생각하고 있었던 폴리네이케스 오빠
가 왔습니다.

(폴리네이케스 등장)

폴리네이케스 아아, 어떡하면 좋단 말인가? 내 불행부터 한탄할
까. 누이들아, 아니면 저기 연로하신 아버지의 불행을 한탄할까?
아버지께선 이런 낯선 고장으로 쫓겨 오셔서 너희 둘과 함께 이
곳으로 오셨구나. 옷은 이런 걸 입으시고 쌓이고 쌓인 더러운 때
가 몸에 눌어붙고 앞 못 보시는 머리에는 빗질해 보지 못한 머리
털이 바람에 나부끼고 있구나. 굶주리신 배를 채우시려고 가지
고 계신 양식도 아마 그 모습 못지않겠지.

　괘씸하게도 난 지금까지 그걸 모르고 있었구나. 아버지 봉양
에 관해서 저는 이를 데 없이 고약한 놈이 되었습니다. 제가 어떤
인간인지 제 입으로 말씀드리죠.

그러나 제우스님께서 하시는 온갖 일에는 자비의 여신이 옆에서 자리를 함께 하십니다. 아버지, 아버지 옆에도 여신이 오시옵소서. 이 허물은 고칠 수 있지만, 여기서 더 나쁘게 될 리는 없기 때문입니다.

어째서 가만히 계십니까? 아버지, 말씀을 들려주십시오. 고개를 돌리지 마세요. 한마디 말씀도 들을 수 없겠습니까? 무엇 때문에 역정이 났는지도 아무 말씀 않고 저를 쫓아 버리시는 겁니까?

너희들, 같은 몸에서 태어난 동기들아. 일껏 신께 탄원까지 했는데도 이렇게 아버지께선 말씀 한마디 없이 무색하게 쫓아내시지 않도록, 제발 아버지의 완고하신, 풀리지 않는 입이 움직이시도록 어떻게 힘 좀 써 봐 다오.

안티고네 가엾은 분, 무엇을 구하고 계셨는지 직접 말씀드리세요. 이 얘기 저 얘기 하시는 동안에는 기쁜 일 화나는 일 불쌍한 일도 있어서 말씀 안 하시던 입이 짐짓 열리실는지도 모르니까요.

폴리네이케스 그럼, 아주 터놓고 말씀드리지. 네 충고가 옳으니까. 먼저 신의 도우심을 빌기로 한다. 그 신이 계신 곳으로부터 이 땅의 왕께서 저를 이리로 오도록 세워 주셨고, 저에게 말씀도 하시고 듣기도 하시고서 무사히 돌아가도록 보장해 주셨습니다. 그러니 이 고장 여러분들도, 누이들도, 아버지께서도 저를 그렇게 지켜 주시기 바랍니다. 자아 그러면 아버지. 제가 어째서 이곳에 왔는지 말씀드리겠습니다.

저는 추방자가 되어 조국을 쫓겨났습니다. 그것은 아버지 것이었던, 절대적인 왕의 자리에 앉을 것을 먼저 태어난 자의 권리로서 요구했기 때문이었습니다. 그래서 에테오클레스는 아우인 주제에 저를 나라에서 몰아냈습니다. 그것도 말로 이기거나 힘이나 재주로 겨뤄서 그랬던 것은 아닙니다. 다만 국민들을 설복시켜서 자기편을 만든 것입니다. 그렇게 된 것도 아버지 집안에 붙어 다니는 에리니에스[49] 때문이라고 생각합니다.

그 후에 예언자들한테도 그렇게 듣고 있습니다. 제가 도리스의 아르고스에 가서 아드라스토스를 장인으로 삼고 아피아[50] 땅에서 창칼 잘 쓰기로 이름 높은 쟁쟁한 사람들을 다 제 동맹자로 만들었습니다. 그것은 테베로 향하는 일곱의 군대를 모아서 정의의 싸움에서 죽든가, 아니면 그렇게 무도한 놈들을 그 땅에서 몰아내든가, 한판 해볼 작정에서였습니다.

그런데 제가 이제 여기 온 까닭은 무엇이겠습니까? 아버지, 아버지께 소청이 있습니다. 그것은 제 자신의 소원이기도 하고 제 동맹자들의 소원이기도 합니다. 저희들은 지금 일곱 명의 장군에 일곱의 군대를 가지고 테베의 광야를 모조리 둘러싸고 있습니다. 그 장군들이란, 우선 창을 잘 쓰기에 으뜸이요, 새가 나는 길의 점치기에도 으뜸인 암피아라오스, 둘째로는 아이톨리아 사람인 오이네우스의 아들 티데우스, 셋째로는 아르고스 태생의 에테오클로스, 넷째로 히포메돈은 그 아버지인 탈라오스의 분부로 왔습니다. 다섯째의 카파네우스는 테베를 불바다로 만들겠다고 장담하고 있습니다. 여섯째로는 아르카디아의 파르테노파이오스[51])가 달려왔습니다. 이 사람은 아탈란테[52]의 믿음직한 아들로서, 그 여자가 오랫동안 처녀로 있다가 훨씬 뒤에 어머니가 돼서 낳았기 때문에 그런 이름을 가지고 있습니다. 마지막으로 아버지의 아들인 접니다. 아들이 아니라고 하신다면, 흉한 운명이 낳은 아들로서 이름만이라도 아버지의 아들인 제가 두려운 것을 모르는 아르고스의 군대를 이끌고 테베로 향합니다.

저희들이 이 누이들과 아버지의 목숨을 위해서도, 모두들 아버지께 간청합니다. 저를 몰아내고 나라를 빼앗은 아우를 벌주러 가는 저에 대한 격하신 역정을 풀어 주십시오. 만약 예언을 조금이라도 믿을 수 있다면, 아버지께서 편드시는 쪽이 이긴다고 하니까요.

저희들의 성스런 샘물[53]과 온 가족 그리고 신들께 걸고 허락하시고 양보하여 주시기 바랍니다. 저도 거지이며 추방된 자, 아버지도 추방당하신 분입니다. 아버지도 저도 같은 운명을 짊어지고, 남의 인정에 매달려서 살 곳을 얻고 있습니다. 그런데 그놈은 집에서 왕이 되고 괘씸하게도 우리들을 모두 자랑스럽게 비웃고 있습니다. 하지만 아버지께서 저의 계획을 도와주시면 작은 수고와 시간으로 산산이 망쳐 놓겠습니다. 그러면 그놈을 몰아내고 아버지를 모셔 가서 아버지 집에 드시게 하고, 저 자신도 들겠습니다. 아버지, 저와 마음을 합해 주신다면 큰소릴 칠 수 있지만, 협력해 주시지 않는다면 살아서 돌아갈 수는 없습니다.

코로스장 이 사람을 이리로 오게 하신 분을 위해서도, 오이디푸스여, 무엇인가 정당하다고 생각되는 말씀을 해서 돌려보내시오.

오이디푸스 그렇다면 이 땅을 지키시는 여러분, 내 대답을 들어야 한다고 해서 이놈을 이곳에 보내신 분이, 테세우스님이 아니셨다면, 이놈은 내 소리를 결코 듣지 못했을 것입니다. 그러나 이제 그는 되돌아가기 전에 그의 일생이 결코 행복해지지 않을 말을 나한테서 들을 것입니다. 이 고약한 놈 중에서도 고약한 놈아. 지금은 네 아우가 테베에서 쥐고 있는 왕위와 왕권을 네놈이 가지고 있을 때, 제 아비를 쫓아내서 나라를 잃게 하고 이런 옷을 입도록 만들어 놓았다. 그러고는 이제 제놈도 나와 같은 궁지에 빠지니까, 이 옷을 보고 눈물을 흘리고 있구나. 울 때는 지났어. 아니, 내가 살아 있는 한은, 나를 죽인 놈이 네놈이라고 생각하고 잊지 않고서 견뎌야 한다. 나를 이런 수렁에 빠지게 한 것은 바로 네놈이야. 네놈이 나를 쫓아냈거든. 네놈 때문에 이렇게 떠돌아다니면서 그날그날의 끼니를 남에게 구걸하고 있다. 이 딸 애들이 내 자식으로 태어나서 나를 도와주지 않았던들, 네놈 따위가 어찌 되든 나는 살지 못했을 거다. 지금은 이 두 딸 덕분으로 살아가고 있다. 이 애들에게 봉양받고 있어. 이 애들은 나와 함께 고생하는 남자이지 여자가 아니다. 그런데 네놈들 둘은 내 자식이 아니라 남의 자식이야.

그러니 만약 군대가 테베를 향해서 실제로 진군하고 있다면, 운명의 신은 지금 너를 보고 있는 눈초리와는 다른 눈초리로 보게 될 것이다. 그 나라를 쓰러뜨리기는커녕, 그보다 먼저 네놈과

네 아우가 피투성이가 돼서 쓰러지고 말 게다. 앞서도 내가 이런 악담을 했지만, 지금도 나는 그것을 내 편으로 불러들이겠다. 어버이를 공경할 줄 알고, 이런 자식들을 낳은 아비가 소경이라고 해서 어버이를 업신여기지 않기를 깨닫도록 말이다. 이 딸애들은 그렇게 안 했거든. 그러니 정녕 예부터의 디케[54] 여신이 영원한 율법으로 제우스의 옆 자리를 차지하고 계시다면, 너의 탄원도 너의 그 왕위도 내 악담에는 아무 맥도 못 춘다.

이놈, 물러가거라. 내 미움을 받는 너는 내 자식도 아냐. 이 흉악하고도 흉악한 놈아. 내가 네게 퍼붓는 악담을 뒤집어쓰고서, 내 동족의 땅을 창칼로 쓰러뜨리지도 산으로 둘러싸인 아르고스로 돌아가지도 못하고, 게다가 피를 함께 나눈 자의 손에 죽고 너를 쫓아낸 자를 죽인다. 이렇게 나는 기원한다. 그리고 네놈을 저승으로 데려가라고 저 탄탈로스[55]의 무서운 조상 대대의 어둠에 호소하고 이 여신들[56]께 호소한다. 네놈 둘에게 저 난폭한 미움을 일으키는 아레스[57] 신께 호소한다. 이 말을 듣고 물러가라. 그러고는 가서, 모든 카드메이아 사람에게, 또 네놈의 충실한 동맹자들에게 오이디푸스가 자식들에게 이런 상을 나눠 주었다고 전해라.

코로스장 폴리네이케스, 그대가 지금까지 걸어온 길은 마땅치 않아. 어서 빨리 돌아가게나.

폴리네이케스 아아, 일껏 왔는데 글렀구나. 불쌍한 동맹자들, 우리가 아르고스를 떠나 운명이 어찌 이런 결과가 되었단 말인가?

151

불행이로구나. 나는 우리 편 아무에게도 말 못할 끝판이로구나. 그렇다고 해서 군대를 되돌릴 수도 없고, 말없이 이 운명을 당할 수밖엔 없다.

이분의 딸, 내 누이들아. 너희도 아버지의 이 냉혹한 악담을 들은 바에는 나는 신들께 걸고 너희 둘에게 부탁한다. 만약 아버지의 악담이 이루어져서 너희들도 고국으로 돌아갈 수 있게 되면, 나를 욕되게 하지 말고 나를 묻어서 장례를 지내 다오. 그렇게 하면 너희들이 지금 아버지께 바친 고생 때문에 저분에게서 너희들이 받을 칭찬은 나를 위해서 힘쓴 일로, 거기 못지않은 칭찬을 받을 것이다.

안티고네 폴리네이케스 오빠, 제발 제 청도 하나 들어주세요.

폴리네이케스 사랑하는 누이 안티고네야. 무엇인지 말해 봐라.

안티고네 군대를 아르고스로 어서 빨리 되돌리세요. 오빠 자신과 나라를 망치지 않도록 하세요.

폴리네이케스 그건 안 될 일이야. 내가 한 번 움츠리면 어떻게 또 다시 같은 군대를 통솔할 수 있겠느냐?

안티고네 하지만, 오빠, 무엇 때문에 또 그렇게 화를 내세요? 자기의 조국을 망치고 무슨 소득이 있겠어요?

폴리네이케스 나라를 쫓겨난 것은 치욕이다. 게다가 장남인 내가 동생한테서 이렇게 조롱을 당하고서야 얼굴을 들 수가 없다.

안티고네 그렇다면, 오빠들 둘이 서로 죽인다는 아버지의 예언이 이루어져도 좋단 말이에요?

폴리네이케스 아버진 그렇게 되길 바라신다. 그러나 물러설 순 없어.

안티고네 아아, 슬픈 일입니다. 그분이 말씀하신 예언을 듣고 누가 오빠를 따르겠어요?

폴리네이케스 난 나쁜 소식은 전하진 않겠다. 좋은 것만을 말하고 나쁜 것은 말하지 않을 것이다.

안티고네 오빠, 그럼 이미 결심하셨군요?

폴리네이케스 그렇다. 말리지 마라. 나는 내 아버지와 그 에리니에스 여신들의 저주와 재앙의 이 길을 걸을 수밖에 없다. 그러나 너희 둘에게는 제우스께서 길을 복되게 하시기를, 만약 내가 죽은 뒤에 내 부탁대로 해준다면. 생전엔 내게 아무것도 해줄 수가 없으니까. 자아 놓아 다오. 잘 있거라. 이젠 다신 살아서 만날 수는 없겠구나.

안티고네 아아, 기막혀라.

폴리네이케스 나를 슬퍼하진 마라.

안티고네 하지만 오빠. 미리 분명한 죽음으로 재촉하는 오빠를 어떻게 슬퍼하지 않겠어요?

폴리네이케스 죽어야 한다면 죽을 수밖엔 없지.

안티고네 아녜요. 안 돼요. 제발 부탁입니다.

폴리네이케스 쓸데없는 소리 마라.

안티고네 오빠를 잃고서야, 전 어떡합니까?

폴리네이케스 이렇든 저렇든 그건 운명의 신께 달렸다. 너희 둘에게는 불행한 일이 없도록 신들께 기원한다. 누가 봐도 너희들이 불행할 리는 없으니까.

(폴리네이케스 퇴장)

코로스 (읊음)

　새로운 재앙이 왔구나.

　중대한 운명을 띠고서, 저 앞 못 보는 딴 나라 사람에게서.

　아니면, 운명이 그 끝장으로 다가가고 있는 것인가. 신들의 포고가 믿지 못할 것이라고 말해선 안 된다. 보고 있다, 보고 있다.

　언제나 세월이 어떤 것은 망치고 어떤 것은 이튿날 다시 일으키고.

　오오, 제우스여, 천둥이다!

오이디푸스　얘들아, 얘들아. 거기 누가 있거든 저 모든 일에 으뜸가는 테세우스님을 모셔 오겠느냐?

안티고네　아버지, 무슨 일로 부르시는데요?

오이디푸스　이 제우스의 날개 돋친 벼락은 나를 곧 데려갈 것이다. 어서 빨리 모셔 오너라.

코로스 (읊음)

　들거라, 부서지는 듯한

　형언할 수 없는, 제우스께서 던지시는 요란한 소리

　머리털이 곤두서고

　가슴은 뛴다. 또다시 하늘에 번갯불.

　어떻게 될 것인가, 무섭구나.

저것이 번쩍이면 심상치 않다, 불길하다.

오오, 위대한 하늘이여. 오오, 제우스여.

오이디푸스 애들아, 내게 정해진 이승의 마지막이 왔다. 피할 길은 없다.

안티고네 어떻게 그걸 아세요? 무엇으로 그런 일을 짐작하십니까?

오이디푸스 나는 잘 안다. 어서 누구든지 가서 이 땅의 왕을 모셔다 다오.

코로스 (읊음)

아이코 들어라. 또다시 천둥 소리가 울려 퍼진다.

살려 주세요. 오오, 신이여, 살려 주세요.

어머니이신 이 땅에 어둠을 내리신다면.

자비를 내리시옵소서. 저주받은 사람을 보았다 하더라도

무익한 갚음을 받지 않도록 하시옵소서!

우리 주 제우스시여! 우리 소리를 들어 주시옵소서.

오이디푸스 그분은 오셨느냐? 애들아, 나한테 아직 목숨이 있고, 내 정신이 맑은 동안에 뵈올 수 있을까?

안티고네 가슴속에 깊이 간직하고 싶으시다는 맹세란 무엇입니까?

오이디푸스 내가 입은 은혜에 대해서, 그걸 받았을 때 약속한 보답을 하고 싶구나.

코로스 (읊음)

부디, 왕이시여, 오시옵소서, 오시옵소서.

만약 골짜기 깊은 곳에서 바다의 신인

포세이돈께 산 제물을

바치고 계시더라도 이리로 주십시오.

이 노인은 당신과 당신의 나라와 친구들에게

당연한 보답을 하고 싶어합니다.

어서, 왕이시여, 오시옵소서.

(테세우스 등장)

테세우스 무슨 일로 너희들은 또 나를 부르느냐? 분명히 이 나라 사람들의 소리도, 나그네의 소리도 들리는 것 같군. 제우스의 천둥 때문인가, 내려 쏟아지는 우박 때문인가? 신께서 이렇게 비바람을 일으키실 때는 온갖 일이 생각나는구나.

오이디푸스 왕이시여, 오시길 고대했습니다. 이렇게 다행스럽게 여기 오신 것은 오직 신의 혜택입니다.

테세우스 라이오스의 아드님, 또 무슨 일이 새로 생겼단 말이오?

오이디푸스 내 목숨의 저울이 기울고 있습니다. 그래서 왕과 이 나라에 내가 약속한 것을 신실하게 지키고 죽으려 합니다.

테세우스 그래, 당신의 운명이 아직도 당신한테 풀리지 않고 있는 확증은 무엇이오?

오이디푸스 신들께서 직접 알려 주고 계십니다. 미리 정해진 징조를 조금도 어기시지 않고.

테세우스 노인장, 어떻게 그것이 알려지고 있단 말이오?

오이디푸스 당할 자 없는 신의 손에서 던져지는 저 쉴 새 없는 벼락 소리, 끊임없이 번뜩이는 번갯불.

테세우스 알았소이다. 당신의 수많은 예언에는 거짓이 없었기 때문이오. 어떻게 해야 하는지 말씀하시오.

오이디푸스 아이게우스의 아드님. 세월의 해를 입지 않고 이 나라의 보배가 될 것을 가르쳐 드리겠습니다. 이제 곧 아무 도움도 없이 혼자서 내가 죽을 곳으로 인도하겠습니다.

그러나 그곳은 아무에게도 말씀해선 안 됩니다. 그것이 어디 숨겨져 있는지도, 어떤 지역에 있는지도. 그렇게 하면 그 땅은 수많은 방패보다도 또한 이웃 나라가 돕는 창칼보다도 더 튼튼하고 영원한 방비가 될 것입니다. 금단의 비밀은 말로 더럽힐 것이 아니라, 왕께서 혼자 그곳에 가실 때 스스로 깨닫게 되십니다.

그것은 이 나라의 어느 누구에게도, 또 아무리 사랑은 하지만 내 딸들에게도 내가 발설해서는 안 되는 일이올시다. 아니, 왕께서 스스로 언제까지나 그 비밀을 지키셨다가 이 세상을 떠나실 때, 맏자제에게만 밝히시고, 그분은 그 맏아들에게 대대로 가르쳐 전하는 것입니다.

그렇게 하면 용의 이빨의 일족[58]으로부터도 이 나라를 무사히 다스리실 것입니다. 많은 나라들이 딴 나라를, 아무리 그것이 바르게 살아간다 하더라도 까닭 없이 난폭한 짓을 하게 마련입니다. 인간이 신을 섬기기에 소홀하고, 미쳐 날뛸 때는 신들은 느리긴 하지만, 어김없이 벌을 내리십니다. 아이게우스의 아드님이시여, 당신께선 그런 일을 당하지 않길 빕니다. 아니 이런 일은 내가 가르쳐 드릴 것까지도 없이 잘 알고 계십니다.

그러나 신의 부르심이 급하니 그곳으로 어서 가야겠어. 우물쭈물하지 말아야겠다. 얘들아, 여기다, 따라오너라. 너희가 내게 그렇게 했듯이 이번엔 이상하게도 내가 너희의 길잡이가 되었구나. 자아, 오너라. 내게 손대진 말고, 내가 묻히기로 정해진 그 무덤을 나 혼자서 찾게 해 다오.

여기다, 이렇게 이리로 가는 거다. 길잡이를 하시는 헤르메스[59]와 저승의 여신[60]께서 나를 이리로 이끌어 가시니.

아아, 빛 없는 빛이여. 전에는 그대도 내 것이었는데, 이제는 내 몸에 그대의 손이 닿는 것도 이것이 마지막이로구나. 나는 지금 내 일생의 끝을 하데스에게 숨기러 간다. 그럼, 친구 중의 친구여 당신 자신과 이 땅과 당신 나라 사람들이 부디 행복하길 빕니다. 그리고 번영 속에서도 당신들의 영원한 복을 위해서 죽은 나를 잊지 말아 주십시오.

(오이디푸스, 안티고네, 이스메네, 테세우스와 그의 부하들 퇴장)

코로스 (노래)

만약 모습을 안 보이시는 여신[61]과 당신을

삼가 빌어 모시도록 허락된다면

밤의 어둠의 왕[62]이여,

아이도네우스[63]여, 아이도네우스여, 바라옵건대

괴로운 한탄의 운명에 따르지 않고서,

저 딴 나라 사람을

저 스틱스[64]의 집으로 편안히 보내시옵소서.

숱한 괴로움이

까닭 없이 그이를 덮쳤지만

그 대신 정의의 신은 다시

그를 드높이 끌어올리실 것이다.

오오, 지하의 여신들[65]이여, 허다한

손님을 맞아들이는 문 옆에서

살며, 동굴 속에서 사람에게 짖어 대는

사나운 하데스의 문지기라고

예부터 이야기로 전해 내려오는

무적의 짐승[66]이여

오오, 대지[67]와 탄탈로스의 아들[68]이여

간절히 비옵건대, 저 손님이

죽은 자들의 지하의 들로 가는 길을

그[69]가 가로막지 말기를

영원히 잠을 주시는 이여, 기원하옵니다.

(사자 등장)

사자 나라 사람들이여, 한마디로 말씀드리자면, 오이디푸스님께서 돌아가셨다는 소식이 되겠습니다. 그러나 이 사건은 짤막하게 얘기할 수도 없고, 또 거기서 일어난 일도 간단한 것이 아니었습니다.

코로스장 불쌍하게도, 세상을 떠났는가?

사자 분명히 그분은 이 세상을 영원히 떠났습니다.

코로스장 어떻게? 신께서 내리신 편안한 운명으로?

사자 그렇게 말씀하신 그것이 바로 매우 놀라운 일입니다. 아무 친구에게도 이끌리지 않고, 우리를 인도해서 그분이 여길 떠난 것은, 당신도 여기 계셨으니 아실 것입니다.

거기서 청동의 층계[70]를 따라 대지에 깊이 뿌리박은 험난한 문턱[71]에 이르렀을 때, 그곳의 여러 갈래로 갈라진 길 중 하나에서 멈추었습니다. 그것은 테세우스님과 페이리토우스[72]님의 영원히 변치 않는 맹세를 기념하는 바윗돌의 웅덩이진 곳 근처입니다.

그는 웅덩이진 데와 토리코스[73]의 바위의 가운데쯤에 이르러 속이 우묵히 팬 배나무와 대리석 무덤 중간에 앉았습니다. 그러곤 더러운 옷을 벗었습니다.

그리고 딸들을 불러 목욕을 하고, 신께 바치기 위한 물을 어딘가 샘터에서 길어 오라고 일렀습니다. 두 사람은 바라다보이는 푸른 수호의 신인 데메테르[74]의 언덕으로 가서 잠깐 동안에 분부대로 물을 길어다가 정한 대로[75] 그를 깨끗이 씻기고 옷을 갈아입혔습니다.

그러나 모든 일을 뜻과 같이 만족스럽게 끝마쳐 바라던 것이 어느 한 가지도 소홀한 것이 없어졌을 때, 저승의 제우스님께서는 천둥소리를 일으키고, 그 처녀들은 이것을 듣고 놀라서 떨고, 아버지의 무릎에 엎드려 울며, 잠시 동안은 가슴을 연달아 치고 소리내어 울기를 그치지 않았습니다.

그분은 두 따님이 갑자기 뼈아프게 외치자마자 두 사람을 두 팔로 안고 이렇게 말했습니다. '얘들아, 오늘 너희 아비는 이 세상을 떠난다. 내 모든 것은 끝장이 났고, 나를 봉양키 위해서 너희 앞으로 더 고생을 안 해도 될 것이야. 얘들아 무거운 짐이었지. 그러나 단 한마디가 이 모든 고생을 풀어 준다. 나만큼 너희를 사랑한 사람은 없으니까. 그러나 앞으로 내내 그 나라는 사람 없이 평생을 살아가야 하는구나.'

이렇게 셋 모두가 서로 껴안고 눈물에 젖어 있었습니다. 이럭저럭 그런 비탄도 끝나서 울음소리도 들리지 않게 되자, 둘레가 조용해졌습니다. 그러자 갑자기 누군가의 목소리가 그분을 크게 불렀기 때문에 모두들 무서워서 머리털이 곤두섰습니다. 그건 신이 그이를 몇 번이고 거듭거듭 불렀기 때문입니다.

'오오, 거기 있는 오이디푸스여, 어찌하여 우리는 가기를 서슴는가? 그대는 너무 늦었다.'

그는 신의 부르심을 받고 있는 것을 깨닫고 이 땅의 왕이신 테세우스님이 자기에게 가까이 오시길 부탁했습니다. 그리고 왕께서 옆에 오시니까 이렇게 말했습니다. '아아, 다정하신 친구여, 딸들에게 오른손을 주고 굳게 서약해 주십시오. 얘들아, 너희도 이분께 그렇게 해라. 그리고 이 애들을 결코 자기 쪽에서 버리지는 않고 이 애들을 위해서 좋다고 생각하는 것은 언제까지나 정성을 다하겠다.'고. 이것을 듣고, 왕께서는 훌륭한 남자답게 슬품을 비치지 않고 친구를 위해서 정성을 다해서 지키겠다고 약속하셨습니다.

그렇게 하자, 오이디푸스님은 보이지 않는 손으로 따님들의 몸을 더듬으면서 말했습니다. '얘들아 훌륭히 각오를 하여 이곳을 떠나고, 보아서 안 될 것을 보거나, 들어서 안 될 일을 들으려고 해서는 안 된다. 어서 속히 가거라. 다만 허락된 테세우스께서는 남아 계셔서, 여기서 일어나는 일을 친히 보아 주시오.'

이렇게 그가 말하는 것을 우리는 다 같이 들었습니다. 그래서 눈물을 흘리며 슬픔에 젖어 우리는 그 처녀들의 뒤를 따랐습니다. 그러나 우리가 물러나고 조금 있다가 뒤돌아다 보니까 이미 그분은 그곳에 계시지 않고, 왕 한 분만이 무엇인가 보기에 끔찍하고 차마 볼 수 없는 것이 나타나기나 한 듯이 눈을 가리듯 손을 얼굴에 대고 계신 것이 보였습니다. 그리고 조금 지나서 왕께서는 땅에다 입을 맞추시고, 동시에 신들의 자리인 올림포스를 향해서 손을 치켜들고 같은 말씀으로 기도드리시는 것을 보았습니다.

그러나 그분이 어떠한 운명으로 돌아가셨는지 테세우스님밖에는 아무도 말할 수가 없습니다. 그이를 그때 마지막 가게 한 것은 신의 벼락, 불도 아니고 갑자기 일어난 바다의 비바람도 아니고 신들께서 보내신 길잡인지, 아니면 저승이 그분을 환영하여 괴로움이 없도록 대지가 열렸던 것입니다. 그분은 번뇌도 없이 병고를 치르는 일도 없이 사람으로서는 가장 놀라운 마지막을

162

보내셨습니다. 제가 말씀드리는 것이 미친 듯이 보인다면 미쳤다고 생각하는 사람에게 믿어 달라고 하진 않습니다.

코로스장 그러면 그 딸들과 함께 간 사람들은 어디 있나?

사자 그리 멀진 않습니다. 저 슬퍼하는 소리가 그들이 가까이 오고 있는 것을 알려 주고 있으니까요.

(안티고네, 이스메네 등장)

안티고네 아아, 슬퍼라. 우리들 불행한 형제는 아버지에게서 받은 저주의 피를 언제까지나 가슴 깊이 한탄해야 합니다. 이제까지 오랜 세월을 쉴 새도 없이 살아 계신 동안에는 그분을 위해서 고생을 거듭하고, 드디어 이제는 괴상한 일을 당하고 슬픈 지경을 당하여, 그것을 말해야 하다니.

코로스 그건 무엇이지?

안티고네 친절하신 분들, 그저 추측할 따름입니다.

코로스 돌아가셨단 말이지?

안티고네 여러분께서 바라시는 대로, 그렇습니다. 정녕 아레스도 아니고, 바다도 아니고, 재빠르고 괴상한 운명으로 보이지 않는 세상에 끌려가셨습니다. 불행한 저희들의 눈앞에는 파멸의 어둠이 가로막혀 있습니다. 어떻게 하면 저희들은 아득히 먼 땅으로 또한 바다의 파도 사이를 헤매면서 목숨을 이을 양식을 얻을 수 있을까요?

이스메네 모르겠습니다. 저 무서운 하데스가 늙으신 아버지와 함께 죽도록 잡아갔으면 좋았을 것을. 아아, 나는 앞으로 살아갈 수가 없어요.

코로스 훌륭한 자매여, 신들께서 내린 것은 참아야 해. 너무 슬퍼할 게 아냐. 그리 책망할 것은 아니지.

안티고네 그래도 불행이 그리워지는 것 같기도 합니다. 아버지를 모시고 있을 동안엔 즐거울 까닭이 없는 것도 즐거웠지요. 그리운 아버지, 지하의 어둠에 싸이신 분, 비록 지하에 계시더라도 저와 이 동생의 사랑은 결코 부족함이 없을 것입니다.

코로스 그렇게 하셨나?

안티고네 그분은 뜻대로 하셨습니다.

코로스 어떻게?

안티고네 그분이 원하시던 대로 이국 땅에서 돌아가셨습니다. 영원히 무덤 속에서 잠드시는 땅을 가지시어, 가슴 아픈 슬픔을 남겨 놓으셨습니다. 아버지, 눈물로 가득 찬 제 눈은 아버지를 슬퍼하고, 저는, 이 불행한 저는, 아버지를 잃은 슬픔을 어떻게 지워야 할는지 모르겠습니다.

아아, 슬퍼라. 남의 땅에서 돌아가시길 원하셨지만, 정작 돌아가셨을 때, 내 손으로 아무것도 못해 드렸구나!

이스메네 아아 불행한 우리들은 이제부터 어떻게 될까요? 언니, 정작 아버지가 돌아가셨으니.

코로스 하지만 사랑하는 두 형제여. 그분은 복 많게 이 세상을 떠나셨으니 슬퍼 마라. 누구나 불행은 면할 수 없으니까.

안티고네 얘, 어서 급히 돌아가자.

이스메네 무슨 일로?

안티고네 나는 안타깝구나.

이스메네 무엇이?

안티고네 무덤이 보고 싶구나.

이스메네 누구의?

안티고네 아버지의 , 아아, 딱해라!

이스메네 하지만 어떻게 그것이 허락되겠어요? 알 수 없지 않아요?

안티고네 왜 나를 나무라지?

이스메네 그리고 이것도……

안티고네 게다가 또 무슨 일?

이스메네 아무도 없는 곳에서 무덤도 없이 돌아가셨으니.

코로스 이젠 걱정 없다……

안티고네 어떻게요?

코로스 그대 둘에게 결코 언짢은 일이 다시는 없도록.

안티고네 그건 알고 있어요.

코로스 그런데 어째서 그런 걸 생각하고 있지?

안티고네 어떻게 집으로 돌아가야 할지 모르겠어요.

코로스 그런 걱정은 마오.

안티고네 아아, 불행한 나, 친구도 없고 도움도 없고, 어디서 이 불행한 일생을 보낼는지?

코로스 정다운 이들, 아무것도 걱정할 건 없어.

안티고네 그래도 괴로운걸요.

코로스 그전엔 대단했지.

안티고네 그전에 어떻게도 할 수 없었는데, 지금은 더합니다.

코로스 과연 괴로움의 바다는 넓기도 하구나.

안티고네 아아, 어디로 가면 좋을까요, 제우스님? 이제부턴 어떤 희망을 신들께서 재촉하실까요?

(테세우스 등장)

테세우스 따님들아, 이젠 그만 울고……. 지하의 그 은총이 죽은 자들과 함께 약속되었을 경우엔 슬퍼해서는 안 된다. 갚음을 받을 것이니.

안티고네 아, 아이게우스의 아드님. 소원이 있습니다.

테세우스 그대들 무엇이 소원이지?

안티고네 저희들은 아버지의 무덤을 이 눈으로 보고 싶습니다.

테세우스 아니, 그건 안 돼.

안티고네 어째서요? 임금님, 아테네의 임자시여!

테세우스 그대들, 그분은 내게 금하시기를, '아무도 거긴 다가 오지 못하며 성스런 무덤에 아무 말도 해선 안 된다.'고. 이 약속을 잘 지키면, 이 나라는 언제나 태평할 것이라고 말씀하셨다. 거기에 대한 내 맹세는, 저 신과 제우스의 시종인 온갖 것을 보살피시는 호르코스[76]도 들으셨다.

안티고네 그것이 그분의 마음에 맞으셨다면, 하는 수 없지요. 하지만 예부터의 테베로 저희들을 보내 주십시오. 어쩌면 형제들이 흘리려는 피를 막을 수 있을지도 모릅니다.

테세우스 그렇게 하지. 그 밖에 그대들에게 도움이 되고 지하에 계신 분의 마음에 드시는 일이라면 무엇이든지 나는 해야 한다.

코로스 자아, 그만 슬퍼하고 더 울지는 마오. 만사는 정해져 있어서 돌이킬 수 없는 것이니까.

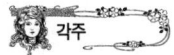

각주

1) 가이아 | 대지의 여신.

2) 스코토스 | 어둠의 신.

3) 무서운 여신들 | 에우메니데스(단수는 에우메니스) 여신들. 주로 육친 사이의, 일반적으로는 살인이나 그 밖에 자연의 법을 어기는 행동에 대한 복수 또는 죄를 몰아치는 무서운 여신들. 그 머리털은 뱀이며, 손에는 횃불을 들고 죄인을 쫓아다녀 미치게 했다.

4) 내 운명의 낌새 | 오이디푸스는 이 에우메니데스의 성지에서 그 고생스런 방랑이 그칠 것을 아폴론에게서 듣고 있었다.

5) 포세이돈 | 제우스의 아우이며 바다를 다스리는 신.

6) 프로메테우스 | 아테네의 아카데메이아에 모신 신으로서 사람에게 이익을 주고, 특히 불을 주었다.

7) '청동의 문턱' | 콜로노스 근처에 바위가 움푹 팬 곳이 있어, 저승으로 통하는 길이라고 전해지고 있다. 그곳에 청동의 층계가 만들어져 있기 때문에 '청동의 문턱'이라고 불렀다.

8) 저 신 | 콜로노스의 신.

9) 무서운 모습의 여왕들 | 에우메니데스.

10) 포이보스 | 아폴론의 다른 이름.

11) 술 안 마시는 | 에우메니데스 여신들은 엄격하여 다른 신들에게 바치는 제물과는 달라서 지하의 신으로 꿀을 탄 물이나 우유를 바쳤다.

12) 팔라스 | 아테나 여신의 다른 이름.

13) [3행 빠짐] | 이 3행과 그 다음 오이디푸스의 대사 1행은 없어진 것 같다.

14) 랍다코스 | 카드모스의 손자이며, 라이오스의 아버지. 테베의 왕.

15) 에트나의 망아지 | 당나귀. 시칠리아에선 여자들이 타고 다녔다.

16) 테살리아 모자 | 챙이 넓은 모자.

17) 아르고스 야산 | 아르고스 지방의 들은 삼면이 산으로 둘러싸여 있다.

18) 카드모스 땅 | 테베를 의미한다.

19) 델포이의 화로 | 델포이엔 아폴론 신의 신탁을 내린 곳이 있다.

20) 사발 | 사발 셋이 한 묶음이다.

21) 세 번씩 | 처음 두 사발은 세 번으로 나누어 붓고, 나머지 한 사발은 단번에 붓는다.

22) 물과 꿀 | 에우메니데스 여신들은 엄격하여 다른 신들에게 바치는 제물과는 달라서 꿀을 탄 물이나 우유를 바쳤다.

23) 흰 땅 | 콜로노스의 두 언덕의 흙빛이 희기 때문에 그렇게 부른다.

24) 디오니소스 | 술의 신.

25) 자기를 키운 여신들 | 디오니소스가 어렸을 적에 그를 키우고, 그 후에도 언제나 뒤따르는 님프들.

26) 나르키소스 | 샘물에 비친 자기의 미모에 반해서 그것과 연정을 느끼고, 그 소원이 이루어지지 않은 채로 세상을 떠나, 같은 이름의 꽃이 되었다 한다. 여기서는 수선화를 일컬음.

27) 장하신 여신들 | 곡식의 여신인 데메테르와 그 딸 페르세포네.

28) 크로코스 | 사프란 꽃.

29) 케피소스 | 아티카를 흐르는 강. 물이 마르는 일이 없다 함.

30) 부푼 대지 | 아티카의 들.

31) 뮤즈 | 문예와 음악의 여신.

32) 아프로디테 | 사랑과 아름다움의 여신.

33) 이 땅에~나무 | 여기서는 특히 아테나 여신이 내린 올리브.

34) 어린애 | 사내애가 태어났을 때, 올리브 가지를 둥글게 돌려서 문 앞을 장식하는 풍습을 말한다.

35) 모리아스의 디오스 | 올리브 나무를 지키는 제우스를 의미한다.

36) 은빛~아테나 | 아테나 여신.

37) 크로노스 | 제우스와 포세이돈의 부신(父神).

38) 네레이데스 | 포세이돈을 도와 지중해를 다스린 바다의 여신들.

39) 나라 | 아테네.

40) 헬리오스 | 태양의 신.

41) 피톤 | 델포이의 아폴론 신을 모신 곳.

42) 거기 | 데메테르와 페르세포네.

43) 에우몰퍼다이 | 아티카의 데메테르 여신을 예배하는 신비스런 의식을 가르치는 신관. 일의 시조.

44) 자물쇠 | 거룩한 신비의 가르침이라서 입 밖에 내서는 안 된다는 뜻.

45) 그놈 | 크레온을 가르킨다.

46) 레아 | 하늘의 신과 땅의 신의 딸. 그 아들은 바다의 신인 포세이돈.

47) 빠른~동생 | 아폴론의 누이 동생 아르테미스.

48) 리파이 | 북쪽 스키티아의 끝에 있는 산맥.

49) 에리니에스 | 에우메니데스와 같음.

50) 아피아 | 펠로폰네소스를 말한다.

51) 파르테노파이오스 | 파르테논은 처녀의, 파이오스는 아들의 뜻. 따라서 처녀의 아들이란 뜻.

52) 아탈란테 | 아르카디아의 유명한 여자 사냥꾼.

53) 성스런 샘물 | 테베에 있는 디르케(테베 왕인 리코스의 왕비)의 샘.

54) 디케 | '정의' 라는 뜻. 그 신. 제우스에게 인간의 부정을 보고했다.

55) 탄탈로스 | 지하의 나라. 저승.

56) 이 여신들 | 에우메니데스와 같음.

57) 아레스 | 전쟁의 신. 흉악하고 무자비한 성격이다.

58) 용의 이빨의 일족 | 카드모스가 뿌린 용의 이빨에서 생겨났다는 테베 사람을 의미한다.

59) 헤르메스 | 죽은 자의 영혼을 저승으로 이끌어 가는 신.

60) 저승의 여신 | 저승의 왕인 하데스의 왕비 페르세포네.

61) 모습을~여신 | 저승의 왕인 하데스의 왕비 페르세포네.

62) 어둠의 왕 | 저승을 다스리는 하데스.

63) 아이도네우스 | 하데스의 다른 이름.

64) 스틱스 | 지옥으로 흘러드는 강을 지배하는 여신.

65) 지하의 여신들 | 에리니에스.

66) 무적의 짐승 | 지옥을 지키는, 머리가 셋이고 꼬리가 뱀 같은 케르베로스라는 개.

67) 대지 | 저승.

68) 탄탈로스의 아들 | 죽음의 신.

69) 그 | 케르베로스를 일컫는다.

70) 청동의 층계 | 콜로노스 근처에 바위가 움푹 팬 곳이 있어, 저승으로 통하는 길이라고 전해지고 있다. 그곳에 청동의 층계가 만들어져 있다.

71) 험난한 문턱 | 청동의 문턱.

72) 페이리토우스 | 테세우스 왕이 페이리토우스를 도와서 저승의 왕비인 페르세포네를 빼앗기 위하여 저승에 내려갈 때, 맹세의 자취가 바위에 남아 있으리라 한다.

73) 토리코스 | 아티카의 작은 마을.

74) 데메테르 | 초목. 특히 곡식을 보호하는 여신.

75) 정한 대로 | 수의를 입히는 절차.

76) 호르코스 | 서약한 것을 감시하는 신.

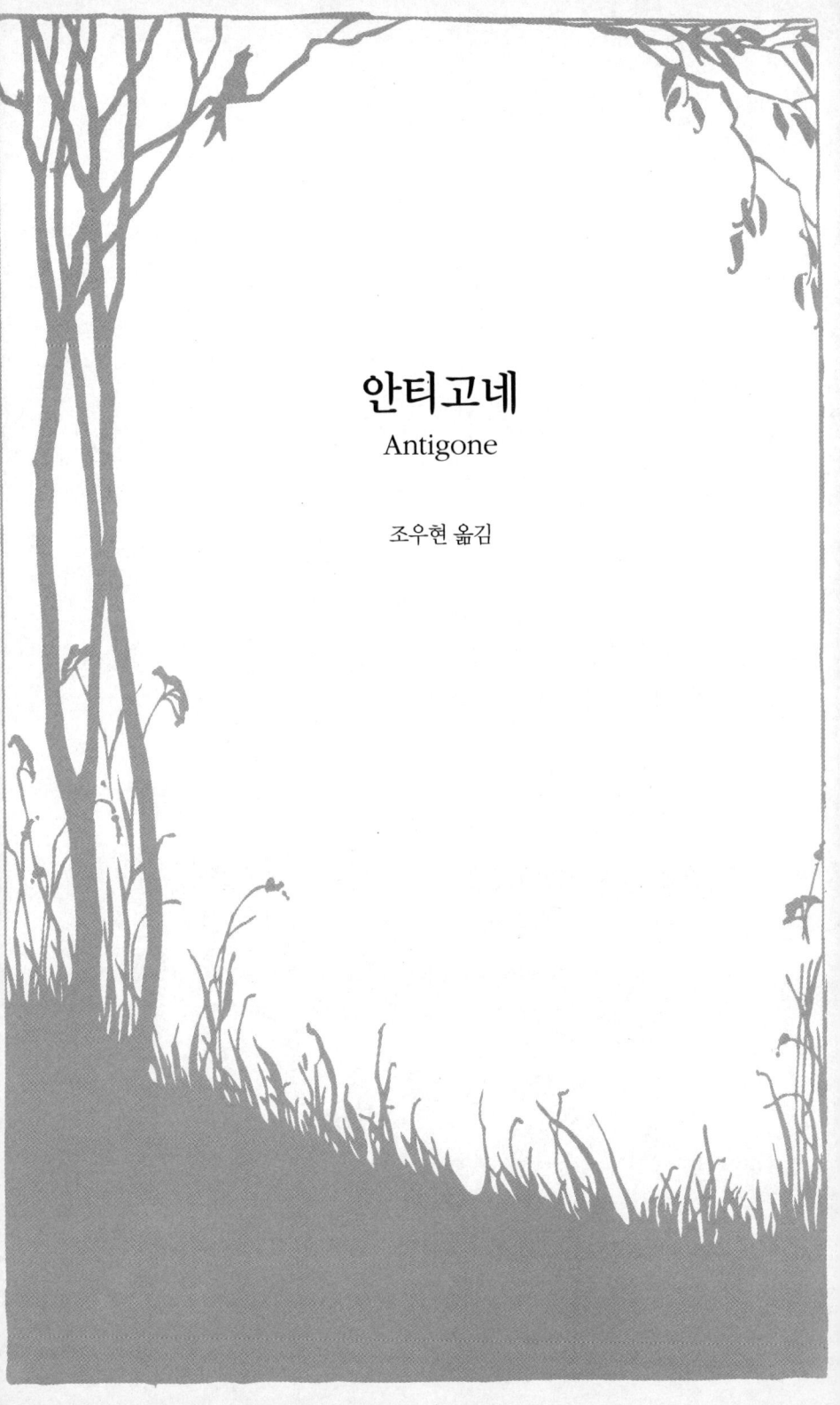

안티고네
Antigone

조우현 옮김

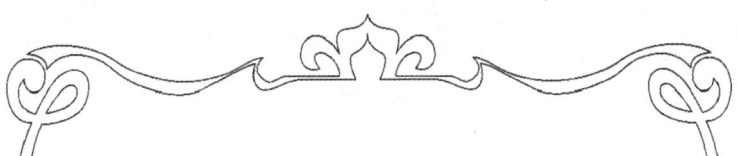

등장인물

안티고네	테베의 전왕 오이디푸스의 맏딸
이스메네	안티고네의 여동생
크레온	오이디푸스의 처남
파수병	
하이몬	크레온의 아들이며 안티고네의 약혼자
테이레시아스	눈먼 늙은 예언자
에우리디케	크레온의 아내
사자	
다른 사자	
코로스	테베의 장로들로 구성된

장소

테베의 궁전 앞

(이스메네 등장. 그 뒤를 따라 안티고네 등장)

안티고네 이스메네야, 내 동생아. 우리가 살아가는 동안 오이디
푸스 왕 때문에 일어났던 여러 가지 재앙 중에서, 제우스 신이 우
리에게 내리시지 않은 것이 없는 것을 너는 알고 있니? 온갖 고
난과 파멸과 부끄러움과 욕스런 일치고 너와 나의 불행 중에서
당하지 않은 것이 없구나. 게다가 왕이 오늘 선포한 것이란 무슨
일이란 말이냐? 듣지 못했니? 글쎄, 우리 소중한 분들을 원수로
몰다니, 넌 모르고 있니?

이스메네 안티고네 언니, 우리 두 오빠들이 서로 싸워서 하루에
다 죽고 만 다음부터는, 기쁜 것이건 슬픈 것이건, 소중한 분들
의 소식을 아무것도 못 들었어요. 그리고 어젯밤에 아르고스의
군인들이 도망친 후로는, 내 운명이 더 좋아질 것인지 나빠질 것
인지 그 이상 난 아무것도 몰라요.

안티고네 그럴 줄 알았어. 그래서 내가 너한테만 말하려고 너를
궁궐 문 밖으로 데려온 것이란다.

이스메네 어떤 얘긴데요? 무슨 어두운 소식이 언니 가슴을 흔드

는 것 같아요.

안티고네 글쎄 크레온 아저씨가 우리 오빠들을 한 사람은 정중하게 장사 지내도록 하고, 다른 한 사람은 그렇게 못하게 하시지 않겠니? 에테오클레스 오빠는 바른 법도에 맞게 장사를 치르고 죽은 사람들 사이에서도 부끄럽지 않도록 훌륭하게 묻어 준다더라만, 불쌍하게 돌아가신 폴리네이케스 오빠의 시체는 아무도 땅에 묻거나 그를 위해서 조문해서는 안 되고, 아무도 그를 위해서 우는 사람 없이, 새들이 좋은 먹이라고 멋대로 쪼아 먹도록 내버려 두라는 명령이 장안에 내려졌다는 소문이로구나.

그런 명령을 저 고귀하신 크레온님께서 너와 나를 향해서, 그렇지, 나를 위해서 내렸다고들 말하더라. 아직 그 명령을 모르는 사람에게 들려주기 위해서 이제 곧 그분이 이리 오시겠지. 그리고 그분은 이 일을 가볍게 여기시지 않기 때문에 조금이라도 이것을 어긴 자가 있으면 사람들 앞에서 돌로 때려죽인다더라. 너도 이젠 알았지? 그러니 네가 높은 가문에 맞는지 아니면 천하게 태어났는지, 이제야말로 보여 줄 때가 됐어.

이스메네 가엾은 언니. 만약 정 그렇다면, 나 같은 건 어떻게 해봐도 이 이상 아무 도움이 안 되겠네?

안티고네 나와 함께하겠니? 날 도와주겠어?

이스메네 무슨 일인데? 대체 무슨 뜻이에요?

안티고네 나를 도와서 그 시체를 들어내지 않겠어?

이스메네 장례를 지내겠다는 거예요? 온 도시 사람들에게 금지

175

령을 내렸는데도?

안티고네 내 오빠, 그리고 싫건 좋건 네 오빠가 아니냐? 아무도 내가 오빠에게 잘못했다고 말하진 않겠지.

이스메네 어떻게 감히 그렇게……. 크레온 왕이 금하고 있는데.

안티고네 그분은 내게서 그러한 권리를 떼어 놓을 권한은 없는 거야.

이스메네 글쎄 그래도 언니, 생각해 봐요. 우리 아버지는 지겹고 부끄러운 일[1]을 당해서 스스로 죄를 들춰내고, 결국 당신 손으로 두 눈을 찔러서 돌아가시고 말았죠. 그리고 그분의 어머니면서 아내라는 두 이름을 가진 분은 스스로 만든 고리로 목숨을 끊으셨죠. 그리고 이제 두 오빠는 같은 날, 무참하게도 동기간에 피를 흘리고 서로 죽이고 말았죠. 그리고 이젠 우리 둘만 남았어요. 그러니 언니, 우리가 만약 명령을 어겨서 왕의 법이나 권력을 손상시킨다면 얼마나 비참한 죽음을 당하겠어요! 우린 약한 여자예요. 이건 잊지 마세요. 남자와 싸우도록 타고나질 않았거든요. 게다가 우리는 우리보다 강한 자에게 지배받고 있고, 그래서 이런 것만이 아니라 이보다 더 쓰라린 명령에도 복종해야 해요. 그 돌아가신 분들에게도 용서를 빌고 아무래도 어쩔 수 없는 일이니 나는 지배자에게 복종하겠어요. 분수를 넘는 것은 어리석은 일이에요.

안티고네 억지로 하라는 것은 아니야. 아니, 이젠 네가 하겠다 해도 네 도움은 고맙지 않아. 너 좋을 대로 하렴. 내 손으로 그분의 장례를 치르겠어. 그 일 때문에 내가 죽는다면 얼마나 행복하냐! 이 고귀한 죄 때문에, 나는 내가 사랑하는 그분과 함께 쉬련다. 살아 있는 사람보다는 죽은 사람을 섬기는 동안이 더 길지. 나는 저 세상에서 영원히 살겠어. 그러나 신께서 숭고하게 세우신 법을 비웃고 싶거든, 실컷 비웃으려무나.

이스메네 비웃는 것이 아냐. 하지만 나라를 상대로 해서 싸울 힘은 나한테는 없어요.

안티고네 그건 너의 핑계야. 이제 나는 가서 사랑하는 오빠 위에 흙을 덮어 드리겠어.

이스메네 가엾은 언니, 언니가 걱정이 돼서 못 견디겠어.

안티고네 내 걱정 말고, 네 운명이나 바로잡아라.

이스메네 그렇다면 적어도 이 계획은 아무에게도 알리지 말고 비밀로 해요. 나도 그렇게 할 테니.

안티고네 야, 말해도 좋아. 네가 세상에 떠들어 대지 않는다면 너를 더 미워하겠다.

이스메네 그 끔찍한 일로 언니 가슴은 타고 있어요.

안티고네 내가 가장 기쁘게 해야 할 일에서 나는 기쁨을 느낀다.

이스메네 성공만 한다면야. 하지만 안 될 일을 하려고 하거든.

안티고네 힘이 부치면 그만이야.

이스메네 하지만 안 될 일을 하려는 것은 억지예요.

안티고네 그따위 소릴 하면 나도 널 미워하게 되겠지만, 돌아가신 오빠에게서도 마땅히 미움을 받을 거야. 하지만 날 내버려

뒤. 이런 끔찍한 일²⁾을 당해도 나 혼자만의 바보짓이야. 내 훌륭한 죽음을 뺏을 수 있는 벌은 없으니까.

이스메네 그럼, 작정한 일이라면 해요. 그런 일이 어리석긴 하지만, 언니가 아끼는 분³⁾에게 언니는 진정 사랑을 받겠지.

(안티고네와 이스메네 따로 퇴장)

코로스 (노래)

햇빛이여, 일곱 성문의 테베에
일찍이 보지 못한 빛나는 햇살이여.
오오, 황금의 날의 눈이여, 너는 드디어 왔구나.
너는 디르케⁴⁾의 흐름 위에 떠올라서
온몸을 갑옷으로 싸고
아르고스에서 온 흰 방패의 전사⁵⁾도
너로 하여 일어나서
줄달음쳐 급급히 도망갔다.

폴리네이케스의 권리 주장 때문에
우리 나라에 항거하여
날카롭게 소리치는 독수리같이
눈처럼 흰 날개⁶⁾로 덮여서
무장한 대군으로
무수한 철갑을 세우고
우리 나라로 쳐들어왔다.

그는 우리들 처소 앞에 멈추어

피에 굶주린 창으로

우리 일곱의 성 문턱을 둘러쌌다.

그래도 입이 우리 선지피를 포식하여

헤파이스토스 신[7]의 횃불이 우리 성탑을 태워 없애기 전에

그는 여기서 도망쳐 갔다.

그는 등 뒤에서는 아레스[8]가 외치는 소리 높고

그는 그 적인 용[9]과 씨름하듯, 거칠게 날뛰기만 하였다.

허풍을 떠는 것을

제우스 신이 싫어하시며

쩔렁대는 황금의 거만스런 자랑으로

그들이 크게 물결쳐 옴을 보시고

이제 성벽을 기어올라

승리를 외치려는 적[10]을

신은 불꽃을 휘둘러

힘차게 때려눕히셨다.

그는 땅에 쓰러져 구르며

횃불을 손에 들고 미친 듯 날뛰어

격심한 미움의 폭풍으로 우리에게 덤벼 온다.

그러나 그의 위협은 뜻대로 이루지 못하고

다른 적에게도

힘찬 아레스 신께서 우리를 도우사
그들을 다 패망시키셨다.

일곱 성문으로 쳐들어가는 일곱의 지휘자는
저편도 이편 못지않게 싸웠지만
전세를 뒤집는 제우스 신께
무기 갑옷의 전리품을 남겨 놓았다.
구하라, 저 참혹한 운명의 두 형제
한 아버지 한 어머니에게서 태어난 그들은
서로 무찌르는 두 창으로 찔러 함께 죽고 말았다.

그러나 영광의 니케 여신께서 다시 돌아오시어
수많은 전차를 가진 테베의 기쁨에 기쁨으로 대하시니
이제 이번 싸움을 기꺼이 잊고
밤을 새우며 춤과 노래로
모든 신전을 순례하자.
테베 땅을 춤으로 흔드는 바코스께서
원컨대 우리를 이끄시옵소서!

이 나라의 왕, 메노이케우스의 아들
크레온 왕께서 오신다.
신들께서 주신 새로운 행운으로

우리의 새로운 왕이 되신 분이다.

널리 일반에게 명령하여 불러 모은 연장자의 이 특별 회의를 제안한 것은 대체 무슨 생각인가?

(크레온 등장)

크레온 여러 어른. 우리 나라라는 큰 배[11]를 신들께서 한번은 거치른 풍랑으로 시달리게 하셨다가, 다시 편케 하셨소. 이제 내가 국민 중에서 여러분을 따로 모이게 한 것은, 우선 여러분이 기왕에 라이오스 왕의 왕권에 얼마나 충성되고 한결같았던가, 오이디푸스 왕이 이 나라를 다스리실 때도, 그가 돌아가신 뒤에도, 얼마나 그 왕의 자녀들에게 변함없이 충성하였던가를 알고 있기 때문이오. 그런데 그 두 형제는 겹친 운명으로 같은 날에 서로 치고 맞고, 동기간의 피로 서로를 물들여 죽고 말았기 때문에, 고인들과 가장 가까운 사람으로서 이제 나는 왕위와 그 모든 권한을 갖게 되었소.

그러나 사람의 정신도, 사려도, 판단도, 통치와 입법에 있어서 그의 실천을 보기 전에 완전히 알 수는 없는 것이오. 왜냐하면 나라의 최고 책임자이면서 최고의 정책을 지키지는 않고, 어떤 두려움 때문에 입을 다무는 자가 있다면, 그는 가장 천한 자라고 나는 주장하며 그렇게 주장해 왔기 때문이오. 또한 자기의 조국보다 친구를 더 소중하게 생각하는 자가 있다면, 그자는 말할 거리도 못 되오.

모든 것을 보살피시는 제우스 신이여, 증거하시옵소서. 왜냐하면 시민에게 안전이 아니라, 파멸이 닥쳐오는 것을 보고서 나는 결코 가만히 있지 않을 작정이며, 또한 국가에 적대하는 사람을 친구라고 생각하지 않을 것이기 때문이오. 그것은 즉, 우리 나라가 우리의 안전을 지켜 주는 배이며, 그 배가 편히 항해할 때, 우리는 진정한 친구를 만들 수 있다는 것을 알고 있기 때문이오.

그것이 내가 이 나라의 위대함을 지키는 원칙이오. 그리고 이제 이 원칙에 따라서 내가 국민에게 선포한 것이 오이디푸스 왕의 아들들에 관한 것이오. 이 나라를 위하여 이름 높은 군인으로서 훌륭하게 싸우다 죽은 에테오클레스에게는 무덤을 만들어 주고, 가장 고귀하게 죽은 자들에게 따르는 온갖 예식을 갖추어서 보답하는 것이오. 그러나 그의 아우인 폴리네이케스는 추방에서 돌아와 조상의 땅과 신전을 모조리 불태워 없애려 하였고, 동포의 피를 실컷 맛보고, 남은 사람들을 노예로 삼고자 했소이다. 그놈은 묻어 주어선 안 되고 아무도 슬퍼해서는 안 되며, 메마른 강에 버려진 채로, 누가 보기에도 끔찍하게 새나 개들이 뜯어 먹도록 내버려 두라고 국민에게 영을 내렸소.

그런 것이 나의 정신이요, 결코 악인을 선인보다 높이 다루지 않으려는 것이 내 뜻이오. 그러나 이 나라에 대해서 선의를 가진 사람은 살아서나 죽어서나 나의 존경을 받을 것이오.

코로스장 메노이케우스의 아드님이신 크레온님. 이 나라의 적과 친구에 대해서 다루시려는 뜻을 알았습니다. 죽은 자에 대해서나 우리들 모든 산 사람에 대해서나 어떠한 명령도 뜻대로 내리시는 권력을 가지고 계십니다.

크레온 그러면 그대들은 내 영을 지키는 자가 되어 주오.

코로스장 그 중책은 젊은 사람에게 분부하십시오.

크레온 아냐. 그 시체를 감시하는 자는 임명하였소.

코로스장 그러시다면 그 밖에 무슨 일을 또 맡기시려 하십니까?

크레온 이 명령을 어기는 자 편에 들어서는 안 되오.

코로스장 스스로 죽음을 청하는 어리석은 자는 없습니다.

크레온 그렇지, 그 벌은 죽음이야. 하나 탐욕스러운 희망이 사람을 잡는 수가 얼마든지 있거든.

(파수병 등장)

파수병 임금님, 저는 단숨에 달려왔다거나 가벼운 발길로 왔다고 말씀드리진 않겠습니다. 오히려 생각이 갈팡질팡해서 여러 번을 멈추고 몇 번을 되돌아가려고 했습니다.

　왜냐하면 제 마음이 제게 큰 설교를 하였기 때문입니다. '어리석은 놈, 무엇 때문에 뻔한 운명에 뛰어드느냐?', '가엾게도 또 꾸물거리는구나? 만약 이 일을 딴 사람에게서 크레온님이 들으시는 날엔 호된 일을 당할 것이 아니냐?' 이렇게 곰곰이 생각하면서 무거운 걸음으로 왔습니다. 그래서 가까운 길도 멀어졌습니다.

　그러나 결국 이곳 임금님 앞에 오기로 했습니다. 제가 말씀드리는 것이 아무것도 아니라 하더라도 말씀드리겠습니다. 타고난 운명밖에는 아무것도 당할 일이 없다는 희망을 굳게 안고 왔으니까요.

크레온 대체, 너를 그렇게 불안케 하는 것이란 무엇이냐?

파수병 우선 제 자신에 관해서 말씀드리고 싶습니다. 제가 그 일을 한 것이 아닙니다. 그자를 보지도 못했습니다. 어떠한 벌도 제가 받아야 할 까닭은 없습니다.

크레온 네놈은 빈틈이 없구나. 그리고 그 실수에서 너 자신을 싸고도는구나. 분명히 무슨 변고가 생겼지?

파수병 겁이 나는 기별이라 말씀드리기가 망설여집니다.

크레온 그렇다면 어서 말하고 돌아가면 되지 않느냐?

파수병 실은 이러하옵니다. 누군가 그 시체를 파묻고 마른 모래를 살에다 뿌리고, 그 밖에 필요한 장례를 갖추고 가 버렸습니다.

크레온 무슨 소리란 말이냐? 어떤 자가 감히 그런 짓을?

파수병 모르겠습니다. 그 자리에 곡괭이로 판 자국도 볼 수 없고, 흙을 괭이로 뒤집어 놓지도 않았더군요. 흙이 아주 굳고 말라서 마차 바퀴 자국도 없었습니다. 그 범인은 아무 흔적도 남기질 않았습니다. 아침의 첫번째 파수병이 그것을 알려 주었을 때는, 모두 놀라 자빠졌지요. 시체가 보이질 않았거든요. 무덤에 묻은 것은 아니고 마치 묻지 않은 시체에 붙어 다니는 저주를 무서워나 하는 듯이, 흙으로 가볍게 덮여 있었습니다. 무슨 들짐승이라든지 개가 가까이 왔거나 물어뜯은 것같이 보이지도 않았습니다.

　그래서 저희 파수병 사이에서는 서로 헐뜯고 큰 소리로 옥신각신하여, 마침내 주먹질이 일어날 것 같았지만, 그래도 누구 하나 말리는 사람이 없었습니다. 누구나 할 것 없이 다 범인이었고, 그러면서도 아무도 저지른 사람은 없고, 모두들 모른다고만 합니다. 그러고는 손으로 빨갛게 달아오른 쇠를 쥐겠다, 불속이라도 걷겠다, 그리고 우리가 한 짓이 아니며, 우리는 그 계획이나 실행을 전혀 몰랐다고 신들을 걸고 맹세라도 하겠다는 것이었습니다.

결국 모두들 아무리 들쑤셔 봐야 별 소용이 없었으므로 어떤 사람이 말을 하니까, 그것을 듣고 모두들 두려워서 고개를 푹 숙였습니다. 그 까닭은, 그 사람에게 반대할 말도 없었고, 잘해 낼 수 있을는지도 모르기 때문이었습니다. 그 사람의 말이란, 이 일은 임금님께 고해야 한다, 숨겨 둬서는 안 된다는 것이었습니다. 그것이 좋겠다고들 하여, 제비를 뽑은 결과 불행하게도 제가 이런 상을 받게 되었습니다. 그래서 마음에 내키지도 않고, 반가워하시지 않을 줄 알면서도 이렇게 여기 왔습니다. 누구나 나쁜 소식을 전하는 자를 기뻐하진 않으니까요.

코로스장 왕이시여, 제게는 아까부터 이건 무슨 신들이 하신 일이 아닌가 생각됩니다.

크레온 닥쳐라. 그런 소릴 해서 내 분통을 터뜨리지 마라. 그러지 않으면 그대는 바보 천치 늙은이가 되고 만다. 왜 그런고 하니, 신들께서 그 시체를 염려하신다는 따위의 말은 그대로 들어 넘길 수 없는 말이기 때문이다. 기둥으로 둘러싸인 신전도, 거룩한 보물도, 그 땅도 태워 버리려 했고, 모든 법률도 날려 없애러 왔던 그놈을 무슨 충성된 일이라고 해서 크게 영예를 주시려고 그 시체를 감추셨단 말이냐? 아니면, 그 신들께서 악인을 칭찬하는 것을 보기라도 했다는 것이냐? 그럴 수야 없지. 아니 이 도시에는 처음부터 은밀히 고개를 저으면서 내 명령을 마땅치 않게 여겨 내게 불평을 말하는 놈들이 있어서, 내 지배에 만족하는 자처럼 마땅히 복종하지 않았단 말이다.

파수병들이 그런 놈들의 뇌물을 받고 저지른 것인 줄 내 잘 안다. 사람 사이에 돈처럼 나쁘게 통하는 것도 없다. 돈은 나라를 망치고, 사람을 그들의 집에서 몰아내고, 정직한 마음을 부끄러운 일을 하게까지 돌려서 비틀어 놓는다.

돈은 또한 흉악한 일을 행하고, 모든 불경스런 짓을 배우도록 사람들을 가르치는 것이다.

그러나 누구든지 돈에 팔려서 그런 짓을 한 자는 곧 그 대가를 치르리라는 것을 확실케 하겠다. 자아, 나는 아직도 제우스 신을 공경하고 있으니 잘 알아 둬라. 맹세코 말하는 것이다. 만약 네놈들이 이 매장의 진범을 찾아내서 내 눈앞에 끌어내 놓지 않는다면, 지옥에 가는 일만으론 그치지 않는다. 그보다 앞서 산 채로 매달아 이 무모한 짓을 밝혀내도록 하겠다. 앞으론, 네놈들이 이득은 어디서 얻어야 하는가를 알고 도둑질하도록. 그리고 여기저기서 나오는 이득을 덮어놓고 좋아하는 것이 옳지 못함을 배우도록 하기 위해서다. 그렇게 하면 잘못 얻은 금전이 사람을 복되게 하기보다는 망치는 일이 더 많다는 것을 알 터이니까.

파수병 말씀드려도 좋을까요, 아니면 그대로 돌아가야 할까요?

크레온 이젠 네놈의 목소리만 들어도 화가 치미는 것을 모르느냐?

파수병 귀에 거슬리십니까? 마음에 거슬리십니까?

크레온 어디가 거슬리는 건 알아서 무엇 하느냐?

파수병 범인은 마음에, 저는 귀에 거슬리시겠습니다.

크레온 네놈은 참, 입심 좋게도 태어났구나.

파수병 그럴지도 모르겠습니다. 그러나 그 일은 제가 한 짓이 아닙니다.

크레온 그뿐이냐, 게다가 돈 받고 정신까지 판 놈이다.

파수병 아아, 참 슬픕니다. 판단하실 분이 잘못 판단하시다니.

크레온 이젠 '판단'이니 하는 말장난은 마음대로 해라. 그러나 만약 이 사건의 범인을 데려오지 못하는 날엔 추악하게 얻은 이득은 악운이 된다는 것을 알려 주마.

(크레온 퇴장)

파수병 아아, 범인을 찾을 수 있으면 좋으련만. 그러나 잡히건 안 잡히건, 그거야 운수소관이지. 어쨌든, 다시는 이곳에 돌아와서 뵙지 않겠어. 지금도 천만뜻밖에 살아났으니 신들께 끔찍이도 신세 졌구나.

(파수병 퇴장)

코로스 (노래)

　세상에 이상한 것이 많기는 하지만, 사람보다 더 이상한 것도 없다.

　그 힘은 남쪽 폭풍에 몰려 그를 삼킬 듯이 물결쳐 밀리는 파도
에 길을 내어
　흰빛 바다를 건넌다.
　또한 신들 중의 최고의 신이시며
　멸망치 않고 피곤을 모르는 대지까지도 그는 피곤하게 부린다.
　해마다 쟁기가 가는 대로
　노새와 함께 흙을 파헤치면서.
　가벼운 마음의 새 족속도
　사나운 짐승 또래도
　깊은 바닷속의 해물도, 현명한 인간은
　꼬아서 만든 그물을 걸어
　둘러싸서 잡는다.
　또한 들의 굴속에 살며 언덕에서 헤매는 짐승도
　사람의 재주 앞에 지배되고
　갈기 사나운 말도 길들여 덜미에 멍에를 씌우고
　지칠 줄 모르는 들소도 길들인다.

　말하는 것도 바람같이 날쌘 생각도
　나라의 기틀이 되는 모든 심정도
　스스로 배워 알며, 맑은 하늘 아래서
　견뎌 내기 어려운 서릿발도, 퍼붓는 빗발도

피할 줄을 안다.

그는 매사에 방책方策을 가졌고, 방책 없이는

어떤 일도 겪지 않는다.

오직 죽음에 대해서만은 도움이 헛되지만

불치의 병조차 면할 길을 짜낸다.

바람처럼 빠른 생각은 교묘하고 능하여

때로는 사람을 선으로, 때로는 악으로 데려간다.

그가 만약 나라의 법을 존중하고

신들께 맹세한 정의를 지키면

그의 나라는 자랑스럽게 굳건하다.

그러나 그의 경솔로

죄와 더불어 살아가는 자에게는 나라가 없다.

바라건대 그런 자와 더불어 살지 말며

나와 생각을 함께하지 않기를.

(파수병이 안티고네를 이끌고 시외로부터 무대 왼쪽으로 등장. 코로스는

노래를 이어간다.)

코로스장 이상도 하여라. 이건 귀신의 알림인가.

내 어찌 그 아가씨가 안티고네임을 알면서 모른다 하겠는가!

아아, 가엾은 딸.

불쌍한 아버지 오이디푸스의!

이 어찌 된 일인가, 왕의 법을 어겼기에

생각 없이 한 일로

너를 죄인이라고 끌어가는가?

파수병 이 여자가 범인입니다. 장례를 치르는 중에 잡았습니다. 그런데 크레온 왕께선 어디 계실까요?

코로스장 저기 마침 궁에서 다시 나오시는군.

(크레온 등장)

크레온 무슨 일이냐? 내가 때마침 잘 왔다는 것은 어쩐 일이냐?

파수병 왕이시여, 사람이란 어떤 일이든 맹세를 할 것이 아닙니다. 나중 생각을 처음 결심을 바꾸는 수가 있기 때문입니다. 저는 다시는 이곳에 쉽사리 오지 않겠다고 맹세를 했습니다. 임금님이 위협하시는 말씀에 놀라서 혼비백산했으니까요. 그런데 천만뜻밖의 기쁨에서 더 즐거운 일은 없기 때문에, 비록 맹세를 어긴 것이 되지요만, 이 처녀를 데리고 다시 왔습니다. 이 여자는 그 시체를 장사 지내다가 잡혔습니다. 이번엔 제비 뽑는 일 같은 건 없었습니다. 이 행운이 다른 아무도 아니고 바로 저에게 차례가 왔습니다. 그러하오니 임금님, 뜻하시는 대로 친히 이 여자를 잡으셔서 물으시고 따져 보십시오. 저는 마땅히 이 재난에서 풀려서 자유롭게 될 수 있겠지요?

크레온 이 범인을 어떻게 어디서 체포했느냐?

파수병 이 여자는 그자를 파묻고 있었습니다. 사실이올시다.

크레온 그 말에 틀림이 없겠지?

파수병 이 여자가 왕명을 어기고, 그 시체를 묻는 것을 제가 보

190

았습니다. 이젠 분명해지셨습니까?

크레온 그런데 어떻게 들키고, 어떻게 현장을 잡았던가?

파수병 그건 이렇게 일어난 일입니다. 임금님의 그 엄하신 꾸지람을 듣고, 저희가 그리 돌아가는 즉시로 시체를 덮고 있던 흙을 다 털어 내고, 그 축축한 몸을 아주 드러나게 한 다음, 시체에서 풍기는 악취가 불어오지 않도록 바람을 피해서 언덕 위에 자리 잡고 앉았습니다. 그리고 모두들 정신을 바짝 차리고 있었는데, 어쩌다 근무에 태만한 자가 있으면 욕을 퍼부어 서로 경계를 게을리하지 않고 있었습니다.

그럭저럭 시간이 가고, 태양의 밝은 불덩어리가 중천에 오르면서 더위가 찌기 시작했지요. 그러자 갑자기 땅에서 회오리바람이 일더니, 흙먼지가 솟아서 공중을 뒤덮고 들판에 가득 차서, 그곳 숲의 나뭇잎을 휘몰아 떨어뜨려, 그통에 온 천지가 그것으로 꽉 차고 말았지요. 저희들은 눈을 감고 신들께서 내리신 그 재앙을 견디었습니다.

한참 지나서 바람이 잤을 때, 바로 그 여자가 눈에 띄더군요. 그 여자는 마치 새끼를 빼앗긴 새가 빈 둥우리를 보았을 때처럼, 그 처량한 새의 째지는 듯한 소리로 목을 놓고 울어 댔습니다.

그 여자도 시체가 드러난 것을 보고는 통곡을 하며, 그 일을 한 자들에게 악담을 퍼부었습니다. 그러고는 곧 마른 흙을 손으로 날라 오고, 모양 좋은 놋술병을 높이 치켜들었다가 시체의 머리 위에 세 번 제주를 부어 예식을 갖추었습니다.

191

저희는 그것을 보자 곧 달려가서 장본인을 잡았지만, 조금도 놀란 기색이 없더군요. 그래서 저희가 앞서 일과 이번 일에 관해서 문초를 했더니, 하나도 숨기질 않았습니다. 저는 기쁘기도 했고 슬프기도 했습니다. 자기가 액을 면한 것은 크게 기쁜 일이지만, 친구를 액운에 들게 한 것은 가슴 아픈 일입니다. 하기야 그런 모든 일이 저 자신의 안전보다는, 저에게 별로 대단친 않지만요.

크레온 요년. 거기 고개를 숙이고 있는 네게 그런 일을 했느냐, 안 했느냐?

안티고네 했습니다. 부정하지 않겠어요.

크레온 (파수병에게) 너는 무거운 짐을 벗었으니, 어디고 네 마음대로 가거라.

(파수병 퇴장)

(안티고네에게) 자, 너는 군소리 늘어놓지 말고 간단히 말해라. 내 명령이 그 일을 금하고 있는 것은 알았겠지?

안티고네 알고 있었어요. 모를 까닭이 있습니까? 세상이 다 아는 일인데.

크레온 그런데도 감히 그 법을 어겼단 말이냐?

안티고네 네, 그러나 그 법을 저에게 내리신 분은 제우스 신이 아니에요. 저승의 신들과 함께 사시는 정의의 신께서도, 사람의 세상에 그런 법을 정해 놓지는 않으셨지요. 저는 글로 씌어진 것은 아니지만, 임금님의 법령이 확고한 하늘의 법을 넘어설 수 있을 만큼, 강한 힘을 가지고 있다고는 생각하지 않아요. 하늘의 법은 어제 오늘 생긴 것이 아니고 불멸하는 것이며, 그 시작은 아무도 모르니까요.

어떠한 인간적인 자존심도 두려워하지 않는 저는 신들 앞에서 그들의 법을 어긴 죄인일 수는 없어요. 임금님의 포고가 있었건 없었건, 어차피 저는 죽어야 한다는 것을 잘 알고 있습니다. 어찌 모르겠습니까? 그러나 제 명대로 다 살지 못한다 해도, 저는 그것이야말로 이득이라고 생각해요.

저같이 나날이 괴로움 속에 살고 있는 사람은 죽음을 어찌 이득이라고 생각하지 않겠습니까?

그래서 저는 그런 운명을 당하는 것이 조금도 슬프지 않아요. 다만 저의 어머니에게서 태어난 사람을 장례도 치러 주지 못하고 죽은 채로 버려둔다면 그것이야말로 슬픈 일입니다. 이번 일로는 슬프지 않아요. 이제 저의 이번 행동이 어리석게 보이신다면, 어리석은 눈에는 어리석게 보일는지도 모르죠.

코로스장 사나운 아버지의 사나운 따님이시로군. 재난 앞에서도 굽힐 줄을 모르시니.

크레온 그러나 너무 기승을 부리면 가장 쉽게 꺾인다는 것을 알려 주마. 불에 달구어서 너무 굳혀진 쇠일수록 오히려 가장 잘 부러지거나 부스러진다는 것을 알겠지. 사나운 말도 조그만 재갈 하나로 순해지지. 네가 남의 노예일 경우, 자존심은 허락되지 않아. 이 계집이 공포된 법을 어겼을 때 이미 건방진 것을 알았지

193

만, 제가 진 죄를 자랑하고 그 행실을 크게 기뻐하고 있다니, 이건 둘쨋번의 건방진 것이로구나. 이 계집애가 그런 위세를 떨치도록 내버려 두고 아무 벌도 안 준다면.

이제 내가 사나이가 아니고 이 계집애야말로 사내다. 비록 내 누이의 딸이고, 내 집 제단의 제우스 신을 모시는 어느 누구보다도 핏줄로는 내게 가까운 사람이긴 하지만, 이 계집애도 그 동생도 가장 비참한 운명을 면치 못하리라. 그년도 오라비의 장례 계획에 죄가 있긴 마찬가지다.

그 애를 불러오너라. 방금 안에서 중얼거리면서 정신을 잃고 있는 것을 보았다. 어둠 속에서 못된 일을 꾀하는 족속들은, 그 일을 행동으로 옮기기 전에 마음이 거기에 반역하여 스스로 죄를 인정하게 된다. 그러나 고약한 짓을 해서 잡힌 자가 그 죄를 자랑으로 삼으려고 할 경우, 이것도 참으로 가증스러운 거야.

안티고네 절 잡아서 죽이는 것만으론 부족하십니까?

크레온 아니다. 그것으로 됐다. 그것으로 나는 충분해.

안티고네 그러면 왜 이렇게 늦추십니까? 말씀하신 것에는 저를 즐겁게 해주시는 것이 아무것도 없습니다. 있어서도 안 되지요. 마찬가지로 제 말씀도 정녕 달갑지 않으시겠지만 친오빠의 장례를 치르는 일보다 더 고귀한 영광을 어디서 얻을 수 있겠습니까? 여기 계신 여러분들도 두려움으로 입을 다물고 계시지만 않는다면, 그것이 옳다고들 생각하실 것입니다. 그러나 임금님이란 크게 복받은 분이라서, 마음대로 행하고 말하는 힘을 가지고 계십니다.

크레온 이 카드메이아[12] 사람으로서 그렇게 생각하는 사람은 너 하나야.

안티고네 다들 제 생각과 같습니다. 그저 임금님께 입 다물고 있을 뿐이죠.

크레온 너만이 모든 사람과 다르게 생각하고도 부끄럽지 않으냐?

안티고네 한 배에서 태어난 사람을 제사 지내는 일에 부끄러움은 없어요.

크레온 그와 싸워서 죽은 사람도 네 오빠가 아니냐?

안티고네 같은 어머니, 같은 아버지에게서 태어난 오빱니다.

크레온 그런데 어째서 그가 보기에 온당치 못한 예를 베푸느냐?

안티고네 죽은 사람은 그렇게 생각한다고 말하진 않겠죠.

크레온 그렇지, 네가 그를 저 괘씸한 놈과 똑같이 받든다면야.

안티고네 죽은 것은 그의 형이죠. 노예가 아니고요.

크레온 이 나라를 망치려던 놈이야. 한편은 나라를 위해서 싸우다 죽었고.

안티고네 그래도 하데스[13]는 그런 제사를 바라고 있습니다.

크레온 그러나 선인은 악인과 같은 대접받기를 원치 않는다.

안티고네 저승에서는 그것이 보일는지 누가 압니까?

크레온 원수는 죽어서도 친구가 못 되는 법이야.

안티고네 저는 서로 미워하는 것이 아니라, 서로 사랑하도록 태어났습니다.

195

크레온 저승으로 가서 사랑해야겠거든 그들을 사랑해라. 나는 살아 있는 동안, 여자의 지배는 받지 않겠어.

(이스메네, 두 종을 거느리고 궁에서 나온다.)

코로스 (읊음)

보라, 저기 이스메네가 온다. 언니의 운명에 눈물이 앞을 가린다. 이마에 깃든 수심의 구름은 은은히 불그레한 얼굴에 그늘을 던지고, 아름다운 얼굴에 눈물은 비 오듯 한다.

크레온 너는 꼭 독사처럼 내 집에 숨어서 은근히 내 피를 빨아먹고 있었구나. 나는 그것도 모르고 내 왕위에 거역하는 재앙을 키우고 있었어. 이봐라, 너도 그 장례를 함께 치렀다고 실토를 하겠느냐? 아니면 거기 관해서 아무것도 모른다고 맹세할 것이냐?

이스메네 저도 했어요. 언니가 제 주장을 허락한다면, 저도 그 처벌을 함께 받겠어요.

안티고네 안 된다. 네가 그런 일을 당하는 것은 정의가 허락하지 않아. 너는 그 일 하기를 싫다 했고, 나도 네 도움을 거절했으니까.

이스메네 그렇지만 언니에게 화가 닥치고 있어요. 내가 언니하고 함께 고난당하는 것은 부끄럽지 않아.

안티고네 이건 누구의 것이냐? 하데스와 죽은 사람이 증인이야. 말로만 친구라고 했댔자 그건 내가 사랑하는 친구는 아니지.

이스메네 아아, 언니. 저를 물리치지 말고 함께 죽게 해주어요. 그리고 돌아간 분을 공경할 수 있게.

안티고네 나와 함께 죽을 생각은 마. 손도 대지 않은 일을 주장하지 마라. 내가 죽는 것으로 족해.

이스메네 언니를 빼앗기고 내가 무슨 낙으로 살아가.

안티고네 크레온 왕께 여쭈어 봐라. 너는 그분 걱정만 하고 있으니.

이스메네 왜 절 그렇게 못 견디게 굴어요? 아무 도움도 안 될 텐데.

안티고네 하기야 그렇지, 너를 비웃는다 해도 비웃는 내가 괴롭다.

이스메네 말해 줘요. 이제라도 내가 어떡하면 언니에게 도움이 될는지?

안티고네 네 몸이나 구해라. 네게 면했다 해서 널 시새우진 않을 테니.

이스메네 딱하기도 해라. 언니와 운명을 함께 할 수 없는 거지?

안티고네 너는 살기를, 나는 죽기를 택한 거야.

이스메네 언니는 내가 반대하지 않았다고 말할 수는 없어.

안티고네 네가 지혜롭다고 할 사람들도 있고, 내가 그렇다고 할 사람들도 있겠지.

이스메네 그래도 우리가 죄짓긴 마찬가지예요.

안티고네 걱정할 것 없어, 너는 살고 있으니. 그러나 나는 돌아가신 분들을 섬기기 위해서 벌써 전에 죽은 몸이야.

크레온 한 애는 지금 그 어리석음을 나타냈고, 다른 한 애는 나면서부터 그렇구나.

이스메네 하지만 임금님, 불행에 시달리는 사람은 천성이 현명해도 분간을 잃고 맙니다.

크레온 네가 나쁜 놈들과 나쁜 짓을 하려고 마음 먹을 때 그랬지.

이스메네 언니 없이 제가 어떻게 살아갈 수 있겠어요?

크레온 닥쳐라 이년, 말 마라. 이미 살고 있지 않으니.

이스메네 하지만 아드님의 약혼자를 죽이실 셈인가요?

크레온 얼마든지 씨받을 밭은 있어.

이스메네 그렇지만 그분과 언니만큼 굳게 맺어진 사이도 없어요.

크레온 나는 못된 며느리를 원치 않는다.

안티고네 오오, 사랑하는 하이몬. 아버지께서 당신에게 이렇게 험하게 말씀하실 수 있을까요!

크레온 귀찮다. 너도, 네 결혼도 다 귀찮다.

코로스장 그러면 정말 아드님에게서 이 아가씨를 빼앗을 겁니까?

크레온 하데스가 이 혼인을 막으신다.

코로스장 아무래도 이 처녀를 죽이기로 작정한 모양이로군.

크레온 그렇지, 그대를 위해서, 그리고 나를 위해서 결정한 것이야. 애들아, 더 지체 말고 요년들을 안으로 데려가거라.

앞으로 요년들은 여자다워야 하고, 함부로 돌아다니지 못한다. 아무리 대담한 자라도 하데스가 목숨에 다가오는 것을 보면 달아나려고 하니까.

코로스 (노래)

평생토록 악을 맛보지 않은 자는 복되다.

신의 손으로 집이 한번 흔들리면 어떤 저주도
대대로 전하여 그치질 않으니.
트라키아의 바다 바람의 거친 입김으로
깊은 곳의 어둠을 크게 물결쳐 밀어젖힐 때조차
새까만 모래를 바다 밑에서 몰아 일으키고,
 폭풍의 매질에 시달린 바닷가에서는 퉁명스런 노호怒號가 들
린다.

오랜 옛날부터 랍다코스[14] 집안의 슬픔이
죽은 자들의 슬픔 위에
겹쳐 쌓였음[15]을 나는 본다.
대가 바뀌어도 벗어나질 못하고
어느 신의 매질을 당하여
그 집안은 풀릴 길이 없다.
이제 오이디푸스 집안의
마지막 뿌리 위에 빛이 펼쳐졌건만
땅 밑 신들의 것인
피로 물든 모래[16]와 어리석은 말과
미친 마음 때문에 꺼져 가려 한다.

오오, 제우스여! 사람이 어찌 당신의 힘을 넘어설 수 있으리요?
모든 것을 유혹하는 잠도

신들의 지치지 않는 세월도
당신의 힘은 정복하지 못한다.
그러나 당신은 시간도 늙게 못하는
통치자로서 올림포스의
눈부신 빛 속에서 사신다.
가까운, 또한 먼 미래를 통하여
과거와 마찬가지로
이 법은 변치 않는다.
크게 살려는 사람의 생활에는
괴로움 또한 크기에.

희망은 그리도 널리 헤매어
숱한 사람에게 위안이 되어도
많은 사람에게 들뜬 욕망의
그릇된 매력이 된다.
그리하여 뜨거운 불에 발을 데기까지
아무것도 모르는 자에게 실망을 준다.
누군가는 슬기롭게도 이런 훌륭한 말을 했다.
신에게 해독으로 이끌려가는 마음을 가진 자에게는
조만간 악도 선으로 보이지만
그런 자는 고난을 당할
운명이니 고난이 오기 전은 덧없이 짧다고.

(하이몬 등장)

코로스장 보라, 하이몬이여, 그분의 아드님들 중의 막내[17]

약혼한 아가씨 안티고네의 운명을 슬퍼하고

깨어진 결혼의 희망이

한 맺혀 왔는가?

크레온 예언자들이 말할 수 있는 것보다 더 분명히 이제 곧 알게 되겠지. 얘야 약혼자의 판결이 확정된 것을 듣고 이 아비에게 화를 내려고 온 것은 아니겠지! 아니, 너는 내가 어떻게 행동하든지 이 아비에게 선의를 갖겠지?

하이몬 아버지, 저는 아버지의 아들입니다. 아버지께서는 지혜를 가지셔서 저를 바르게 이끌어 주시니까, 저는 거기 따르겠어요. 아버지께서 이끌어 주시는 결혼보다 더 나은 것이 있다고 생각하진 않으니까요.

크레온 그렇지, 얘야. 매사를 아비의 뜻에 따라야 한다는 것, 이것을 명심해야 해. 아비의 원수는 악으로 갚고, 친구는 그 아비가 하듯이 존중하도록 하기 위해서, 사람은 그 가정에서 순종하는 자식들이 커 가는 것을 보려고 기도하지. 그러나 순종하지 않는 자식들을 둔 사람은 무엇이랄까, 스스로에게는 걱정거리, 그러나 모든 원수에게는 많은 웃음거리의 씨를 뿌렸다고나 할까? 그러니, 얘야. 결코 향락에 끌려, 계집 하나 때문에 이성을 잃어서는 안 된다. 집에서 잠자리를 함께 하는 악녀의 품 안에서는 이내 차가워진다는 것을 알아야 한다. 미움으로 변하는 사랑보다 더 깊은 상처를 주는 것이 있을까? 이 계집을 싫어하고 원수처럼, 하데스의 집에서나 남편감을 찾게 버려두어라. 온 나라 안에서 고년 하나만이 터놓고 내 영을 어기다가 잡혔으니, 나는 국민들에게 거짓말쟁이가 되고 싶지는 않아. 고년을 죽이고야 말겠다.

그러니 고년은 집안 간의 수호신인 제우스 신에게나 호소하게 해라. 내가 만약 한집안 애를 아무 쓸모없이 길러 놔야 한다면 남을 그렇게 하는 데서도 참고 견뎌야 한다. 자기 집 일에 의무를 다하는 자는 나라 일에서도 정의를 보일 것이다. 그러나 침범하고, 법을 짓밟고, 그의 통치자를 지배하려고 생각하는 자가 있다면, 그런 자는 결코 내 칭찬을 받을 수가 없다. 누구든지 나라가 임명한 자에게는 작은 일에서건 큰일에서건, 바른 일에서건, 그른 일에서건 복종해야 한다. 그리고 그렇게 복종하는 자는 훌륭한 신 못지않은 훌륭한 통치자이며, 폭풍 같은 화살 밑에서도 자기가 놓인 땅에 서서, 충성되고 꿋꿋한 전우로서의 직분을 다 할 것이 확실하게 느껴진다. 복종치 않는 것보다 더 심한 악은 없다. 이것이야말로 모든 나라를 망치고 집안을 비참하게 한다. 이것 때문에 동맹군의 전열도 험한 길로 흩어지고 만다. 그러나 공정한 길을 걷는 사람들 대부분을 안전케 하는 것은 복종이다. 그래서 우리는 질서의 근거를 소중하게 지켜야 한다. 무슨 일이 있든지, 한 여자에게 우리가 굽혀서는 안 된다. 힘에는 굽히는 편이 좋다 해서 그래야 한다면 사내 손에 굽혀야 한다. 그러면 우리보고 여자보다도 약하다고는 말하지 않을 것이니.

코로스장 저희가 늙어서 망령이나 들었다면 모르겠지만, 다 현명하신 말씀으로 생각됩니다.

하이몬 아버지, 신들께서는 사람에게 이성을 심어 놓으셨습니다. 그것은 우리가 가지고 있는 온갖 것 중에서 가장 고귀한 것입니다. 물론 저는 아버지 말씀이 옳지 않다고 말할 힘도 없고, 그러길 바라지도 않습니다. 그렇지만 남도 쓸 만한 생각을 가지고 있는 수가 있을 것입니다. 적어도 제가 아버지를 대신해서 남들이 말하는 것, 행하는 것, 비난하려는 것을 다 주의 깊게 보고 있는 것은 제가 타고난 직분 때문입니다. 왜냐하면 아버지의 그 무서운 얼굴 때문에 귀에 거슬리는 말 같은 것을 국민들이 하지 못하기 때문입니다. 그러나 저는 어둠 속에서 불평하는 소리를 들을 수 있습니다. 그것은, 그렇게 부당하게도, 매우 고귀한 행위 때문에 가장 비참하게 죽는 그 여자의 운명을 탄식하는 소리입니다. 그 여자의 형제가 피를 흘리는 싸움에서 쓰러졌을 때, 썩은 고기나 먹는 개나 새가 그 시체를 파먹게 묻지도 않고, 그대로 내버려 두려고 하지 않았는데, 그것은 칭찬을 받을 만한 일이 아니냐고.

이런 말이 어둠 속의 소문으로 은밀히 퍼지고 있습니다. 아버지, 저에게는 아버지의 번영보다 더 귀한 재산은 없습니다. 자식들에게는 높아 가는 아버지의 깨끗한 명성보다 더 고귀한 장식이 어디 있겠으며, 아버지에게는 자식의 그것보다 더한 것이 있겠습니까? 그러하오니 한 가지 기분에만 집착하지 마십시오. 아버지 말씀만이, 아버지가 옳다고 생각하진 마십시오.

만약 자기만이 현명하고, 말에서나 정신에서나 자기만 한 사람이 없다고 생각하는 사람은, 막상 그런 사람은 알고 보면 언제나 아무것도 없습니다.

아무리 현명한 사람이라 하더라도, 여러 가지를 배우고 때에 따라 굽히는 것은 조금도 부끄러운 일이 아닙니다. 아시다시피, 사정없이 쏟아져 내려가는 물가에서, 거기 굽히는 나무는 잔가지 하나도 꺾이지 않지만, 고집 센 나무는 뿌리고 가지고 할 것 없이 넘어가고 맙니다. 또 배의 돛을 팽팽하게 펴 두기만 하고, 조금도 늦출 줄을 모르는 사람은 배를 뒤엎어 그 다음은 뒤집힌 용골이나 타고 그 항해를 끝마칩니다.

아무쪼록 노염을 푸시고, 생각을 돌려 주시기 바랍니다. 저 같은 젊은 것도 생각을 말씀드릴 수 있다면, 사람은 천성적으로 무엇이고 다 아는 것이 가장 좋다고 생각됩니다. 그러나 그러기는 어려운 일이옵고, 그러지 못할 바에는 바르게 말하는 사람들에게서 배우는 것도 좋은 일입니다.

코로스장 임금님, 왕자께서 때에 맞는 말씀을 하셨으면 도움 받으시는 것이 좋겠습니다. 그리고 왕자께서도 아버님의 말씀에서 배우십시오. 두 분 다 현명한 말씀이었습니다.

크레온 그래, 내 이 나이에 이런 풋내기들에게서 사리를 배워야 한단 말인가?

하이몬 옳지 않은 것까지 그러시라는 것은 아닙니다. 그러나 제가 젊다 하더라도, 나이가 아니라 공적을 보아 주셔야 합니다.

크레온 범법자를 존중하는 것이 공적이란 말이냐?

하이몬 악을 저지른 자까지 존중하기를 바랄 수는 없습니다.

크레온 그 여자가 그런 병에 걸려 있는 것은 아니냐?

하이몬 우리 테베 사람들은 입을 모아서 그렇지 않다고들 합니다.

크레온 내가 다스려야 할 것을 국민이 내게 지시하는 거냐?

하이몬 꼭 애들 같은 말씀을 하시지 않습니까?

크레온 내가 이 나라를 내 판단이 아니라, 남의 판단대로 다스려야 하느냐?

하이몬 한 사람의 소유물이라면, 그건 이미 국가가 아닙니다.

크레온 국가가 통치자의 것이 아니란 말이냐?

하이몬 사람 없는 땅에서는 훌륭한 군주가 되실 것입니다.

크레온 이놈, 너 그 여자 편을 들고 있구나.

하이몬 아버지가 여자이시라면 그렇습니다. 과연 제 생각은 아버지를 위한 것이니까요.

크레온 괘씸한 놈, 이렇게 터놓고 아비를 적대하는구나!

하이몬 아니올시다. 저는 아버지께서 정의를 어기고 계신 것을 알고 있기 때문입니다.

크레온 나의 왕권을 존중하는 것도 잘못이냐?

하이몬 신들의 명예를 짓밟으시면 왕권을 존중하시는 것이 아닙니다.

크레온 이 비겁한 놈, 계집만도 못한 놈!

하이몬 그러나 저는 천한 일에 굴복하지는 않습니다.

크레온 적어도 네 말은 다 그 여자를 위한 것이야.

하이몬 그리고 아버지를, 저를, 또 지하의 신들을 위한 것입니다.

크레온 이 세상에서는 절대로 그 여자에게 장가들지 못한다.

하이몬 그러시다면 그 여자는 죽는 거죠. 죽음으로써 또 딴 사람 하나를 죽이는 겁니다.

크레온 너 그렇게 대담하게 나를 위협하는 거냐?

하이몬 잘못 생각하신 것을 말씀드리는 것도 위협입니까?

크레온 어리석은 녀석이 이 아비를 가르치겠다니, 뉘우치게 될걸.

하이몬 아버지가 아니셨다면, 분간 없는 분이라고 말씀드릴 뻔했습니다.

크레온 닥쳐라! 그 입에 발린 소리, 부녀자의 종 녀석.

하이몬 아버진 말씀만 하려고 하시지, 대답은 안 들으려고 하십니까?

크레온 말 다 했느냐? 올림포스의 신들께 걸고, 대죄하거라. 나에 대한 그 비방의 말을 뉘우칠 때가 있을 거다! 그년을 끌어내라. 이놈의 눈앞에서, 그 약혼자의 옆에서 당장 죽여 보이겠다!

하이몬 아닙니다, 그런 생각 거두십시오. 그 여잔 제 옆에서 죽진 않습니다. 아버진 제 얼굴을 다신 못 보실 겁니다. 아버질 견뎌 낼 수 있는 따위의 친구하고 헛소리나 하세요.

(하이몬 퇴장)

코로스장 임금님, 왕자님은 화가 나서 황급히 사라졌습니다. 젊은 혈기로는 골이 나면 지독합니다.

크레온 멋대로 하라고 해라. 그래도 모자라면 사람 이상의 꿈이라도 꾸라고 해라. 아무리 그래 봐도 그 두 계집애의 죽음을 구할 길은 없다.

코로스장 두 사람 다 죽이실 셈입니까?

크레온 그 시체에 손대지 않은 사람은 달라. 그대 말이 옳다.

코로스장 그러면 다른 편은 어떻게 처형하실 셈이십니까?

크레온 아주 인적이 드문 적적한 곳으로 데려가서 산 채로 바위 굴속에 처넣겠다. 이 나라에 오점을 남기자 않도록 경건할 수 있을 만큼 먹을 것은 주겠다. 그렇게 하면, 거기서 그 여자가 받드는 단 하나의 신인 하데스께 빌어서 풀릴 수 있을지도 모르고 늦기는 했지만, 죽은 자를 공경하는 것이 결국은 헛된 수고라고 깨달을는지도 모르지.

(크레온 퇴장)

코로스 (노래)

사랑이여, 너는 싸워도 이겨 낼 길이 없다.

사랑이여, 너는 재물도 파괴하고, 처녀의 보드라운 볼에서도 밤샘을 한다.

너는 바다 위에서도, 깊은 산골의 집 사이에서도 헤맨다.

불멸의 신들도, 덧없이 사는 자도 너를 피할 길 없고

네가 찾아가서 미치지 않는 사람 없다.

바른 사람도 너로 하여 마음이 그릇되고 망하게 된다.

지금의 이 집안 간의 싸움을 일으킨 것도 바로 너다.

아름다운 새색시의 두 눈에서 불붙어 온 사랑의 빛은 자랑스럽기도 하다.

이것은 영원한 법칙과 나란히 지배하는 위력이다.

아프로디테 여신이 대적할 수 없는 힘을 떨치셨기에.

(안티고네 등장. 코로스는 노래를 계속해서 이어 간다.)

이것을 보고 이제는 나도

충성의 한계를 넘어서

넘쳐흐르는 눈물을 감출 길이 없구나.

모든 것이 고요히 쉬는 신방[18]으로

안티고네가 가는 것을 보고서는.

안티고네 나를 보아 주오, 조국의 국민들이여. 마지막 길을 떠나며, 다시는 나를 위해서 뜨지 않을 태양을 마지막으로 우러러보는 나를. 모든 것을 잠재우는 하데스가 나를 산 채로 아케론[19]의 기슭으로 이끌어 가오.

신부를 데려오는 노래도 못 듣고, 결혼의 축가를 부를 사람도 없이 쓸쓸히 아케론의 주인에게 시집을 가오.

코로스 (노래)

그래서 그대는 영광과 찬양을 가지고

죽은 자들의 깊은 곳으로 떠납니다.

병에 걸린 것도 아니고

칼의 갚음을 받은 것도 아닙니다.

오직 제 뜻대로 행동하여 다른 인간이 가 본 적 없는

하데스로, 살아 있는 죽음이 갑니다.

안티고네 나는 전에, 우리의 프리기아 손님인, 탄탈로스의 따님[20]

이 시필로스의 산마루에서 끔찍한 죽음을 당했다고 들었습니다.

사정없이 달라붙는 담쟁이처럼 돌이 자라서 그를 둘러쌌습니다.

여위어 가는 모습에 비도 눈도 내리어 눈까풀에서 쉴 새 없이 흐

르는 눈물은 가슴을 적셨답니다. 내 죽은 뒤에 닥쳐올 운명도 꼭

같습니다.

코로스 (노래)

그러나 그분은 여신이었고, 신들에게서 태어났습니다.

우리는 인간, 죽는 것의 후손입니다. 그러나 살아서나 죽어서

나 신 같은 분들과 운명을 나눈다는 것은

죽어가는 여자에겐 큰 명예입니다.

안티고네 아아, 나는 조롱을 당하고 있구나! 우리 조상의 신들의

이름으로. 어찌하여 내가 갈 때까지 기다리질 못합니까? 내 앞에

서 날 조롱해야 합니까? 아아, 내 나라여, 그 부유한 시민들이여.

아아, 디르케의 샘물이여. 숱한 전차의 거룩한 테베 땅이여, 그

대들은 적어도 내 증인입니다.

어쨌거나 울어 주는 친구도 없고, 어떤 법률로 하여 낯선 무덤,

바위 굴 감옥으로 갑니까! 아아, 슬퍼라, 이승에서도 저승에서도,

살아 있는 사람과도 죽은 사람과도, 나는 함께 지내지 못하는구나.

코로스 (노래)

　당신은 더할 수 없이 대담하게 치달려 디케[21] 여신의 드높은 용상에, 오오 내 딸이여, 격심하게 부딪치셨습니다. 아마, 이 엄한 시련에서 아버님의 죗값을 치르고 계시겠지요.

안티고네　그대는 내 가장 아픈 생각을 건드렸습니다. 아버지께, 그리고 우리들에게, 이름 높은 랍다코스 집안에 내린 모든 운명이 언제나 새로운 비탄을 일깨우면서.

　아아, 어머니 침실의 공포여, 자기 아들인 우리 아버지와 나란히 잔 불행한 어머니의 잠이여.

　나는 어떻게 된 부모에게 이런 비참한 삶을 얻었단 말입니까! 그분들에게, 저주받고 시집도 못 간 채 이렇게 가서 함께 지냅니다.

　아아, 오빠, 당신은 불행한 결혼[22]을 하여, 당신의 죽음으로 내 일생을 망쳤습니다.

코로스 (노래)

　경건한 행동은 거기 맞는 칭찬을 바랄 만합니다.

　그러나 권력을 맡고 있는 사람은 권력의 침범을 참지 못합니다.

　당신의 방자한 기질이 몸을 망쳤습니다.

안티고네　울어 주는 사람도 없고, 친구도 없고, 결혼의 노래도 없이, 나는 더 늦출 수 없는 이 길을, 슬픔을 안고 간다. 불행한 나는 이미 다시는 저 해님의 성스런 눈물을 우러러볼 수 없구나.

　내 운명을 위해서 흘려 줄 눈물도 없고, 슬퍼해 줄 친구도 없구나.

(크레온 등장)

크레온 죽음 앞의 노래와 슬픈 소리를 마음대로 뇌도록 내버려
두자니, 과연 끝이 없음을 모르는구나. 어서 빨리 데려가지 못하
느냐? 그리고 내가 말한 대로 굴속에 가두었거든 혼자 내버려 둬
라. 죽고 싶으면 죽으라 하고, 그런 곳에 산 목숨을 묻은 채 살고
싶으면 그렇게 살라고 해라. 이년의 피에 대해서 우리 손은 깨끗
하다. 다만 밝은 데에 오래 머물지 않도록 하면 된다.

안티고네 오오, 무덤이여, 오오, 신방이여, 깊이 패인 영원한 감
옥이여. 그곳으로 나는 내 친동기를 만나러 갑니다. 돌아간 여러
분들, 저 페르세포네[23]가 죽은 사람들 축으로 받아들인 분들을.
그 중의 마지막으로, 그리고 누구보다도 가장 비참하게 내 명을
다 살기도 전에 나는 그곳으로 갑니다.

그래도 나는 좋은 희망을 가슴 깊이 안고 있습니다. 내가 가면,
아버지께서 반가워해 주시겠죠. 어머니, 어머니도 기뻐해 주시
겠죠. 그리고 오빠[24], 오빠도 나를 반겨 주시겠죠. 오빠가 돌아가
셨을 때, 내 손으로 씻어 드렸고, 내 손으로 수의를 입혀서, 무덤
에 제주도 부어 드렸으니까요. 그리고 이제, 폴리네이케스 오빠,
나는 오빠 시체를 모셨기 때문에 이런 응보를 받습니다.

〔그러나 현명한 사람은 알겠지만, 제가 오빠를 존경한 것은 옳았습니다.
내가 만약 어린애들 어머니였다면, 아니면 남편이 죽었다면 나는 결코 나
라의 모욕을 받아 가면서까지 이런 일을 하지는 않았겠죠. 그런 말을 보증

211

할 만한 법이 있느냐고요? 남편이 죽으면, 다른 사람을 찾을 수도 있습니다. 먼저 태어난 애를 잃으면 다른 사람에게서 날 수도 있습니다. 그러나 아버지도 어머니도 하데스가 감추어 놓고 있으니 형제의 생명은 다시는 나를 위해서 돋아나지 못합니다. 그러한 까닭에 저는 오빠를 소중하게 생각했습니다. 그러나 오빠, 크레온 왕께서는 제가 잘못을 저질렀다, 크게 범법을 했다고 단정하셨습니다. 그래서 이제 그 손으로 저를 잡아서 이렇게 끌고 갑니다. 신방도 못 겪고, 혼인의 축가도 없고, 결혼의 기쁨도, 어린애를 키우는 재미도 모르는 저를. 그러나 이렇게 해서 친구에게서도 버림받은 불행한 이 몸은 목숨을 지닌 채 죽은 사람들의 굴속으로 갑니다.)[25]

제가 어떤 신의 법을 어겼다는 것입니까? 어째서 불운한 저는 여기서 더 신들에게 기대를 해야 합니까? 누구에게 도움을 빌어야 할까요? 경건하려던 것이 불경건이란 이름을 얻었으니까요. 하지만 이런 일들이 신들을 즐겁게 해드리고 있다면 내가 처벌을 당할 때 저도 제 죄를 알게 되겠죠. 그러나 만약 제가 판단하기에 저들이 죄를 짓고 있다면, 그들이 부당하게도 저에게 매긴 것과 똑같은 재앙을 받길 원합니다.

코로스 아직도 똑같이 격심한 비바람이 이 처녀의 영혼 안에서 몰아치고 있는가 보군.[26]

크레온 그러니 그렇게 늑장을 부리면 파수병들도 이 일로 큰코 다치게 된다.

안티고네 아아, 그 말이 죽음으로 바싹 다가선다.

크레온 나는, 이 처형이 그렇게는 집행되지 않는다는 희망으로 너에게 기대를 줄 수는 없다.

안티고네 오오, 테베 땅, 조상의 나라여. 그리고 우리 조상 되시는 신들이시여, 그들이 저를 끌고 갑니다. 더 기다려 주질 않습니다. 저를 보세요, 테베의 지도자들이여. 당신들의 왕가의 마지막 남은 딸을. 그 딸이 경건한 일을 했다 하여 누구에게서 어떤 일을 당하고 있는가를 보세요!

(안티고네, 파수병에 끌려 퇴장)

코로스 (노래)

그렇게 오래 지닌 다나에의 아름다움도

하늘의 빛을 버리고

청동의 벽으로 싸인 방에

무덤처럼 으슥한 그 방에 갇힌 몸이 되었다.

그러나 오오, 내 딸이여, 그도 고귀한 혈통으로서

황금의 빗물 속에 떨어진 제우스의 씨를 지니고 있다.

그러나 운명의 신비스런 힘은 두렵기도 하구나!

거기서는 부귀도 아레스도 성벽도

바다를 때리는 검은 배도 벗어나질 못한다.

에드노이의 왕이신

드리아스의 노염 잘 타는

아들도 잡힌 몸이 되었다.[27]

그 험한 말버릇 때문에 디오니소스의 뜻으로 바위 굴에 갇혔다.

그리하여 사나운 광기도 차츰

가라앉았다. 미친 마음에서 조롱으로

노엽게 한 신의 위력을 알았다.

신의 영감 들린 여자들을 가라앉혀 신에 바친 불을 짓밟고

피리를 사랑하는

뮤즈[28] 신의 노염을 샀으니.

두 겹의 바다 키아네아이의 물가에

보스포로스의 바닷가와 트라키아 사람의

사르미데소스가 있다. 이곳 가까이 계신 아레스 신은

피네우스[29]의 사나운 아내가

두 애들을 눈멀게 한

저주의 상처를 보았다.

피에 젖은 두 손에 칼 대신

북梭을 쥐고 쑤셔 낸 눈은

어둠을 가져오고 복수의 일념으로 차 있다.

불행하게 결혼한 어머니의 이 아들들은

슬픔에 몸도 여위고, 사나운 운명에 탄식이 그치지 않았다.

그러나 그 어머니 된 사람은 그 핏줄을

옛 에렉테이다이[30]에게서 이어받았다.

험한 언덕을 뛰어 달리는

사나운 말 같은 그 여자는 보레아스[31]의 딸

그 아버지의 폭풍 속 머나먼 굴에서

키워진 신들의 딸이긴 하지만

그래도, 내 딸이여, 희망이 없는 모이라이[32]가 너를 괴롭혔다.

(테이레시아스가 한 애에게 이끌려 무대 오른쪽에서 등장)

테이레시아스 테베의 지도자들이여, 우리들은 한 사람의 눈의 도움으로 서로 같은 길을 왔습니다. 그렇게 인도자의 도움으로 소경은 걷게 마련입니다.

크레온 그래, 테이레시아스 노인, 무슨 소식이라도 가져왔소?

테이레시아스 말씀드리죠. 이 예언자에게 귀를 기울이십시오.

크레온 나는 지금까지 그대의 충고를 가볍게 여긴 적이 없을걸.

테이레시아스 그렇게 하셨으니까 이 나라의 방향을 바르게 이끌어 오셨죠.

크레온 나는 그대의 도움을 알고 인정하고 있소.

테이레시아스 조심하십시오. 이제 또다시 운명의 시퍼런 칼날 위에 서 계십니다.

크레온 그건 무슨 소리요? 그 소식에 모골이 송연해지는구먼.

테이레시아스 저의 예언술을 들으시면 아실 것입니다. 저는 모든 새가 시야에 모여드는 예부터 점치는 자리에 앉아 있었는데 새들의 괴상한 소리가 들려왔습니다. 그것은 불길한 사나움으로 무엇인지 분간할 수 없는 소리를 내고 우는 것이었습니다. 그리고 서로 발톱으로 징그럽게 할퀴는 것을 알았습니다. 그것은 날개 소리가 틀림없이 말해 주는 것이었습니다.

그것이 마음에 걸려서 **빨갛게** 타고 있는 제단에도 익힌 제물을 바치고서 시험을 걸어 봤습니다. 그러나 그 제물에서 헤파이스토스는 불길을 보여 주지 않았습니다. 다리의 고기에서 끈적끈적한 물이 스며 나와서 타다 남은 것 위에 떨어지고, 눌어서 튀어 담즙膽汁이 공중에 날고, 그 물이 흘러 떨어지는 다리에서, 그것을 둘러쌌던 기름기가 다 **빠져** 버리고 말았습니다. 헛되이 징조를 구했던 의식의 실패였습니다. 그것을 저는 이 어린애한테서 배웠습니다. 왜냐하면 마치 제가 남을 이끌듯이 이 애는 저를 이끌어 주기 때문입니다. 그런데 우리 나라는 당신의 짧은 소견 때문에 병들고 있습니다. 우리의 제단과 부뚜막은 다 무참하게 죽은 오이디푸스의 아들의, 새나 개가 먹는 썩은 고기로 가득 차고 있습니다. 그래서 신들께서는 다시는 우리 손에서 기도나 제물이나 고기 굽는 불꽃도 받지 않으십니다. 어떤 새도 그 날카로운 울음 소리로 분명한 징조를 내리지 않습니다. 죄 없이 죽은 사람의 피의 기름기를 이미 맛보았으니까요.

그러니 여보세요, 이런 일들을 잘 생각하십시오. 모든 사람이 잘못을 저지를 수 있기는 합니다만, 잘못됐다 하더라도 그 잘못의 죄를 고치고, 고집을 부리지 않는 사람은 이미 어리석지도 않고 불행하지도 않습니다.

우리는 고집이 반드시 바보라는 비난을 면치 못하는 것을 압니다.

죽은 사람의 요구는 들어주십시오. 쓰러진 자를 찌르지 마세요. 죽은 자를 또 죽여 봤자 무슨 자랑이 됩니까? 저는 당신을 생각해서 좋은 말씀을 드리는 것입니다. 생각해서 말씀드리는 충언에서 배우는 것은 유쾌한 일이올시다.

크레온 노인장, 당신은 마치 활 쏘는 이가 과녁을 쏘듯이 화살을 내게 돌리고 있소. 예언술로 나를 빠뜨리려는 것이오. 대체 당신은 그전부터 나를 물건 다루듯 하고 짐짝처럼 흥정해 왔소. 사르디스의 백은[33]이건 인도의 황금이건, 원한다면 이득을 얻고 거래를 흥정하오. 그러나 그자를 무덤에 묻어 주어서는 안 돼. 아니, 설사 제우스의 독수리가 그를 찢어 발겨서 그 신의 성좌에 가져 간다 하더라도 그 깨끗지 못함이 두려워서 매장을 허락하지는 않을 것이오. 어떤 사람이건 신들을 더럽힐 수 없다는 것을 나는 잘 알고 있기 때문이오. 그러나 테이레시아스 노인장, 아무리 현명한 사람도 탐욕 때문에 창피스런 생각을 아름다운 말로 덮어 씌울 때, 창피하게 망하고 마는 것이오.

테이레시아스 아아, 누가 압니까? 대체 누가 생각합니까?

크레온 무엇이라고? 그 아무것에나 들어맞는 말을 하려는 건가?

테이레시아스 모든 것 중에서 충언만큼 값진 것이 있습니까?

크레온 그렇지. 어리석음이 가장 해로운 것인 만큼이나.

테이레시아스 그러나 당신께선 바로 그 병에 더럽혀지고 계십니다.

크레온 나는 그렇게 욕이나 하는 예언자에겐 대답하고 싶지 않아.

테이레시아스 그러나 대답하셨죠. 제가 거짓 예언을 한다고요.

크레온 도대체 예언자라는 족속은 언제나 돈을 좋아하거든.

테이레시아스 그리고 왕자의 혈통은 천한 이득을 사랑하고…….

크레온 그대는 그 말이 그대의 왕에게 향한 것인 줄 알고 있나?

테이레시아스 알고말고요. 제 덕으로 이 나라를 구하셨거든요.

크레온 그대는 현명한 예언자로군. 그러나 사악한 짓을 좋아해.

테이레시아스 당신께선 제 마음속에 있는 무서운 비밀을 털어놓게 하십니다.

크레온 털어놓아! 다만 무얼 바라고 말해선 안 돼.

테이레시아스 과연 그렇습니다. 그것이 저의 동기는 아닙니다.

크레온 그러나 내 결심을 흥정해선 안 된다는 것을 알아야 해.

테이레시아스 그렇다면 잘 들어 두십시오. 지금부터 태양의 빠른 바퀴가 많이 돌기 전에, 당신 몸에서 태어난 용감한 사람 중의 하나가 당신 때문에, 시체를 갚는 시체로 될 것입니다. 왜냐하면 햇빛 밑에 있는 자식들을 그늘로 밀어 넣고, 몰인정하게도 살아 있는 넋을 무덤 속에다 처넣고, 지하의 신들에게 돌아가야 할 시체는 묻지도 않고, 아주 천대를 하여 모두 더럽혀진 채로 이 세상에다 그대로 두고 있습니다. 이런 일은 당신께서도, 또 상천에 계신 신들께서도 하실 일이 아니며, 그것은 신들께 대한 당신의 폭행입니다. 그래서 복수의 파괴자들인 하데스와 에리니에스[34] 여신들이 이와 똑같은 재앙 속으로 당신을 잡아넣으려고 기다리고 있습니다.

제가 돈에 팔려서 말하고 있는지 어떤지 생각해 보십시오. 머지않아 집안에 남자들과 여자들의 탄식 소리가 들리게 되겠죠. 개들이나 들짐승들, 날짐승이 그 죽은 자들[35]의 집들이 있는 여러 나라에 더러운 입김을 날라 가서 그들에게 매장의 의식을 베푼 모든 나라를, 당신께 대한 증오에 찬 폭동으로 뒤흔들어 놓을 것입니다.

나를 화나게 했기 때문에 나도 격해져서, 활 쏘는 사람처럼, 당신 가슴을 향해서 화살을, 그 아픔을 피할 수 없는, 빗나가지 않는 화살을 쏘았던 것입니다.

애들아, 나를 집으로 데려가거라. 저분은 젊은 사람들에게나 미쳐 날뛰게 하면 된다. 그리고 혀를 더 조심하고, 그 가슴 안에 지금보다 더욱 좋은 마음씨를 지니도록 배우게 하면 되겠지.

(테이레시아스, 아이와 함께 퇴장)

코로스장 왕이시여, 저이는 무서운 예언을 남기고 가 버렸습니다. 한때는 까맣던 이 머리털이 희어진 후로는, 이 나라에 한 번도 거짓 예언을 한 적이 없었음을 저는 잘 알고 있습니다.

크레온 나도 그건 잘 알고 있소. 그래서 걱정이 되는구려. 굴복하는 것도 비참한 일이지만, 반항으로 자존심이 파괴를 당하는 것도 비참한 일이오.

코로스장 메노이케우스의 아드님, 현명한 의견은 마땅히 받아들이셔야 합니다.

크레온 그러니 어떡하면 좋단 말인가! 말해 주오. 그대로 따를 터이니.

코로스장 가셔서 그 바위 굴속의 여자를 풀어 놓으십시오. 그리고 그대로 버려진 시체를 위해서 무덤을 만들어 주십시오.

크레온 그래, 그것이 그대 의견인가? 그리고 나보고 굴복하란 말인가?

코로스장 그렇습니다, 임금님. 한시바삐, 신들의 재빠른 채찍은 어리석은 인간을 서두르게 합니다.

크레온 아아, 참 괴롭구나. 그러나 내 굳은 결심도 단념하고 그렇게 하지. 공연히 운명과 싸워선 안 되겠지.

코로스장 어서 가셔서 그렇게 하십시오. 남한테 맡겨 두어서는 안 됩니다.

크레온 그래, 가겠다. 자아, 애들아, 여기 있는 자건 없는 자건, 곡괭이를 들고 저기 보이는 저곳으로 급히 가거라. 내 생각을 이렇게 바꿨으니, 내가 묶었듯이 내가 나타나서 그 애를 풀어 주겠다. 아무래도 마음에 걸리는구나. 예부터 정해진 법은 평생을 지키는 것이 가장 좋군.

코로스 (노래)

　수많은 이름[36]의 그대여!

　카드모스의 새색시[37]의

　영광이여!

　천둥 번개 치는 제우스의

　자손[38]이여! 그대는 이름 높은

　이 이탈리아를 지켜 주시고

엘레우시스³⁹⁾의 데메테르의 보호된 들에서 모든 손님을
반겨하는 곳⁴⁰⁾을 다스리신다. 바코스여!
그대는 바카이⁴¹⁾의 어머니 나라인 테베에
이스메노스⁴²⁾의 부드럽게 흐르는 시냇가에
사나운 용의 이빨이 흩어진 흙⁴³⁾에 그대는 사신다.

쌍봉우리⁴⁴⁾ 위에서
바키데스⁴⁵⁾인 코리키아⁴⁶⁾의 님프들이 움직이는 곳에서
또한 카스탈리아⁴⁷⁾의 냇가에서
눈부시게 비치는 횃불꽃⁴⁸⁾을 그대는 보았다.
니사⁴⁹⁾의 언덕들의 담쟁이 엉킨 비탈에서
또한 수많은 포도송이 덩어리진 푸른 물가에서
그대는 왔다.
그대 이름은 소리 높이 불리고
거룩한 찬가 요란스런 중에 그대가 테베의 거리를 찾아들 때.
그대는 벼락 맞은 그대 어머니와 함께
수많은 나라 중에서도 이 나라를 가장 사랑하신다.
이제 온 나라 백성이 무서운 염병에 걸렸사오니
 병 고치는 발걸음으로 파르나소스⁵⁰⁾의 고개를 넘고 슬픔에 우
는 해협⁵¹⁾을 건너,
 어서 오시옵소서.

불꽃을 뿜는 별들[52] 중의 가장 으뜸가는 그대, 밤의 모든 소리
들의 주인이시여

제우스의 친아드님이시여

오오, 왕이시여. 좋은 선물 주시는

이아코스 앞에서 밤을 지새워 미친 듯 춤추는 그대의 시녀

티아이[53]들을 이끄시고, 어서 오시옵소서.

(사자 등장)

사자 카드모스와 암피온[54]의 왕궁 근처에 사는 사람들이여. 사람
의 일생을 정해진 대로 칭찬하거나 비난하거나 평가하고 싶진 않
습니다.

운명이 낱낱이 행복한 사람이나 불행한 사람을 일으키기도 하
고 망치기도 하여 그 기정 사실에 관해서는 아무도 사람들에게
예언할 수가 없습니다.

크레온께선 내 생각으로는 한때 운수 좋은 분이었습니다. 그
분은 이 카드모스의 땅을 외적으로부터 구해 내셨고, 이 나라의
온 지배권을 쥐고 계시며, 훌륭한 자손들의 영광스런 아버지이
십니다.

그런데 이제 그것도 다 잃고 말았습니다. 사람이 즐거움을 빼
앗기고 나면 살고 있다고 보아 줄 수는 없고, 그저 숨을 쉬고 있
는 시체에 지나지 않습니다. 원한다면 집에다 크나큰 재물을 쌓
는 것도 좋겠죠. 왕자 같은 처지에서 사는 것도 좋겠죠. 그러나
거기서 아무 기쁨도 얻지 못한다면, 기쁨과 비교해서 그 밖의 모

든 것에 나는 수증기의 그림자조차도 못 주겠습니다.

코로스장 대체 그대가 전해야 하는 왕실의 새로운 슬픔이란 무엇인가?

사자 돌아가셨습니다. 그런데 산 사람이 죽게 됐습니다.

코로스장 아아니, 누가 죽었단 말인가? 죽은 건 누군가? 어서 말해라!

사자 하이몬님께서 돌아가셨습니다. 그것도 딴 사람이 그런 것은 아닙니다.

코로스장 그의 아버님 손으로? 아니면 자기 손으로?

사자 자살입니다. 처형 때문에, 아버님께 대한 울화에서.

코로스장 오오, 예언자여, 당신의 말은 영묘靈妙하기도 하여라!

사자 자초지종은 그러합니다. 그러나 남은 일은 잘 의논들을 하십시오.

코로스장 때마침 크레온 왕의 왕비, 저 가엾으신 에우리디케님이 이리로 오시는군. 왕자님의 소식을 아셨기 때문인가, 그렇지 않으면 우연히 이리로 나오셨나?

(에우리디케 등장)

에우리디케 오오, 이 나라의 여러분들, 팔라스[55] 여신께 내 기도를 드리려고 문턱까지 나오고 있을 때 여러분의 얘기를 들었습니다. 마침 문빗장을 벗기고 그것을 열려고 하자, 우리 집안의 불길한 말이 내 귀에 들려왔습니다. 나는 무서움에 깜짝 놀라서 내 몸종들의 팔에 기대어 그대로 정신을 잃고 말았습니다. 하지만 도대체 어찌 된 영문인지 다시 한 번 말하오. 나는 슬픈 일에 익숙지 않은 사람처럼 그 소식을 듣지는 않겠소.

사자 친애하는 왕비님. 제가 본 것의 증인이 되겠습니다. 아직 말씀드리지 않은 사실을 남김없이 말씀드리겠습니다. 나중에 거짓이라고 알아차릴 말씀을 드리고서야 어찌 속이 편할 수 있겠습니까? 진실은 언제나 가장 좋은 것입니다. 저는 우선 부군의 길잡이로서 멀리 들 끝까지 갔습니다. 거기엔 그 폴리네이케스님의 시체가 개들에게 찢긴 채 무참하게도 그대로 놓여 있었습니다. 그래서 저희들은 길가의 여신[56]과 플루토[57]님께 자비로우신 마음으로 노염을 푸시도록 기도를 드리고, 그 시체를 정성스럽게 씻어서, 남은 시체나마 새로 꺾은 나뭇가지로 완전히 태웠습니다. 그러고서는 그의 조국의 흙으로 높은 봉분을 쌓고, 다음에 저희들은 돌아서서 그 처녀가 있는 바위 받침의, 하데스의 신부의 동굴 속 신방으로 갔습니다. 그러자 멀리서 그 더럽혀진 신부의 방에서 누군지 큰 소리로 울부짖는 소리가 들려왔기 때문에 크레온님께 가서 말씀을 드렸습니다.

임금님께서 가까이 오실수록 이상한 괴로운 외침이 울려왔습니다. 임금님께서는 신음하시어 비통한 음성으로 말씀하셨습니다. '아아, 참 가엾은 나, 내 걱정이 사실이 되느냐? 나는 지금까지 걸어온 길 중에서 가장 비참한 길을 가고 있는 것이냐? 저건 내 아들의 목소리다. 자아, 종들아. 어서 가까이 오너라, 그리고 저 무덤으로 가서, 그 돌을 비켜 놓은 틈으로 무덤 속까지 들어가

서 잘 보아라. 그것이 내가 아는 하이몬의 목소린지 내 귀가 신들께 속고 있는지.'

그렇게 탄식하시는 임금님의 분부대로 저희들은 가 보았습니다. 그러자 무덤 깊은 속에 그 처녀가 자기 옷의 고운 베 끈으로 만든 고달이로 목을 졸라매고 있고, 그분은 그 허리를 팔로 꺼안고 엎드려서, 신부를 잃은 일과 자기 아버지가 하신 일과, 그리고 불행한 사랑을 울부짖고 있었습니다.

그러나 아버님께서는 그분을 보시자, 무서운 소리로 통곡을 하시면서 그 속으로 가셔서 비탄하는 목소리로 그분을 부르셨습니다. '아아, 불행한 녀석아, 이 무슨 짓이란 말이냐! 무슨 생각이 들었더란 말이냐? 무슨 불운이 네 이성을 잃게 했더란 말이냐? 애야, 어서 나오너라. 제발 빈다. 부탁이다!' 그래도 왕자님은 매서운 눈으로 아버님을 노려보면서 갑자기 그분 얼굴에다 침을 뱉고 한마디 대답도 없이 열십자 손잡이의 칼을 빼어 들었지만, 아버님께서 황급히 피하셨기 때문에 빗나가고 말았습니다.

그러자 가엾은 왕자님은 화가 나셔서 갑자기 온몸을 칼 위에 엎으시고, 칼날의 절반가량을 옆구리에 찌르셨습니다.

그리고 아직 의식이 있는 동안 그 여자를 겨우 꺼안고 숨을 헐떡이면서 그 여자의 창백한 뺨에 왈칵 피를 쏟았습니다.

그래서 그분은 시체가 돼서 시체 위에 겹쳐 눕고, 이 불쌍한 젊은이들은 이 세상이 아닌 하데스의 대청에서 결혼식을 올리고, 사람에게 붙어 다니는 온갖 불행 중 미련한 것보다 더 심한 불행이 없음을 사람들에게 몸소 증명한 것입니다.

(에우리디케 궁 안으로 퇴장)

코로스장 이 일을 그대는 어떻게 생각하는가? 왕비께서는 좋다 나쁘다 한마디 말씀도 없이 되돌아가시고 말았네.

사자 저도 놀랐습니다. 그래도 왕자님의 가슴 아픈 소식을 들으시고, 여러 사람 앞에서 슬퍼하실 수 없어, 궁 안에서 몸종들에게 집안의 불행을 말씀하시고 슬퍼하시려는 것이 아닌가 생각됩니다. 잘못을 저지르실 만큼 분별을 모르시는 분은 아니니까요.

코로스장 그건 모르지. 그러나 적어도 내게는 너무 조용한 것도 아무 소용없는 심한 슬픔만큼이나 위험해 보여.

사자 그렇다면 제가 안으로 들어가서 과연 격한 가슴속 깊이 무엇인가 은밀한 속셈을 감추고 계신지 어떤지 알아보겠습니다.

　옳은 말씀이십니다. 너무 조용한 것도 위험한지 모르죠.

(크레온이 그의 시종들과 함께 하이몬의 시체를 넣은 관을 운반하면서 등장)

코로스 왕이 친히 가까이 오신다. 말하기에 너무나 분명한 이야기. 그 어느 날의 광기도 아닌, 말하자면 스스로 저지른 잘못의 죄업을 지고.

크레온 오오, 우둔한 마음의 죽음을 부르는 고집스런 마음의 죄여!

　오오, 같은 피의, 죽인 아버지와 죽임을 당한 아들을 보라! 아아, 내 소견의 비참한 맹목!

　오오, 아들아, 젊어서 비명에 간 너! 아아 아아! 네가 아니고, 내 우둔 때문에 너는 이미 죽어 넋은 날아갔구나!

코로스 아아, 딱합니다. 이미 다 늦어서 깨달으신 것 같군요.

크레온 아아! 가슴 아픈 공부를 했소. 아마 신께서 나를 위에서부터 무거운 힘으로 쳐서 잔혹한 길로 던져 넣으셨나 보다! 아아, 내 기쁨은 뒤집혀 짓밟히고 말았구나. 아아, 아아, 인간의 지겨운 고생이여!

(다른 사자가 궁으로부터 등장)

사자 임금님, 슬픔은 더 올 것이 있는 것 같습니다. 하나는 여기 있지만 궁에 들어가시자마자 또 하나의 더 큰 슬픔을 보실 것 같습니다.

크레온 이 재앙들 위에 또 무슨 심한 재앙이 겹친단 말이냐?

사자 왕비님께서 돌아가셨습니다. 여기 계신 시체의 친어머니께서. 아아, 가엾은 분, 방금 당하신 충격 때문에.

크레온 아아, 아아! 모든 것을 받아들이고 어떤 재물로도 채워지지 않는 하데스여……. 어쩌자고, 어쩌자고 이렇게까지 무자비하신가?

아아, 재앙과 무서운 소식을 전하는 길잡이여, 무슨 말을 꺼내려는가?

아아, 나는 이미 죽은 것이나 다름없건만 또다시 나를 때리겠단 말인가?

오오, 아들아. 무슨 말을 하려는 것이냐? 네가 가져온 이 새 기별이란 무엇이냐?

아아, 아아. 아내의 죽음이 죽음 위에 죽음을 덮치는가?

코로스 보십시오. 이미 궁 안에 숨겨져 있진 않습니다.

크레온 오오, 저기 새로운 둘쨋번의 불행이 보이는구나. 대체 무슨, 아아, 무슨 운명이 아직도 나를 기다리고 있단 말이냐? 이제 겨우 내 아들을 끌어올리자마자…….

저기 또다시 내 앞에 시체를 보다니. 아아, 아아 가엾은 어머니, 아아, 아아, 아들아!

사자 저기 저 제단 앞에서 스스로 날카로운 칼로 찌르시고 어두워가는 눈을 감으셨습니다. 그때 그분은 전에 돌아가신 메가레우스[58]님의 갸륵하신 마지막과 저기 계신 아드님의 마지막을 슬피 우시고, 숨을 거두시면서 아드님을 죽이신 임금님에게 악운이 있기를 비셨습니다.

크레온 아아, 아아. 무서워서 몸이 오싹하는구나. 두 쪽 칼로 내 가슴을 찔러 줄 자는 없느냐? 비참한 이 몸이로구나. 아아, 비참한 고통 속에 젖은 이 몸이로구나.

사자 과연 아드님과 또 한 분의 마지막은, 여기 보시는 이분의 저주에서 온 것입니다.

크레온 도대체 어떻게 그런 무참한 짓으로 죽었단 말이냐?

사자 왕자님의 그 슬픈 마지막을 들으시고는 스스로 가슴을 찌르셨습니다.

크레온 아아. 이 죄는 내가 면하겠다고 해서, 어떤 다른 사람에게 돌릴 수는 없다. 내가, 오직 내가 당신을 죽였구려. 이 불행한 내가 저지른 일이야. 종들아, 어서 빨리 날 데려가거라. 죽은 것이나 다름없는 나를 어서 여기서 데려가거라!

코로스 불행 중 다행으로 그 생각이 이로우십니다. 괴로움에 빠져 있을 땐, 그게 짧을수록 좋으니까요.

크레온 어서 오게 하라, 어서. 내 운명 중에서 가장 아름다운 것이여, 내 마지막 날을 가져오는 것, 가장 좋은 운명, 어서 오게 하라. 다시는 내일의 빛을 못 보게!

코로스 그런 것들은 다 앞날의 일입니다. 당장 닥친 일을 하셔야죠. 앞일의 정리는 맡길 데[59]다 맡기면 되니까요.

크레온 적어도, 내 모든 소망은 그 기도[60]가 전부였다.

코로스 이젠 더 기도하지 마십시오. 사람에게 정해진 재앙을 피할 길이 없으니까요.

크레온 제발 날 데려가거라. 이 경솔하고 어리석은 사나이를!

오오, 아들이여. 나는 아무 생각도 없이 널 죽였구나, 당신까지도. 이 무슨 불행한 나인가. 얼굴을 돌릴 길도 없고, 의지할 데도 없구나.

내 손에 있는 것은 다 빗나가고, 게다가 파괴의 운명이 머리 위에 떨어지고 말았다.

코로스장 지혜야말로 으뜸가는 행복. 신들을 향한 공경은 굳게 지켜져야 한다. 교만한 자들의 큰소리는 언제나 큰 천벌을 받고, 늙어서나 지혜를 배우게 된다.

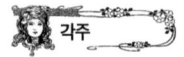
각주

1) 지겹고 부끄러운 일 | 「오이디푸스 왕」에 나타난 사건. 즉 아버지를 죽이고 어머니와 결혼한 사실에서 생긴 일들.

2) 이런 끔찍한 일 | 크레온 왕의 포고에서 발표된 처벌 내용.

3) 언니가 아끼는 분 | 폴리네이케스.

4) 디르케 | 테베에 있는 샘 이름.

5) 아르고스에서~전사 | 아르고스 군대 전체를 의미한다.

6) 눈처럼 흰 날개 | 아르고스 군대가 가진 흰 방패의 뜻.

7) 헤파이스토스 신 | 불과 대장장이의 신.

8) 아레스 | 전쟁의 신. 성격이 흉포하고 무계획적이다. 그리스에서도 테베가 가장 숭상했고 다른 나라에서는 이차적인 자리에 있었다.

9) 용 | 테베를 의미한다. 테베를 세운 카드모스가, 그전에 몇 명의 부하를 거느리고 아레스의 샘터에 물을 길러 갔더니, 그 샘을 지키고 있던 용이 부하들을 거의 다 죽였으므로, 카드모스는 용을 죽이고, 아테나 여신의 권고로 용의 이빨을 땅에 심자, 거기서 무장한 남자들이 솟아났다. 이 사람들은 서로 싸우다가 결국 다섯 명만 남았는데, 이들은 카드모스를 중심으로 해서 테베를 세우고 그 귀족 가문의 조상이 되었다 한다.

10) 승리를 외치려는 적 | 테베를 공격해 온 일곱 명의 장수 중의 한 사람. 신을 업신여기고 성벽에 사다리를 걸고 기어올랐으나 제우스의 벼락을 맞고 쓰러졌다.

11) 배 | 나라를 배에다 비유해서 말한 것.

12) 카드메이아 | 테베를 의미함. 카드메이아란 카드모스의 거리라는 뜻.

13) 하데스 | 죽은 자의 나라를 다스리는 신, 또는 땅 밑의 신으로서 땅속에서 식물을 싹트게 하고, 한번 오면 돌려보내지 않는 신이다.

14) 랍다코스 | 테베의 왕으로서 라이오스의 아버지이며 오이디푸스의 할아버지.

15) 겹쳐 쌓였음 | 재앙이 대대로 그치지 않는 것을 말한다.

16) 피로 물든 모래 | 안티고네가 폴리네이케스의 시체 위에 덮은 모래.

17) 아드님들 중의 막내 | 크레온에게는 메노이케우스(그 할아버지와 같은 이름)와 하이몬 두 아들이 있었는데, 맏아들인 메노이케우스는 나라를 구하기 위해서 크레온이 희생시켰다고도 하고, 자살했다고도 한다.

18) 신방 | 죽는 자리.

19) 아케론 | 저승을 흐르는 강. 죽은 자는 이 강을 건너야 한다.

20) 탄탈로스의 따님 | 탄탈로스는 프리기아에 있는 시필로스 산 근처 나라의 왕. 그 딸 니오베는 테베의 암피온에게 시집 가서 아들 많이 낳은 것을 자랑하여 두 자녀밖에 없는 레토 여신을 비웃었기 때문에, 레토의 아들 아폴론과 아르테미스에 의해 아들들이 죽음을 당하고, 니오베는 여기서 이야기되는 바와 같은 운명에 빠졌다는 것이다.

21) 디케 | 정의의 뜻으로서, 그 여신.

22) 불행한 결혼 | 폴리네이케스와 아르고스의 공주와의 결혼. 폴리네이케스의 군대와 아르고스와의 동맹을 위한 결혼으로서, 이 동맹군으로 폴리네이케스는 테베를 공격하다가 죽게 되었다.

23) 페르세포네 | 죽은 자의 나라를 지배하는 하데스의 아내.

24) 오빠 | 에테오클레스.

25) [그러나~갑니다.] | 후세 사람이 덧붙인 것이라는 설이 있다.

26) 아직도~보군. | 안티고네가 저주한 일.

27) 아들도~되었다. | 디오니소스 숭배를 트라키아의 왕 리쿠르고스(드리아스의 아들)가 거절하여 신벌을 받고 미쳤다. 후에 트라키아의 스트리몬 강 근처의 에드노스 사람들이 신탁을 받아서 그를 동굴 속에 가뒀다.

28) 뮤즈 | 문예, 음악, 무용, 천문학 등 인간의 모든 지적 활동의 여신.

29) 피네우스 | 흑해의 사르미데소스의 왕. 그 아내는 바람의 신 보레아스의 딸 클레오파트라로, 피네우스와의 사이에 두 아들을 두었으나, 후에 남편에게 갇혔다. 피네우스는 재혼을 했지만, 이 후처 이다이아가 전처 소생인 두 아들의 눈을 찔러 두 아들과 클레오파트라를 옥에 가뒀다.

30) 에렉테이다이 | 아테네의 옛 왕 에렉테우스의 자손.

31) 보레아스 | 바람의 신으로, 티탄 신족인 아스트라이오스와 새벽의 여신 에오스 사이에서 태어난 아들.

32) 모이라이 | 운명의 여신.

33) 백은(白銀) | 금과 은을 섞은 금속.

34) 에리니에스 | 주로 육친 사이의, 그러나 일반적으로 살인, 그 밖에 자연의 법을 어긴 행위에 대한 복수 또는 죄를 추궁하는 신.

35) 죽은 자들 | 폴리네이케스 편의 전사자들. 이들의 매장도 역시 금지당했다.

36) 수많은 이름 | 바코스 신은 신자가 많았기 때문에, 곳곳마다 다르게 부르는 이름도 많았다.

37) 카드모스의 새색시 | 카드모스와 하르모니아 사이의 딸인 세멜레는 제우스 신의 사랑을 받아 바코스를 잉태했다.

38) 자손 | 세멜레는 자기를 사랑해서 잉태케 한 것이 제우스 신인 줄 모르고, 그 애인의 모습을 보기 원한 나머지 제우스 신의 벼락을 맞고 죽었다. 그 뱃속의 아이를 제우스가 꺼내서 키운 것이 바코스이다.

39) 엘레우시스 | 아티카의 옛 도시. 데메테르(곡물과 땅의 생산물의 여신)의 제사로 유명하다.

40) 반겨하는 곳 | 엘레우시스에서는 데메테르 여신의 제사에 오는 각처의 손님을 거절하지 않는다.

41) 바카이 | 바코스 신을 따르는 여자 신도들. 주신으로 하여 광란을 일으킨다. 테베의 여자들이 바코스에 미쳐서 바카이가 되었다.

42) 이스메노스 | 테베를 흐르는 강 이름.

43) 사나운~흙 | 테베를 의미한다.

44) 쌍봉우리 | 파르나소스 산맥 중의 가장 높은 두 봉우리.

45) 바키데스 | 바카이와 같다.

46) 코리키아 | 파르나소스 산에 있는 동굴.

47) 카스탈리아 | 델포이의 높은 낭떠러지에서 흐르는 개천.

48) 햇불꽃 | 바카이가 바코스를 위해서 휘두르는 햇불.

49) 니사 | 에우보이아 지방에 있다. 바코스는 이 산에서 니사라는 님프가 키웠다 한다. 여기서 바코스가 니사 산을 내려와서 테베로 오는 것을 그린 것이다.

50) 파르나소스 | 포키스에 있는 산.

51) 해협 | 에우보이아에 있는 니사와 본토 사이의 해협.

52) 불꽃을 뿜는 별들 | 이아코스라고 불리는 바코스 신의 제사에는 별들도 함께 기뻐해서 불꽃을 튀긴다는 것이다.

53) 티아이 | 바카이와 같다. 여기서는 사람이 아니라 님프들을 말한다.

54) 암피온 | 제우스의 아들. 탄탈로스의 딸 니오베의 남편. 테베의 성을 쌓음.

55) 팔라스 | 아테나 여신.

56) 길가의 여신 | 길가에 모신 헤카테 여신. 인간에게 모든 재물, 웅변, 승리, 마술, 어업, 가축 기르기의 성공, 어린애 키우기 등 모든 면에서 행복을 준다. 그러나 후에 저승과 관계되어 무서운 모습으로 길가에 나타났다고 한다.

57) 플루토 | 하데스 신의 다른 이름.

58) 메가레우스 | 메가라 시에 이름을 준 영웅 니소스 왕이 미노스의 공격을 받았을 때, 그를 돕다가 전사했다.

59) 맡길 데 | 신들을 의미한다.

60) 내 모든 소망은 그 기도 | '내 모든 소망은 기도'라는 말은 죽음을 의미한다.

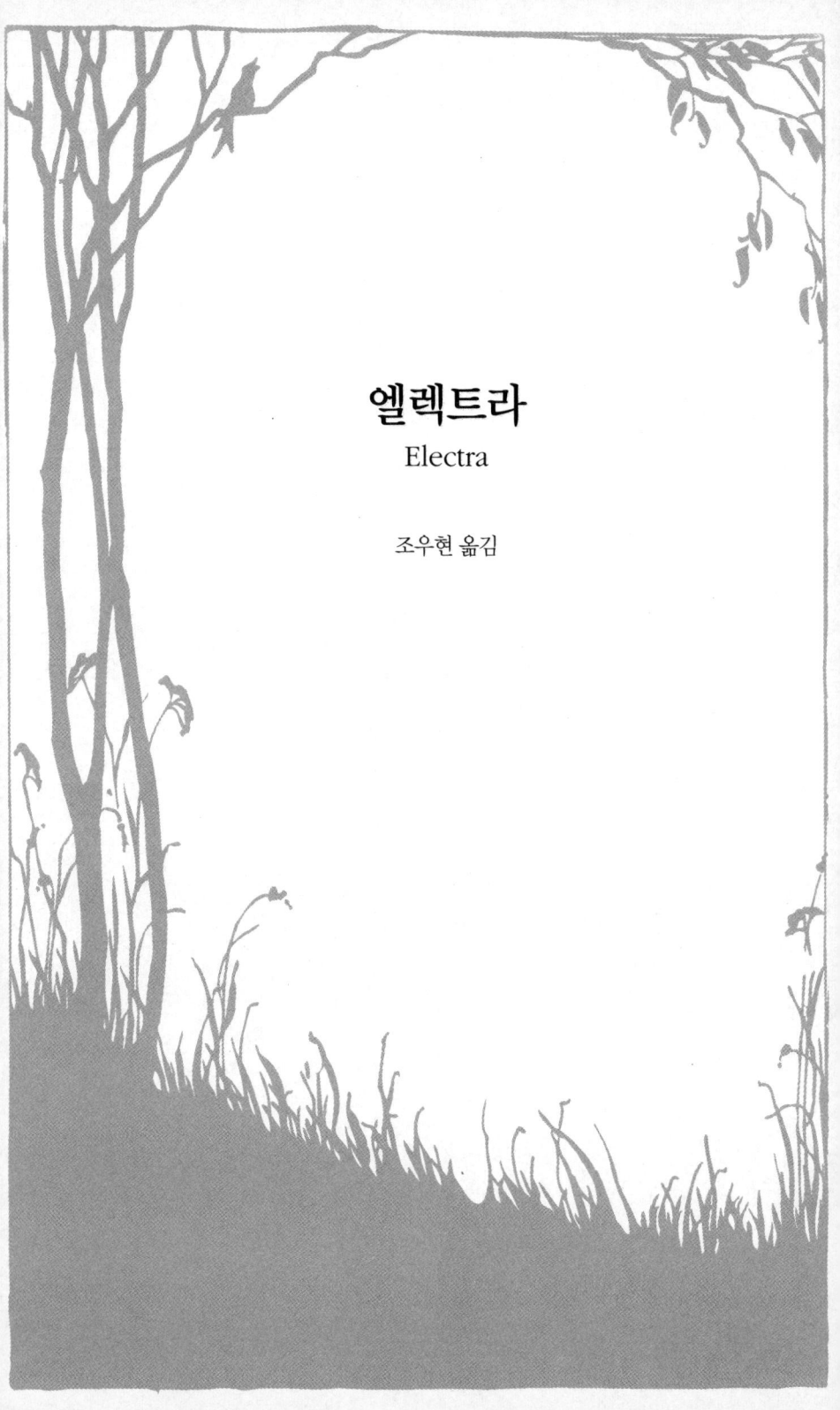

엘렉트라
Electra

조우현 옮김

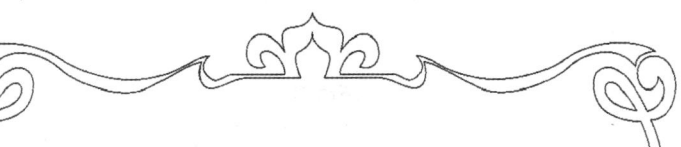

등장인물

늙은 종	오레스테스를 어린 시절부터 받들어 온 충복
오레스테스	아가멤논의 아들
엘렉트라	아가멤논의 딸. 오레스테스의 누나
코로스	아르고스의 젊은 여인들로 이루어진
코로스장	
크리소테미스	엘렉트라의 여동생
클리타이메스트라	아가멤논의 아내
아이기스토스	아가멤논의 동생. 클리타이메스트라와 정을 통하여 아가멤논을 죽이고 현재 그녀의 남편
필라데스	오레스테스의 친구

장소

미케네의 언덕 위, 선왕 아가멤논의 궁전 앞. 해 뜰 무렵.

（오레스테스가 그의 친구 필라데스 및 늙은 종과 함께 등장）

늙은 종 그 옛날 트로이에서 대군을 이끄신 아가멤논님의 아드
님이시여, 오랫동안 그리워하시는 것을 이제야 눈앞에 보실 수
있게 되었습니다. 이곳이 그렇게도 고대하시던 예부터의 아르고
스의 들판[1], 쇠파리가 이나코스의 따님[2]을 못살게 굴던 거룩한
곳이올시다. 그리고 오레스테스님, 이쪽은 이리를 잡아 죽이신
데서 이름을 얻은 리카이오스[3] 신의 광장입니다. 왼편에 보이는
것은 헤라님의 유명한 신전입니다. 그래서 우리가 온 이곳에서
는, 황금이 많이 나는 미케네, 여러 번 피를 흘린 펠로프스님 댁[4]
의 대대로 전해 내려오는 저택이 분명히 보입니다. 옛적에 아버
님께서 무참하게 돌아가셨을 때, 제가 도련님을 누님에게서 맡
아 이 저택으로부터 구해 내어, 언젠가는 아버님의 원수를 갚으
시도록 이렇게 어른이 되시기까지 키워 드렸습니다.

　그래서 오레스테스님, 그리고 친구 되시는 필라데스님, 이제
는 앞으로 하실 계획을 시급히 세우셔야 합니다. 벌써 밝은 햇빛
이 새들의 노래를 분명케 불러일으키고, 별이 총총한 어두운 밤

은 지나고 말았습니다. 그러니 집에서 누군가 나오기 전에 의논을 마쳐야겠습니다. 이제는 주저할 것도 없고 곧 손을 써야 할 때가 되었습니다.

오레스테스 내가 좋아하는 할아범, 그대가 내게 잘해 주고 있는 것은 내가 분명히 알고 있어, 기쁘기 그지없구려. 훌륭한 말은 늙어도 위급할 때는 용기를 잃지 않고 귀를 바짝 세우듯이, 그대는 우리들의 기운을 북돋아 줄 뿐만 아니라 누구보다도 먼저 우리들을 따라와 주었소. 그래서 내 결심한 바를 말하겠으니 내 말을 잘 듣고서, 만약 내 생각이 잘못되었거든 그대가 주의해서 그 잘못을 고쳐 주어야 하오.

내가 그 암살자들에게 어떻게 하면 아버지의 원수를 갚을까 해서, 피톤[5]에 신탁을 들으러 갔을 때, 포이보스[6]님께서는 이렇게 말씀하셨소. '방패나 군대 없이, 계략을 가지고 은밀하게 제 손으로 원수를 갚으라.'고. 이런 신탁을 받았으니, 그대는 낌새를 잘 봐서 이 집으로 들어가 자세히 우리에게 알려 주구려. 그대는 늙기도 했고, 세월도 오래 지난 일이니 아무도 눈치 채지 못할 것이고 또 그렇게 백발이 되었으니 의심할 자도 없을 것이오.

그래서 이렇게 말하는 거요. '나는 이 나라 사람이 아니고 포키스[7] 사람인데, 파노테우스라는 사람이 보내서 왔습니다.'하고. 그자는 그놈들과 가장 가까운 한패거리니까. 그리고서는 거짓이 아니라고 맹세를 하고 나서, 오레스테스는 피톤에서 경기가 있었을 때, 달리는 마차에서 굴러 떨어져 비참하게 죽었다고 알려 주는 것이오. 얘기 내용을 그렇게 해 두자는 것이지.

우리는 우선 신의 분부대로, 아버지 묘소에 제주를 올리고 내 머리털을 잘라서 바친 다음, 그대도 알겠지만, 숲 속에 감추어 둔 저 청동의 유골 항아리를 손에 들고 되돌아와서, 놈들에게 거짓말로 내 몸은 이미 불로 태워 재가 되고 없다고, 무엇보다도 그 놈들에게 반가운 소식을 그럴싸하게 들려주자는 것이오. 그렇게 말해도 아무 염려 없어. 말로는 죽었더라도 사실로는 살아 있고, 게다가 영광스런 일인데 어째서 걱정이란 말이오? 무슨 말이든지 이로운 것이라면, 나쁠 거야 없지. 성현 군자라는 사람들이 소문으로는 죽었다 하고, 살아서 집으로 돌아오면, 그 전보다 훨씬 존경받는다는 경우를 나는 여러 번 보고 있으니까. 나도 소문으론 한 번 죽었다가 살아나서, 원수들에게 마치 빛나는 별처럼 보였으면 하오.

그러나 조국의 땅이여, 거기 사시는 신들이시여, 원컨대 이 몸이 이 나그넷길을 운 좋게 마치고 돌아가게 하여 주시옵소서.

또한 조상들께서 사시던 집에서, 나는 신들의 명령에 따라, 그대를 정의의 심판으로 깨끗이 하려고 왔다. 바라건대 치욕스럽게 이 땅을 쫓겨나는 일이 없고, 아니 오히려 내 재물을 다스리고, 내 집을 다시 일으킬 수 있게 하여 다오.

자아, 이젠 할 말을 다했소. 그러니 할아범, 가서 자기 맡은 바 임무를 충실히 다해 주오. 나와 이 사람도 이제부터 나서겠소. 기회가 왔어. 기회야말로 사람에게 모든 일의 가장 큰 지도자거든.

238

엘렉트라 아아, 불쌍한 이 몸 불쌍한 이 몸. (무대 뒤에서 들려온다.)

늙은 종 도련님, 안에서 누군가 하녀의 울음소리가 들린 것 같은데요.

오레스테스 불쌍한 엘렉트라가 아닐까? 잠깐 여기서 무엇을 슬퍼하고 있는지 들어 볼까?

늙은 종 안 될 말씀입니다. 무엇보다도 먼저 록시아스[8]의 신탁을 실행해야 합니다. 우선 아버님 묘소에 제주를 붓는 일부터 시작하셔야 합니다. 그래야 우리에게 승리와 마음대로 성사하는 힘을 주시니까요.

(위의 세 사람 퇴장, 엘렉트라와 코로스 등장)

엘렉트라 (읊음)

아아, 거룩한 빛이여

그리고 대지와 함께 서는 대기여.

어두운 밤이 물러갈 때마다

이 몸의 한스런 노래와

피맺히도록 가슴을 치며 슬퍼하는 소리를

그대들에게 얼마나 많이 들려주었던가!

그러나 얼마나 기나긴 밤을 지새웠는지

내 얼마나 불행한 아버지를 슬퍼했는지

저주받은 집 속의 내 차디찬 침상이 이미 잘 알고 있습니다.

아버지는 피비린내 나는 아레스[9]가

남의 나라에서 대접[10]한 것이 아니라

239

어머니와 그리고 그와 잠자리를 함께 하는 아이기스토스가
마치 나무꾼이 나무라도 찍듯이
잔인한 도끼로 목을 쳤습니다.
그런데도 그것을 슬퍼하는 사람은 나밖에는
아무도 없군요. 그렇게도 끔찍하고
그렇게도 가엾게 돌아가셨는데도, 아버지.

하지만 별이 빤짝이는 빛과
대낮의 햇빛을 내가 우러러보는 동안엔
한탄과 슬픔의 외침을
내 결코 그치지 않겠습니다.
이 아버지의 집 문턱에 서서
새끼를 제 손으로 죽인 밤꾀꼬리[11]처럼,
모든 사람에게 소리쳐 울기를 그치지 않으렵니다.

아아, 하데스[12]와 페르세포네[13]의 집이여,
아아, 저승의 헤르메스[14]여, 아테[15] 여신이여,
그리고 무참하게 죽은 자와
남모르게 빼앗긴 잠자리를 보살펴 주시는
신들의 두려운 따님이신 에리니에스[16] 여신이여.
오셔서 도와주시옵소서, 아버지의 원수를 갚아 주시옵소서.
그리고 제 동생을 돌려보내 주시옵소서.

저에게는 내려 누르는 이 무거운 슬픔의 짐을 혼자서 견뎌 낼 힘이 이미 없습니다.

코로스 오 따님, 지독스런 어머니의 따님 엘렉트라여, 어찌하여 그다지도 끝없는 비탄에 몸을 애태우시나요?
 그 옛날 간사스런 어머니의 함정에 빠져
 무참하게 돌아가신 아가멤논님을 위해선가요?
 내게 그런 기도가 허락된다면
 그런 일을 저지른 자는 죽어 버려라.

엘렉트라 아, 훌륭한 가문에 태어나신 분들, 저의 괴로움을 위안하시러들 오셨군요. 그것은 저도 잘 알고 잊지 않겠습니다. 그래도 저는 이 일을 그대로 내버려 둘 수도 없고, 불운한 아버지를 슬퍼하지 않을 수도 없어요. 가지가지의 친절하심이 고맙긴 하지만, 제발 이대로 슬퍼하게 두어 주세요. 아아, 부탁이에요.

코로스 그러나 슬퍼해도, 빌어도, 누구나 한번은 가야 할 하데스의 늪에서
 아버님을 다시 모셔 올 수는 없습니다.
 그렇죠. 돌이킬 수 없는 재난을 언제까지나 슬퍼만 한다면
 필경은 구원받을 수 없는 괴로움에 몸을 망칩니다.
 불행을 벗어날 길이 없는데

어찌하여 그런 괴로움을 자청하십니까?

엘렉트라 비참하게 세상을 떠나신 어버이를
　잊어버리는 것은 어리석은 사람입니다.
　지금의 내 심정과 같은 것은
　언제까지나 이티스[17], 이티스 하며 제 새끼를 한탄하는 저 슬
픔의 꾀꼬리, 제우스의 사자.
　아아, 슬프기 그지없는 니오베[18]여
　바위 무덤에 묻혀서 한없이 우는 당신을
　저는 거룩하게 생각합니다.

코로스 아가씨, 괴로움을 겪은 건 당신뿐이 아닙니다.
　그런데도 당신은 집안의 어느 누구보다도 더욱 슬퍼하십니다.
　당신은 그분들과 한집안, 한자매입니다.
　아직도 살아 계신 크리소테미스님과 이피아나사님이나
　그리고 젊은 몸으로 숨어서 슬퍼하면서
　그러나 머지않아 이 이름 높은 미케네 땅이 훌륭한 왕세자로서
　모셔 들어
　제우스의 은혜로우신 인도로
　이 땅에 돌아오실 오레스테스님과 비교하면.

엘렉트라 그 사람을 지칠 줄도 모르고 고대하면서

불쌍한 나는 시집도 못 가고 아기도 없이
끝없는 슬픔의 날을 보내고 눈물에 젖어 삽니다.
　그런데도 동생은 우리가 당한 괴로움도 귀로 들은 것도 다 잊
어버리고 있습니다.
　무슨 소식이 내게 왔나요. 그것은 기대를 어긴 것은 아닌가요?
　언제나 돌아오고 싶다고는 하면서도 돌아오려고 하진 않습
니다.

코로스　기운을 차리세요, 아가씨. 하늘에서는 변함없이 위대하
신 제우스께서 모든 것을 보시고 모든 것을 다스리십니다.
　그 참을 수 없는 원한을 그 신께 맡겨 드리고
　원수들 때문에 너무 괴로워하지 말고
　그렇다고 해서 잊지는 마세요.
　세월이란 인자하신 신이십니다.
　지금은 소를 기르는 크리사[19] 해변의 아가멤논님의 아드님[20]도,
아케론[21]의 강변을 다스리시는 신께서도 설마 아가씨를 버리
실 리는 없으니까요.

엘렉트라　그래도 벌써 많은 세월이
　속절없이 흐르고 말았습니다.
　이미 아무 힘도 내겐 없습니다.
　어버이도 없이 시들어 가고

의지할 방패인 다정한 사람도 없이
마치 천한 방탕자처럼, 아버지 집에서 종살이하며 이런 누더
기 걸치고 찬 없는 밥상 앞에 섭니다.

코로스 그분께서 개선하셨을 때의 그 비통한 소리.
청동 도끼날이
아버님께 정통으로 내려 떨어졌을 때
잔치 자리에서 일어난 난 그 비통한 소리.
사악이 일을 꾸미고, 정욕이 사람을 잡습니다.
이 둘에서 요사스런 모습이 태어납니다.
대체 그것은 신인가, 사람인가
이런 일을 저지르다니.

엘렉트라 아아, 나에게는 그 어느 날보다도
가장 끔찍스럽던 날이여
아아 밤이여, 아아, 입에 올리기도 지겨운
잔치 자리의 무서운 재앙이여.
아버지께서는 그 두 사람의 손에
무참히도 세상을 떠나셨지.
그 똑같은 손이 배신당한 내 인생을 빼앗고
나를 이렇게까지 망쳐 놓았구나.
바라옵건대 올림포스의 위대한 신이시여

그대에게 죗값의 괴로움을 내리시옵소서.

그런 일을 저지른 자들에게

원컨대 그들의 영화가 기쁨이 되지 않게 하옵소서.

코로스 이젠 더 아무 말씀 마세요.

대체 무슨 까닭으로 지금 그렇게도 딱하게

스스로 불러들인 괴로움에 빠지셨는지

아가씨는 모르시나요?

마음을 어둡게 가지시면, 싸움을 낳고

당하지 않아도 될 불행을 당하십니다.

강한 자와 그런 싸움에 걸려드는 법이 아닙니다.

엘렉트라 무서운 운명을 당하고 그럴 수밖에 없었어요.

내 격하기 쉬운 마음은 내가 잘 알고 있습니다.

하지만 어떻게 무서운 불행을 당하든, 내 목숨이 붙어 있는 한

이렇게 슬퍼하길 그치지 않으렵니다.

다정하신 분들, 누구에게서 도움 되는 말을 들을 수 있을까요?

어떠한 어진 분이 올바른 것을 가르쳐 주실까요?

내버려 둬 주세요. 위로해 주시는 분들.

내 지금의 불행한 처지는 구할 길이 없습니다.

이렇게 끝없이 슬퍼하고

언제까지나 괴로움이 그칠 날은 없습니다.

코로스 그래도 진정을 가진 어머니처럼
아가씨를 생각해서 말하는 것입니다.
부디 불행에다 불행을 더하지 마세요.

엘렉트라 하지만 제 불행에 무슨 끝장이 있겠어요?
어떻게 감히 돌아가신 분을 외면할 수 있겠어요?
그런 마음을 일으킨 사람이 어디 있겠어요?
그런 사람의 마음에 들고 싶지도 않고, 설사 저에게 무슨 행운
이 돌아온다 하여도, 어버이를 위해 흐느끼는 슬픈 한탄을 그만
두면서까지
그 행운에 편히 머물지는 않겠습니다.
죽음을 당한 자가 땅에 쓰러져 불쌍하게도 버려진 채 아무도
돌보지 않고, 피의 원수를 갚는 자가 없다면 사람의 부끄러움을
알고, 신을 두려워하는 마음은 세상에서 자취를 감춥니다.

코로스장 아가씨, 저희들은 아가씨를 위해서, 또 저희들을 위해
서 이렇게 여기 왔어요. 하지만 저희들의 말씀이 좋지 못했다면
원하는 대로 하십시오. 저희들은 아가씨 하시는 대로 따르겠으
니까요.
엘렉트라 여러분, 여러분께 제가 슬퍼하는 것이 지나치다고 생
각되신다면 정말 부끄러워요. 하지만 저의 절박한 생활이 그러
지 않을 수 없게 하고 있으니 용서하세요. 훌륭한 가문에 태어난

딸로서 아버지의 재난을 보면서, 그것도 가라앉기는커녕 밤이고 낮이고 심해지는 것을 보는 저로서는 어떻게 그러지 않을 수 있겠습니까? 첫째로, 나를 낳은 어머니의 소행이 나로서는 견딜 수 없이 싫습니다. 둘째로, 제 집에서 자기 아버지를 죽인 사람들과 함께 살고, 그들의 시중을 들고, 그들의 신세도 지는가 하면, 그들 때문에 굶주리기도 합니다.

하지만 그뿐인가요. 도대체 내가 어떤 나날을 보내고 있는지 생각해 보세요. 아이기스토스가 아버지의 왕좌에 앉아 있고, 그분의 옷을 그자가 그대로 입고, 그분을 죽인 바로 그 자리에서 터주 신께 제주를 바치고 있는 것을 보고 있는 그날그날의 생활. 아니, 무엇보다도 더 심한 것은 아버지의 잠자리에서 어머니라고 불러야 하는 그 여자와 그런 사내, 두 살인자가 동침하고 있는 것을 보고 있는 내 생활. 에리니에스 신도 무서워할 줄 모르고, 그 더러운 사내와 함께 지낼 만큼 어머닌 타락했습니다. 그뿐인가요. 자기가 하고 있는 짓에 의기양양한 듯이 아버지를 꾀어서 죽인 바로 그날을 택해서, 노래와 춤을 벌이고 수호의 신들께 그달그달의 제물로 양을 잡아서 바치고 있습니다.

비참하게도 그런 꼴을 집안에서 보고 울면서 지쳐 아버지의 이름[22]으로 불리는 성스럽지 못한 잔치를 남모르게 숨어서 슬퍼할 뿐이고 속이 후련하게 우는 것조차 허락되고 있지 않으니까요.

말하는 것만 들어 봐서야 심지가 훌륭한 것 같지만, 그 여자는 이렇게 더러운 입으로 나를 욕합니다. '이 되다 못된 년아, 아버질 여읜 것이 너뿐이라더냐? 이 세상에 가까운 사람을 잃은 이가 또 없는 줄 아느냐? 너 같은 것엔 재앙이나 내려라. 제발 지하의 신들이 너를 지금의 슬픔에서 언제까지나 구해 내지 않으셨으면.' 이렇게 지독한 소릴 합니다. 게다가 누구에게서 오레스테스가 돌아온다고만 듣는 날이면 미칠 듯이 내게 와서 큰 소리로 '이건 네 탓이 아니냐? 네가 한 짓이야. 오레스테스를 내 손에서 훔쳐다가 숨긴 것은 네가 아니냐? 꼭 그만한 앙갚음은 해줄 테다.' 이렇게 떠들어 대면 그 유명한 사내, 그 여자의 남편이 그 옆에 다가붙어 똑같이 격해서 날뜁니다. 도대체 사내다운 데라곤 없고, 염병할 놈! 여자의 도움이나 받아서 싸우는 그 사내가. 그래도 나는 오레스테스가 돌아와서 구해 주길 언제나 고대하면서 비참하게 죽어 갑니다. 그 사람은 늘 무엇인가 하려고 하면서도 내 희망을 있는 것 없는 것 할 것 없이 망쳐 버리고 말았거든요.

그러니 이런 형편에서, 여러분, 분별을 가져라 삼가라 해도 어려운 일입니다. 지독한 경우를 당하면 아무래도 악한 일을 하게 됩니다.

코로스장 어떠세요. 아이기스토스가 가까이 있는데도 그런 말씀을 하십니까, 혹시 집에 안 계신가요?

엘렉트라 없어요. 그가 집에 있고서야 제가 밖에 나올 수 있나요? 지금 시골에 가 있습니다.

코로스 정말 그렇다면 우리들도 마음 놓고 당신과 이야기할 수 있겠군요?

엘렉트라 지금은 정말 없으니까 말씀해 보세요. 무엇이 듣고 싶죠?

코로스장 그러면 여쭈어 보고 싶은데요. 아우님은 돌아오셨습니까? 아직 안 돌아오셨습니까? 그것이 궁금합니다.

엘렉트라 자기 말로는 돌아온다지만, 말뿐이지 하나도 실행을 안 하는군요.

코로스장 큰일을 벌이려는 사람은 아무래도 주저하기 쉬우니까요.

엘렉트라 그래도 내가 그 사람을 구해 낼 땐 우물쭈물하진 않았어요.

코로스장 안심하세요. 그분은 훌륭하고 반드시 친구를 돕는 분이니까요.

엘렉트라 그건 믿고 있어요. 안 그렇고서야 내가 이렇게 끈질기게 살고 있진 못했을 겁니다.

코로스장 하지만, 이젠 그만 하세요. 당신과 같은 아버지 어머니에게서 태어난 동생 크리소테미스가 돌아가신 분께 드릴, 예법대로의 제물을 들고 집에서 나오고 계시니까요.

(크리소테미스 등장)

크리소테미스 언니, 또 이런 문밖까지 나오셔서 무슨 얘길 하고 계세요? 아무 소용도 없는데 언제까지나 헛된 노여움에 애를 태우는 것 좀 그만 하실 생각은 없으세요? 하기야 지금의 처지가 괴롭다는 것쯤은 저도 잘 알고 있어요. 그래서 저에게 힘이 있다면, 그들에게 제 생각을 털어놓고 싶기도 해요.

　그렇지만 지금의 이런 비참한 형편에서는 그저 가만히 있고 상대방에게 해를 줄 힘도 없으면서, 무엇인가 꾸미고 있는 듯이 보일 건 없어요. 그래서 언니도 매사를 그렇게 해주셨으면 해요. 하기야 옳기는 제 말이 아니고 언니가 생각하고 계신 데 있죠. 다만 자유롭게 살아가기 위해서는 모든 것을 힘 있는 사람에게 따를 수밖엔 없어요.

엘렉트라　아아니, 너는 아버지의 딸이면서, 그 아버질 잊어버리고 어머니 생각만 하다니, 참 어처구니없는 일이로구나. 네가 충고해 준 것은 모두 그 여자가 가르쳐 준 것뿐, 네 마음에서 우러나온 말이라곤 하나도 없어. 그렇다면 둘 중의 하나를 택하렴. 분별 따원 버리거나, 아니면 분별을 지키고, 소중한 사람을 잊어버리거나. 너는 방금, 힘이 있으면 그자들에 대한 미움을 털어놓고 싶다고 말했어. 그러면서도 내가 어떻게 해서든지 아버지의 원수를 갚으려는데, 너는 그걸 돕기는커녕, 오히려 방해를 놓고 있구나.

　그건 비참한데다가 비겁하기도 한 것이 아니냐? 가르쳐 다오. 아니면 내가 가르쳐 줄까? 도대체 내가 슬퍼하길 그만두면 무슨 소득이 있을까? 어쨌든 나도 살고 있지? 하기야 불행이긴 하지만, 그래도 족해. 나는 말이다, 저 세상에도 기쁨이란 것이 있다면, 돌아가신 분을 기쁘게 해드리기 위해서도 저자들을 괴롭히고 있는 거야. 너는 미워한다곤 하지만 그건 말뿐이고, 하는 짓은 아버질 죽인 자들과 한패가 되고 있어. 나는 그러긴 죽어도 싫다. 네가 지금 자랑삼고 있는 따위의 그런 선물을 받았다고, 그 자들에게 머릴 숙이다니, 나는 싫어. 너는 고작 맛있는 것이나 먹고 사치스런 생활이나 하렴. 내게는 양심의 가책이 없는 것만으로도 배가 부르니까. 난 너 같은 행운은 부럽지도 않다. 너는 제정신이라면 그럴 것이야. 하지만 이제 누구보다도 훌륭한 아버지의 딸이라고 불릴 것을, 어머니의 딸이라고나 불리려무나. 그렇게 하면 남들은 다 널, 돌아가신 아버지나 동기간을 배반한 지독한 여자라고 하겠지.

코로스장 제발 부탁입니다. 홧김에 말씀하시진 마세요. 당신도 이쪽의 말을 듣고, 이쪽도 저분의 말씀을 들을 생각이 드신다면, 두 분의 말씀에는 서로를 위해서 좋은 수가 있는 것입니다.

크리소테미스 여러분, 저는요, 언니의 말에는 어지간히 익숙해지고 있거든요. 이분에게 큰 변이 닥치고 있어서, 지금까지 끌어온 이분의 비탄도, 이번엔 싫어도 그만두지 않으면 안 된다는 것을, 듣지 않았더라면, 아무 말도 안 했을 거예요.

엘렉트라 큰 변이란 무엇인지 말해 주렴. 지금의 불행보다 더 심한 것을 네가 말한다면 나도 너한테 거슬리는 말은 않겠으니.

크리소테미스 그럼 내가 알고 있는 것을 모조리 얘기하겠어요. 언니가 언제까지나 이렇게 애통 비통하길 그치지 않으면, 저들은 언니를 다시는 햇빛이 보이지 않는 곳으로 보내려 하고 있어요. 언니를 나라 밖에서 굴속 같은 데다 가둬 놓고, 신세 한탄이

나 노래 부르게 하겠다는 거예요. 그러니 잘 생각하셔서 앞으로 변을 당하시더라도 내 원망은 마세요. 지금이 생각을 돌리실 땝니다.

엘렉트라 그래, 정말 나를 그렇게 하겠다고 작정했다는 거냐?

크리소테미스 예. 아이기스토스가 돌아오는 즉시로.

엘렉트라 그렇다면야 한시바삐 왔으면 좋겠다.

크리소테미스 아이고머니, 어떻게 그런 말을.

엘렉트라 그자가 그럴 작정이라면, 오면 좋다는 거야.

크리소테미스 그럼 무슨 변을 당하시겠다는 거예요? 어쩌시겠다는 거죠?

엘렉트라 너와 될 수 있는 대로 멀리 떨어져 있기 위해서.

크리소테미스 하지만 지금의 생활을 잃어도 좋겠어요?

엘렉트라 과연 남이 부러워할 만큼 훌륭한 생활이로구나.

크리소테미스 잘 생각만 하신다면야 그럴 수도 있죠.

엘렉트라 소중한 사람을 배신하라고 날 가르치진 마라.

크리소테미스 가르치는 것이 아니에요. 다만 강한 자에겐 굽히라는 거죠.

엘렉트라 너나 그렇게 아첨하렴. 내 성미엔 안 맞는다.

크리소테미스 하지만 지각없는 일로 몸을 망치지 않는 게 좋죠.

엘렉트라 아버지의 원수를 갚기 위해 필요하다면야, 기꺼이 죽겠다.

크리소테미스 하지만 아버지께선 이 일을 위해서 나를 꼭 용서해 주실 거예요.

엘렉트라 그건 비겁한 자나 하는 소리야.

크리소테미스 그럼 언니는 내 말을 안 듣고, 싫다는 거죠?

엘렉트라 물론. 아직 난 그렇게까지 쓸개가 빠지진 않았어.

크리소테미스 그럼 난 심부름이나 하러 가겠어요.

엘렉트라 어디로 가는 길인데? 네가 가지고 있는 그 제물은 누구에게 바칠 것이냐?

크리소테미스 아버지 묘소에 바치라고 어머니가 날 보내셨어요.

엘렉트라 뭐? 그 여자에겐 둘도 없는 원수일 텐데?

크리소테미스 '자기가 죽인 사람에게', 언니는 그렇게 말하고 싶 겠죠.

엘렉트라 누가 그렇게 권했을까? 누구의 소원이었을까?

크리소테미스 밤중에 아마 무슨 무서운 일이 있었나 봐요.

엘렉트라 아, 조상의 신들이시여, 이제야말로 오셔서 도와주세요.

크리소테미스 그 무서운 일로 무슨 기운이라도 나는 일이 있어요?

엘렉트라 어떤 형편이었는지 얘기해 주면, 대답할 수 있겠는 데…….

크리소테미스 그렇지만 난 조금밖에 모르는데.

엘렉트라 그걸 말해 봐. 하찮은 말로 사람이 쓰러지기도 하고 다 시 일어나기도 하는 수가 많았으니까.

크리소테미스 이런 얘기예요. 아버지께서 되살아나셔서 그 여자 와 다시 만난 것을 그 여자 자신이 보았다는 거예요. 그리고 아버지께서 전에는 언제나 가지고 계셨지만, 지금은 아이기스토스가 쓰고 있는 왕홀王笏을 잡으시고 아궁이를 찌르셨다는 거예요. 그러자 그 왕홀에서 새싹이 돋아나 뻗더니, 미케네 땅이 온통 그 가지로 덮히고 말았다는 거예요. 이 이야기는 그 여자가 헬리오스[23] 신께 고하고 있었을 때 옆에 있던 사람이 전해 준 것이에요. 난 그 밖엔 더 몰라요. 다만 그 여자는 그것이 무서운 나머지, 날 심부름 보낸 건 확실하지만. 그러니 이제 우리 집안의 신들께 걸고 부탁이에요. 무모한 짓으로 몸을 망치지 말아요, 네. 지금은 날 귀찮게 여기지만 일이 어렵게 되면 내게 돌아올 거니까요.

엘렉트라 그렇지만, 얘. 네 손에 가지고 있는 것들을 하나도 묘소에 바치지 마라. 그런 원수 여자한테서 받은 제물이건 제주건 아버지께 드리는 것은 네가 할 일도 아닐뿐더러, 경건한 일도 아니니까. 아예, 바람에 날려 없애거나 구덩이를 깊이 파고 묻어 버려라. 그따위 것들이 하나라도 아버지 묘소 근처에 가지 않도록 말이야. 그 여자가 죽으면 쓸 수 있도록 땅 밑에 소중하게 간직해 두면 되는 거야.

온갖 여자 중에서 둘도 없이 지독한 여자가 아니고서야 자기가 죽인 사람 묘소에다 이런 가증스런 제물을 바치겠느냐 말이다. 생각해 봐라. 무덤 속의 시신께서 이런 제물을 그 여자에게 호의를 가지고 받아 주실지 어떨지. 인정사정없이 원수나 죽이듯이 무참하게 죽여 난도질을 하고 죄를 면하려고, 그 머리에

다 피를 닮은 그런 여자 말이다. 설마 너는 사람을 죽인 그 여자의 죄를 씻어 주려고 그 제물을 들고 가는 건 아니겠지? 그럴 수야 없지. 그까짓 것들 던져 버려라. 그 대신 네 긴 머리털 끝을 잘라서, 그것하고, 보잘것없긴 하지만 불쌍한 나로서 드릴 수 있는, 윤기 없는 머리털과 장식이라곤 없는 이 허리띠를 아버지께 바쳐 다오. 그리고 그 자리에 엎드려, 원수를 갚은 우리들을 도우시기 위하여 인자하시게 지하에서 나와 주시기를, 그리고 오레스테스가 무사히 오래 살아서 훌륭히 원수를 무찌르고 그 발밑에 짓밟을 수 있기를 빌어 다오. 그렇게 되면 지금 우리가 드리는 제물보다는 훨씬 더 푸짐하게 묘소를 치장할 수 있을 거야.

나는, 이번에 그 여자에게 무서운 꿈을 보게 한 것도, 그분께서 무엇인가 의향이 계셔서 하신 일이 틀림없다고 생각해. 하지만, 얘, 너를 위해서도 또 나를 위해서도 그리고 우리들의 가장 소중한 분, 저승에 계신 우리 두 사람의 아버질 위해서도, 어쨌든 이 심부름을 해 다오.

코로스장 참으로 효성스런 언니의 말씀입니다. 여보세요, 당신도 분별이 있으시거든, 이 말을 지키시겠죠?

크리소테미스 그렇게 하겠어요. 옳은 일을 가지고 두 사람이 말다툼할 건 없죠. 어서 빨리 실행해야 합니다. 하지만 내가 이 일을 하는 것은, 제발 입 밖에 내지 말아 주세요, 네 여러분, 만약 어머니가 이 일을 아시는 날엔, 이런 일을 하고서 무슨 큰 변을 당할지도 모르니까요.

(크리소테미스 퇴장)

코로스 (노래)

내가 만약 미친 점쟁이도 아니고

사리를 판별할 수 있는 자라면

정의의 힘을 손아귀에 쥐고

앞날을 통해 보시는 디케[24] 신은 반드시 오십니다.

오래지 않아, 친구여, 죄인들을 무찌르십니다.

방금 반가운 꿈 얘기를 듣고

가슴 안엔 기운이 용솟음칩니다.

헬라스의 왕이셨던 아버지께선 결코 그 일을 잊지 않으십니다.

그리고 그분을 다시없이 끔찍하게 때려눕힌 그 옛날의 청동

쌍날의 도끼도 잊지 않고 계십니다.

또한 몸을 숨기고 무섭게 적을 노리는, 발 많고 손 많은

지칠 줄 모르는 다리를 가진 에리니에스도 오실 것입니다.

피의 죄로 더럽혀진 결혼을 위해서 금지된 잠자리로 정욕의

불길이 두 사람을 몰고 갔으니.

그래서 나는, 그 꿈의 징조는 그 죄를 나눈 자들에게 아무 해침

도 없이

다가가는 일은 결코 없다고 믿습니다.

만약 이 밤의 허깨비가 좋은 끝을 맺지 않는다면

괴상한 꿈에서건, 신의 말씀에서건

사람으로서 앞일을 알 길이 없습니다.

아, 그 옛날 펠로프스²⁵⁾의 온갖 슬픔을 안은 전차 경주가

이 땅에 얼마나 무서운 재앙을 불러왔던가.

저 미르틸로스가 황금의 수레에서 끔찍하게도

바다에 거꾸로 던져져서 잠든 다음부터는

비참하고 혹독한 일이

이 집을 떠나지 않았습니다.

(왕비 클리타이메스트라 등장)

클리타이메스트라 여전히 제 마음대로 바깥을 나다니는 것 같구나. 아이기스토스께서 안 계시니까. 그분은 밖에 나가서 집안 망신시키는 일이 있어서는 안 된다고 나다니는 것을 금하셨는데, 지금 그이가 안 계시다고 해서 너는 나를 아무렇지도 않게 생각하고 있구나. 게다가 나를 염치없고 무도한 폭군이고, 너의 모든 일을 가혹하게 억누른다고 퍼뜨리고 있어. 하지만 나는 거만하지도 않고, 다만 언제나 네게서 욕을 먹고 있으니까, 널 나쁘게 말할 수밖에.

아버지께서 내 손에 돌아가셨다는 것이 언제나 네 핑계이고 딴건 아무것도 없더라. 그래, 내 손에 돌아가셨다. 그건 내가 잘 알고 있어. 아니라곤 할 수 없지. 아버지를 죽인 것은 나만이 아니고, 디케 신께서 하신 일이니까. 너도 제정신이었다면, 그 신을 도와서 일했을 거야. 네가 늘 슬퍼하고 있는 네 아버지라는 사람은, 헬라스 사람 중에서 자기만이, 네 언니를 신들께 희생으로 바치고도 태연했단다. 그 애가 태어났을 때, 그 사람이 배 아픈

257

고생을 나만큼 겪지도 못한 주제에. 그건 그렇다 하고, 알고 싶구나. 어째서, 누굴 위해서 그 애를 희생시켰지? 아르고스 사람을 위한 것이었단 말이냐? 하지만 그 사람들에겐 내 자식을 죽일 권리가 없었을 거야. 또 만약에 자기 아우인 메넬라오스를 위해서 그 애를 죽였다면, 내게서 응분의 앙갚음을 받아도 당연할 것 아니냐? 그 사람에게는 두 애가 있었고, 내 애보다는 그 편에서 죽었어야 했어. 그 아버지와 어머니야말로 저 원정을 일으킨 당사자들이 아니냐?

하데스가 그자들 애의 살보다도 내 애의 살을 더 먹고 싶어했더란 말이냐? 아니면, 저 저주받은 너희 아버지에겐 내가 낳은 애는 아무렇지도 않고 메넬라오스의 애가 더 귀여웠더란 말이냐? 이건 몰인정하고 마음이 비뚤어진 너희 아버지가 할 만한 짓이 아니냐? 나는 그렇게 생각해. 내가 말한 것이 네 생각과는 틀리겠지만, 죽은 애도 말을 할 수 있다면 그렇게 생각할 거다. 그래서 나는 내가 한 일을 조금도 후회하지 않는다. 내 생각이 잘못됐다고 네가 생각한다면, 가까운 사람을 책망하기 전에 우선 너부터 옳게 판단을 하거라.

엘렉트라 이번엔 설마 어머니도 내가 먼저 싫은 소릴 했으니까 이런 말씀을 하셨다고는 말씀하시지 않겠죠. 만약 허락하신다면, 돌아가신 분을 위해서도 또 언니를 위해서도 기꺼이 진상을 털어놓겠습니다.

클리타이메스트라 말해 보렴. 네가 언제나 이렇게 말문을 연다면,

듣기 불편할 것도 없었을 텐데.

엘렉트라 그러면 말씀드리죠. 어머닌 아버질 죽였다고 말씀하십니다. 옳았건 글렀건, 세상에 이보다 더 부끄러운 말이 있겠어요? 하지만 결코 정당한 까닭이 있어서 죽인 것이 아니라, 지금 함께 살고 있는 저 못된 놈에게 사주되어서 끌려간 것이었죠.

사냥의 여신 아르테미스께 여쭈어 보세요. 무슨 벌로 아울리스에서 그 자주 불어 대던 바람을 그치게 하셨는지. 아니, 제가 말씀드리죠. 신께 직접 여쭈어 볼 순 없으니까요. 제가 들은 바로는, 언젠지 아버지가 여신의 숲에서 놀고 계셨을때, 발소리에 놀라서 튀어나온 점박이 사슴을 쏘아 죽이셨는데, 그때 무엇인지 당신 일을 자랑하시는 듯한 말씀을 하셨다는 겁니다. 그래서 레토의 따님[26])께서 역정을 내셔서, 그 짐승의 보상으로, 아버지께서 당신의 딸을 바치시게 하려고 아카이아[27]) 군대를 막으셨다는 것입니다. 언니는 이렇게 희생이 됐다는 것이죠. 그렇지 않았으면 헬라스 군대는 귀국하지도 일리온[28])으로 가지도 못했을 거니까요. 이래서 오도 가도 못하게 되어 많이 고민하신 끝에 하는 수 없이 언니를 희생시킨 것이지, 결코 메넬라오스를 위한 것은 아닙니다.

그러나 그분[29])을 돕기 위해서 그렇게 하셨다 하더라도, 그것 때문에 어머니 손에 돌아가셔야 할 까닭이 있을까요? 대체 무슨 법으로? 사람 사이에 그런 법을 정하고, 스스로 고생과 회한을 남기시지 않도록 조심하세요. 차례차례 서로 죽여 간다면, 정의가 행해지는 한, 제일 먼저 죽어야 할 사람은 어머니입니다. 터무니도 없는 핑계를 늘어놓진 마세요. 괜찮으시다면 대체 어머닌 어째서 지금, 이런 부끄럽기 짝이 없는 일을 하고 계신지 말씀해 주세요. 전엔 힘을 합쳐서 아버지를 죽인 저 살인자와 동침을 하여 그자의 애까지 낳고, 그러고는 그 전의 정당한 사이에서 정당하게 태어난 자식은 멀리 쫓아내고 있습니다. 제가 어찌 이런 일들을 잘한 일이라고 할 수 있겠어요? 이것도 자기 딸을 빼앗긴 원수를 갚은 것이라고 말씀하시겠어요? 그렇게 말씀하고 싶으시다면 정말 부끄러운 말씀이죠. 딸 때문에 원수와 결혼을 하다니 좋은 일은 못 됩니다.

하지만 어머니에겐 무슨 말을 해도 소용이 없어요. 제가 어머니 욕을 한다고 퍼뜨리고 다니시니까요. 그리고 당신은 어머니라기보다는, 저희에겐 안주인이라고 저는 생각하고 있어요. 사실 이렇게 괴로운 나날을 보내고, 당신과 당신의 짝으로부터 늘 학대만 받고 있으니까요. 저 외국에 있는 불쌍한 동생 오레스테스도 간신히 당신 손을 벗어나긴 했지만, 비참한 생활을 하고 있죠. 그를 당신에게 보복하기 위해서 키웠다고 늘 잔소릴 하시지만, 그야 제게 힘이 있다면 그렇게 하고 싶다는 것을 잘 알아두세요. 그래서라면 나쁜 년이건, 더러운 년이건, 염치없는 년이건 무엇이든 좋으실 대로 누구에게나 말씀하세요. 과연 제가 그런 일에 능한 여자라면, 어머니 딸로서 부끄럽지 않을 터이니까요.

코로스장 매우 격분하고 계신 것 같군요. 하지만 그렇게까지 화를 내는 것이 당연한지 어떤지, 도무지 생각지 않으시는 것 같습니다.

클리타이메스트라 나는 이 딸년에 대해서 어떻게 생각해야 할까? 저를 낳은 어미에게, 게다가 이만한 나이로 그렇게까지 욕지거릴 하다니! 이런 애라면 무슨 짓이든지 부끄럼도 없이 해낼 것이라고 생각되지 않나?

엘렉트라 어머니에겐 제가 그렇게 안 보일는지 모르지만, 저는 이런 일이 부끄럽다는 것은 잘 알고 있어요. 제 나이에도, 제 처지에도 어울리지 않음을 잘 압니다. 그렇지만 어머니의 악의와 행실을 보고 있으면 싫어도 이렇게 하지 않을 수가 없어요. 염치없는 행실이 염치없는 일을 하도록 가르치고 있으니까요.

클리타이메스트라 정말 뻔뻔스런 계집애로구나. 그렇다, 그래. 내가 말하는 것, 내가 하는 일이 너의 주둥아릴 그렇게 놀리게 하는구나.

엘렉트라 제가 아니라 어머니 편에서 스스로 말씀하시는 거예요. 어머니가 그런 짓을 하셨고, 말은 행실에서 나오는 것이니까요.

클리타이메스트라 아르테미스 여신께 맹세코 아이기스토스가 돌아오시기만 하면, 네 그 건방진 짓은 그냥 안 둘 테다.

엘렉트라 아셨죠? 저보고 하고 싶은 말은 다 하라 해 놓고, 노여움에 눈이 어두워 그대로 듣고 견디질 못하는군요.

클리타이메스트라 나는 네가 하고 싶은 말은 다 시켰는데, 너는 조용히 입 좀 다물고 내가 이제부터 제물을 바치도록 해주지 못하겠니?

엘렉트라 네에. 좋고말고요, 어서 바치세요. 다만 제 입을 나무라진 마세요. 아무 말도 더 않겠으니까요.

클리타이메스트라 아, 거기 있는 애야. (옆에 있는 시녀보고) 이 여러 가지 과일 제물을 높이 추켜들고 바쳐 다오. 지금 내게 내려진 무서운 일에서 구해 주십사고 신께 기도를 드려야겠으니. 우리를 구원해 주시는 포이보스님! 제가 은밀히 말씀드리는 것을 아무쪼록 들어 주시옵소서. 친구들 앞에서 말씀드리는 것이 아니고, 게다가 딸년이 옆에 있어 가지고는, 백일하에 남김없이 드러내서 말씀드릴 수도 없습니다. 심술 사납게 떠들어 대어 하찮은 이야기를 온 장안에 퍼뜨리고 다녀도 곤란하니까요. 그래서 은밀히 말씀드리겠사오니 그대로 들어 주시옵소서.

어젯밤에 저는 두 가지 의미로 생각되는 꿈을 꾸었습니다만, 리키아의 왕[30]이시여, 만약 그것이 좋은 꿈이라면 그대로 이루어지게 하여 주시옵소서. 만약 흉한 꿈이라면 원수들에게 돌려주시옵소서. 그리고 지금 부귀한 생활에서 저를 몰아내려고 음모를 하는 자가 있으면 결코 용서하지 마시옵소서. 이대로 언제까지나 편히 지내면서 아트레우스[31]의 집과 왕위를 이어 갈 수 있게 하여 주시옵고, 지금 함께 있는 친구들과 저를 못살게 굴지도 않고, 고생시키지도 않는 애들과 함께 즐겁게 살도록 하시옵소서.

오오, 리키아의 아폴론님이시여, 지금 말씀드린 것을 자비롭

게 들어주시와, 저희 전부를 위하여 기원한 바를 이루어 주시옵
소서. 그 밖의 것은 다 제가 말씀드리지 않아도 신으로 계시오니
잘 아시리라고 생각하옵니다. 제우스의 아드님들은 마땅히 모든
것을 보살펴 주십니다.

(늙은 종 등장)

늙은 종 여러 부인들, 여기가 아이기스토스 왕의 대궐입니까?
어떻게 하면 분명히 알 수가 있겠습니까?

코로스장 여깁니다. 혼자서 잘 아셨군요.

늙은 종 그러면 이분이 왕비이신가 하옵는데, 옳습니까? 왕비다
우신 훌륭한 모습이시니까요.

코로스장 확실히 그렇습니다. 당신 앞에 계신 분이 왕비님이십
니다.

늙은 종 왕비님, 문안드리옵니다. 저는 친구분으로부터 왕비님
께도 아이기스토스님께도 반가운 소식을 가지고 왔사옵니다.

클리타이메스트라 고맙소. 그런데 우선 어느 분이 그대를 보내셨
는지 그것을 들어 봅시다.

늙은 종 포키스의 파노테우스님께섭니다. 중대한 기별을 전해
드리려고.

클리타이메스트라 무슨 일일까요? 말해 주오. 친구에게서 오셨
다니 좋은 소식을 들려주시겠지.

늙은 종 오레스테스님께서 세상을 떠나셨습니다. 한마디로 말씀
드리자면.

엘렉트라 아이고머니, 이를 어쩌나. 오늘 이 몸은 망했구나.

클리타이메스트라 뭐, 뭐라고? 이 애 말은 듣지 마세요.

늙은 종 오레스테스님께서 돌아가셨습니다. 지금도 아까도 그걸 말씀드리고 있는 겁니다.

엘렉트라 아아, 이젠 글렀구나. 나는 이젠 없는 거나 다름없구나.

클리타이메스트라 너 따윈 마음대로 하렴. 그래, 여보세요. 사실대로 얘기해 주세요. 그 애가 어떻게 죽었는지?

늙은 종 저는 그 일로 심부름을 왔으니까 다 말씀드리겠습니다. 그분은 델포이의 경기에서 우승을 차지하려고 헬라스의 자랑인 저 유명한 축제에 참가하셨는데, 맨 처음에 있기로 결정된 걷기 경주가 소리 높이 알려지는 것을 들으시자, 늠름한 모습으로 입장하시어, 그 자리의 사람들이 감격을 했습니다.

　그리고 경주의 종착점과 시발점을 하나로[32] 하여 승리의 영관 榮冠을 얻고서 퇴장하셨습니다. 말씀드릴 것이 많지만 간추려서 말씀드리면, 그 결과로 보거나 힘으로 보거나, 그런 분을 본 적이 없습니다. 그러나 한 가지 더 말씀드린다면, 심판이 예고한 경기에서는 다 승리를 거두셔서, 행운의 사나이라고 생각되었습니다. 그리고 아르고스 사람으로서 이름은 오레스테스, 그 옛날 헬라스 군을 이끈 고명한 아가멤논의 아드님이라는 것이 알려졌습니다.

　그건 그렇다 하고, 신께서 재앙을 내리시려고 할 때, 아무리 강한 자라도 그것을 면할 길이 없습니다. 그 다음 날 해가 뜨면서,

격심한 전차 경주가 있었는데, 그분도 다른 여러 어자馭者와 함께 입장하셨습니다. 아카이아와 스파르타 사람이 각각 한 명, 리비아[33] 사람 두 명이 각기 말을 단 전차를 몰고 나왔습니다. 그분은 테살리아 말을 몰고 다섯 번째로 입장하셨고, 여섯 번째는 밤색 말을 탄 아이톨리아 사람, 일곱 번째는 마그네스 사람, 여덟 번째는 흰말을 탄 아이니아 태생, 아홉 번째는 신의 나라인 아테네 사람이고 끝으로 보이오티아 사람이 나와서 열 대의 전차가 늘어섰습니다.

그들은 심판이 제비를 뽑아서 정한 곳에 자리잡은 다음에, 청동 나팔 소리를 신호로 해서 달리기 시작했습니다. 동시에 각기 소리쳐 몰면서 고삐를 흔들어 경기장은 이내 요란스런 전차 소리로 꽉 차고, 모래 먼지는 쉴 새 없이 하늘을 뒤덮었습니다. 모두 서로 얼기설기, 어떻게 해서든지 다른 전차의 말의 코끝보다 앞서려고 조금도 고삐를 늦추지 않았습니다. 뒤쫓아 오는 말의 콧김으로 어자의 잔등이나 바퀴에 거품이 앉기 때문이었습니다.

그분은 맨 끝 기둥에 오시면, 언제나 바퀴가 달락 말락하게 바른쪽 바깥 밑의 고삐를 늦추고, 안쪽 말을 잡아당기시는 것이었습니다. 그런데 그때까지는 어느 전차도 다 무사히 나가고 있더니 갑자기 아이니아 사람의 사나운 말이 날뛰어, 마침 여섯 번을 돌고 일곱 번째를 돌기 시작할 때, 바르카의 전차를 들이받았습니다. 이 단 하나의 재난으로 차례차례 충돌하여, 그리스의 온 들이 전차의 파편으로 묻히고 말았습니다.

다만 아테네에서 온 능숙한 어자는 이것을 보자마자, 재빠르게 옆으로 피하여 말을 잡고서 경기장 한가운데서 물밀듯이 달리는 말 떼를 비켜 지나갔습니다. 오레스테스님은 말을 늦추면서 마지막 승리를 믿고, 맨 뒤에서 달리고 계셨습니다. 그리고 그 사나이가 혼자 남은 것을 보시자, 말의 귀 언저리에다 매섭게 채찍 소리를 울리며 말을 달려서 쫓아가셨습니다. 그러고서는 두 분은 말과 수레를 나란히 하면서 달려, 전차의 앞 머리는 서로 앞섰다 뒤졌다 했습니다.

그분은 당당히 전차를 몰고 경기는 계속 무사하게 진행되어 곧은 길로 달리고 있었는데, 그러다가 불행하게도 한 바퀴 되돌려는 말의 왼편 고삐를 늦추어 아차! 푯말 끝을 들이받고 말았습니다. 그러자 바퀴의 굴대가 한가운데서 부서지고 그분은 전차의 앞전에서 굴러 떨어지셨습니다. 가죽 고삐에 말려들어 땅 위에 넘어지시자, 말들은 제멋대로 경기장의 한가운데로 달려 들어갔습니다.

관중은 그분이 전차에서 떨어지신 것을 보고, 그만한 일을 하셨으면서도 그런 불행을 당하시다니, 참으로 애석하다고 소리쳐 한탄들을 했습니다. 땅바닥에 데굴데굴 굴렀는가 하면, 두 다리가 허공으로 떠올라가던 끝에, 겨우 다른 어자들이 말고삐를 잡고 그분을 구해 내긴 했지만, 이미 아주 피투성이가 되어, 친근한 사람도 그 끔찍한 모습을 보아 가지고는, 아무도 알아보지 못할 정도였습니다. 그래서 곧 화장으로 모시고, 그 가엾은 유골을 청동 항아리에 넣어서, 고국 땅에 묻어 드리려고, 분부를 받은 이 포키스 사람이 모시고 왔습니다.

자, 이래서 말씀드리기도 애처로운 일이온데, 저희들처럼 실제로 목격한 사람들에게는 이렇게 슬픈 일을 아직 본 적이 없습니다.

코로스장 아아, 아아. 이젠 우리 옛 왕실의 혈통도 뿌리째 끊기도 말았나 보다.

클리타이메스트라 오오, 제우스여, 이 일이 어쩐 일이옵니까? 다행이랄까요? 무섭긴 하지만 이득이라 할까요? 하지만, 자기의 불행으로 자기가 살아나다니 쓰라린 일입니다.

늙은 종 왕비님, 지금 말씀드린 일에 어째 그리 낙심을 하십니까?

클리타이메스트라 남의 어미는 이상한 힘이 있는 법, 혹심한 구박을 받으면서도, 제가 낳은 아들을 미워할 순 없지요.

늙은 종 그러면 저희들이 온 것은 헛일이었나 봅니다.

클리타이메스트라 아아뇨, 헛일은 아니오. 어찌 헛일이라고 말하시나요? 그 애가 죽은 확실한 증거를 가져오셨으면서. 그 애는 내 목숨을 받아서 태어났는데도, 내 젖과 양육을 버리고, 나라 밖으로 달아나서 남처럼 되어 버렸고, 나라를 떠난 다음으론 한 번도 본 적이 없습니다. 게다가 내가 그 애의 아버지를 죽였다고 늘 나를 비난하고, 끔찍하게 앙갚음하겠다고 벼르고 있었죠. 나는 그래서 밤낮없이 편히 잠들 수가 없었어요. 그때그때마다 죽일 것만 같았어요. 그런데 이제는, 오늘부터는 여기 있는 이년도

267

그 애도 무서워할 것이 없게 됐군요. 이년은 한집에 살고 있으면서 늘 내 생피를 빨아먹고, 그 애보다 더 못되게 굴고 있었으니까……

이젠 나는 이년의 협박도 안 받고, 편한 날을 보내게 됐습니다.

엘렉트라 아아, 기막힌 일이어라. 오레스테스야, 이제야말로, 그 몸의 불행을 슬퍼할 때로구나. 너는 그런 일을 당했는데도 아직 네 어머니에게서 욕을 보고 있어. 더 좋은 일 없구나.

클리타이메스트라 그 애에겐 더 좋은 일이 없다. 네겐 나쁘겠지만.

엘렉트라 들어 주세요. 방금 죽은 사람을 지켜 주시는 네메시스님.

클리타이메스트라 들으실 건 들으시고, 훌륭하게 이루어 주셨단다.

엘렉트라 실컷 우쭐대세요. 지금은 당신이 운이 좋으니까.

클리타이메스트라 오레스테스도, 너도 그걸 방해하진 못하겠지?

엘렉트라 방해는커녕 우리들이 망했어요.

클리타이메스트라 여보세요. 덕택으로 이년의 주둥아리가 닫혀지면, 당신이 오신 것을 크게 사례해야겠군요.

늙은 종 다 잘됐다면 저는 물러가겠습니다.

클리타이메스트라 그건 안 됩니다, 나로서는 또 심부름을 보내신 분께도 그래서는 곤란합니다. 어서 안으로 들어가세요. 그년은 밖에서 제 몸과 제 동기의 불행을 실컷 슬퍼하게 내버려 두세요.

(클리타이메스트라와 늙은 종 안으로 들어간다.)

엘렉트라 여러분은 어떻게 생각하시나요? 그것이 그렇게 무참하게 죽은 자기 자식을 위해서 괴로워 몸부림치고 슬퍼서 우는 모습으로 보이시나요? 오히려 비웃고서 가 버렸어요. 아아, 이 비참한 신세. 그리운 오레스테스야, 너는 죽어서도 내 목숨을 **빼** 앗았구나. 네가 무사해서, 아버지와 이 불쌍한 나의 원수를 갚아 주러 온다는, 그 단 한 가닥의 희망을 내 가슴에서 앗아 가고 말았구나. 이제 난 어디로 가란 말이냐?

이런 비참한 일이 또 있을까? 아냐, 앞으론 그런 자들하고는 결코 한집에 살지 않겠어. 이 문 앞에 쓰러져서 친구도 없이 혼자서 내 목숨을 말려가고 말겠어. 그것이 싫다면 집안의 누구든 날 죽여라. 살아 있는 것이 괴롭다. 죽여 준다면 그건 고마운 일이야. 나는 이 세상에 아무 여한도 없다.

코로스 제우스의 벼락은 어디 있나? 빛나는 헬리오스[34]는 어디에 있나? 이걸 보시고도 한가히 숨어 계시다니.

엘렉트라 아아, 아아!

코로스 오오, 아가씨, 왜 그리 우십니까?

엘렉트라 아아!

코로스 큰 소린 내지 마세요.

엘렉트라 내 가슴을 찢으시는군요.

코로스 어째서?

엘렉트라 이미 확실하게 저 세상으로 가 버린 사람에게, 아직도 희망이나 있는 양 말하는 것은, 이미 쓰러진 나를 또다시 짓밟는 것입니다.

코로스 저 몸을 감춘 암피아라오스[35]도 아내가 저지른 황금의 함정에 빠진 것을 나는 압니다. 그런데 이젠 땅속에서……

엘렉트라 아아, 아아.

코로스 아주 잘 참고 계십니다.

엘렉트라 기막혀라.

코로스 기막히죠? 과연, 그 살인녀[36]는……

엘렉트라 죽었어요.

코로스 그래요.

엘렉트라 알고 있어요……

　알고 있습니다. 그분께는 슬픈 가운데에도 원수를 갚을 사람이 나타났어요. 하지만 내게는 아무도 없어요. 전에 있던 한 사람은 빼앗기고 이 세상에 없으니.

코로스 가엾어라, 정말 가엾은 신세.

엘렉트라 그거야 알고 있다마다, 너무나 잘 알고 있어요. 숱하게 무섭고 괴로운 일들이 나날이 산더미처럼 밀려오는 신세인걸요.

코로스장 슬퍼하시는 것을 저희들도 보아 왔습니다.

엘렉트라 그러니 이젠 더 어지럽히질 말아 주셨으면 해요.

코로스 어떻게 그런 말씀을?

엘렉트라 존귀하신 아버지에게서 같은 피를 나눈 그 애의 도움을 받을 희망도 이미 끊기도 말았어요.

코로스 사람은 누구나 다 죽게 마련입니다.

엘렉트라 그럴까요, 저 불쌍한 애처럼, 말굽의 빠름을 견주다가 가죽 고삐에 감겨서 죽어야 한다는 말씀인가요?

코로스 그런 불행은 아무도 예상치 못했죠.

엘렉트라 그렇고말고요. 남의 나라에서, 내 손으로 돌봐주지도 못하고……

코로스 아아, 불쌍해라.

엘렉트라 장례도, 고별의 눈물도 없이, 땅에 묻혔을 것이라면.

(크리소테미스 등장)

크리소테미스 언니, 난 기뻐서 기뻐서 조심성도 잊어버리고 달려왔어요. 기쁜 얘기, 지금까지 언니가 괴로워하고 슬퍼하던 불행이 끝나는 소식을 가지고 왔어요.

엘렉트라 도대체 어디서 찾아냈단 말이냐? 내 불행이 끝나는 얘기라니. 구원받을 길 따윈 없을 텐데.

크리소테미스 오레스테스가 돌아왔어요. 내가 말하는 것은, 내가 여기 있는 것만큼이나 확실한 일이에요.

엘렉트라 아이구, 불쌍하게도 네가 미쳤나 보구나. 그래서 넌 네 불행도 내 불행도 비웃고 있는 거냐?

크리소테미스 아니에요. 조상 대대의 터주께 걸고 맹세해도 좋아요. 결코 우쭐대는 마음에서 말하는 것이 아닙니다. 정말 그분이 돌아왔는걸요.

엘렉트라 아아, 딱하기도 해라. 대체 누구한테서 그런 얘길 듣고 그렇게 쉽사리 믿고 있지?

크리소테미스 그 분명한 증거를 누구한테서가 아니라 바로 내가 보고서 그렇게 믿고 있는 거예요.

엘렉트라 무슨 증거를 봤다는 거냐? 도대체 무얼 보고 그렇게 목이 달아날 열병에 들뜬 것 같은 소릴 하지?

크리소테미스 제발 부탁이니 들어줘요. 내 말을 다 듣고 나서 제정신이라고 하든, 바보라고 하든 말하세요.

엘렉트라 그럼, 말해 봐. 말해서 속이 후련하다면.

크리소테미스 그러면 내가 본 대로 다 얘기하겠어요. 내가 아버지의 옛 산소에 가니까, 무덤 위에서부터 새로 흘린 우유 자국이 있고, 게다가 아버지 무덤 둘레는 온갖 꽃으로 치장이 되어 있었어요. 그걸 보고 난 깜짝 놀라서, 그 근처에 어떤 사람이 있지나 않은가 해서 둘러보았지요. 하지만, 어디고 다 조용한 것을 알았기 때문에 무덤으로 더 다가갔지요. 보니까, 무덤 기슭에 방금 자른 것 같은 머리털이 있더군요.

그리고 아아, 그걸 보자, 가슴에 떠오른 것은 저 그리운 모습, 누구보다도 가장 그리운 오레스테스의 증거라고 느꼈지요. 그것을 손에 들고, 불길한 말을 입에 올리진 않고, 그저 기뻐서 곧 눈물이 눈에 가득 고였어요. 그렇게 치장을 할 사람이라곤 그 사람밖엔 아무도 없다는 것을, 그때나 지금이나 저는 믿고 있어요. 언니와 나 외에 누가 그런 일을 하겠어요? 내가 안 한 것은 내가 아는 일이고, 언니도 아니죠. 언니가 어떻게 그랬겠어요? 신께 가는 일조차, 집에서 떠나기만 하면 꾸중을 듣는 언니에게 될 까닭이 없으니까요. 또한 어머니에게 그렇게 할 생각이 들었을 리가 없고, 설사 그랬다면 우리가 몰랐을 까닭이 없죠.

그러니 그 성묘는 오레스테스가 한 일이에요. 언니, 기운을 내세요. 같은 운명이 언제나 같은 사람에게만 따라다니란 법은 없어요. 지금까지는 우리 운수가 불길했지만, 오늘이야말로 허다한 길운이 대통하는 시작이 될 거예요.

엘렉트라 참 어리석다. 아까부터 불쌍해서 못 견디겠구나.

크리소테미스 왜요? 내 말이 언닐 거슬렀을까요?

엘렉트라 너는 자기가 어디로 가고 있는지, 무엇을 생각하고 있는지 모르고 있는 거야.

크리소테미스 분명히 내 눈으로 본 것을 왜 모른다고 하죠?

엘렉트라 참 가엾은 애로구나, 그 애는 죽었어. 오레스테스가 구하러 오긴 다 틀렸어. 아예 바라질 말아야 한다.

크리소테미스 어쩌면? 누구한테서 그 이야길 들으셨어요?

엘렉트라 오레스테스가 죽었을 때, 그 옆에 있던 사람에게서.

크리소테미스 그 사람은 어디 있어요? 정말 놀라운 일이로군요.

엘렉트라 집 안에 있다. 어머니에게는 싫지 않은 손님이지.

크리소테미스 아아, 어쩌나. 하지만 도대체 누가 그렇게 많은 제물을 아버지 산소에 바쳤을까요?

엘렉트라 아마 틀림없이, 누군가가 죽은 오레스테스를 기념하기 위해서 바쳤을 거야.

크리소테미스 아아, 딱하구나. 우리가 어떤 불행한 처지에 있는지 미처 알지도 못하고, 이 얘길 하려고 기뻐서 달려온 거예요.

그랬는데 이제 와서 보니 지금까지의 슬픔에다 또 다른 슬픔까지 덮치고 있군요.

엘렉트라 네 처지는 그렇구나. 하지만 내가 하라는 대로만 하면, 지금의 이 견디기 어려운 고통을 면할 수가 있을 거야.

크리소테미스 제가 죽은 사람을 되살려 놓을 수 있다는 건가요?

엘렉트라 그런 뜻으로 말한 것은 아냐. 내가 그렇게 바보는 아니다.

크리소테미스 그럼, 내 힘으로 할 수 있는 일로 무엇을 하라는 거예요?

엘렉트라 내가 하라는 것을 용감하게 하는 거야.

크리소테미스 무엇인가 도움이 된다면야 거절은 않겠어요.

엘렉트라 알겠지? 고생하지 않고서는 아무것도 이루어지지 않는다.

크리소테미스 알고 있어요. 힘이 닿는 데까지는 돕겠어요.

엘렉트라 그러면 내가 무엇을 하려고 생각하는지 들어 다오. 너도 알다시피 우리에겐 우리 편이라곤 한 사람도 없구나. 하데스가 모조리 데려가고, 우리 둘만이 남았어. 나도 동생이 든든하게 살아 있다고 듣고 있던 동안엔 아버지의 원수를 갚으러 오리라고 희망을 가지고 있었단다. 하지만 이젠 이미 이 세상에 없으니, 믿는 건 너뿐이야. 나와 힘을 합해서 아버지를 죽인 원수 아이기스토스를 쓰러뜨리기만 바라고 있단다. 이미 네겐 아무것도 감출 필요가 없으니까.

언제까지 이렇게 두 손만 마주 잡고 있겠니? 무슨 그럴싸한 희망이 아직 있단 말이냐? 너는 부모 유산의 상속을 빼앗기고 한탄할 일 뿐이야. 이 나이까지 시집도 못 가고 혼례도 못 치르고 늙어 가는 것을 슬퍼할밖에 없는 신세니까. 하지만 언젠가는 그런 기쁨이 이루어지겠지, 하고 희망을 걸어선 안 된다. 아이기스토스는, 너나 내가 애 낳는 것을 허락하여, 틀림없이 자기의 두통거리가 될 일을 만들 만큼 어리석은 사람은 아니니까. 그렇지만 네가 내 계획을 따라 준다면, 우선 돌아가신 지하의 아버지께, 그리고 동생에게서도 성의를 칭찬받을 것이다. 다음엔, 장차 태어났을 때와 마찬가지로 자유의 몸이 되고, 네게 맞는 신랑도 구하게 될 것이고. 귀한 몸은 모든 사람의 눈길을 끌게 마련이니까.

그래서 내가 말하는 대로만 한다면, 너 자신도 나도 얼마나 훌륭한 평을 들을는지 생각해 보지 않겠니? 시민들도, 딴 나라 사람들도 우리를 보면, 누구나 다 이렇게 칭찬하면서 인사하지 않을 사람이 없을 거야. '자아, 저 두 자매를 보세요. 아버지의 가문을 구해 냈고, 한때는 권세가 등등했던 원수를 목숨을 걸고 쓰러뜨렸습니다. 누구나 다 이 두 분을 소중히 대우하고 존경해야 합니다. 축제나 시민이 모일 때는 그 장한 일에 대해서 모두들 경의를 표해야 합니다.' 하고. 누구나 다 우리에 관해서 그렇게 말할 것이고, 그래서 살아서나 죽어서나 우리의 명예는 없어지지 않겠지?

그러니, 얘. 내 말대로 서로 아버지를 위해서 일하고, 동생의 고생을 나누어, 지금의 불행에서 나를 건지고, 너 자신도 구해 내도록 하자. 훌륭한 가문에 태어나서 욕스런 생명을 탐하는 것은 부끄러운 일임을 잊지 마라.

코로스장 이런 말을 하는 데는 말하는 사람도, 듣는 사람도 조심성이 큰 도움이 되지요.

크리소테미스 하지만 여러분, 언니가 분별이 있었다면 이런 말을 하기 전에 조심을 했을 것입니다. 그런데 그 조심성이 없었단 말입니다.

도대체 언니는 무엇을 믿고서 그런 큰 싸움을 벌이려 하고, 날 보고도 힘을 합치라는 거예요? 언닌 모르세요? 언니는 여자이지 남자가 아니에요. 힘으로 상대방을 당해 낼 순 없는 거예요. 게다가 상대방은 나날이 행운이 늘어 가고 있지만 우리들의 운수는 기울어져 가기만 하고 머지않아 사라질 것 같아요. 이런 사람을 해치려고 하면 누가 무사할 수 있겠어요? 누가 이런 말을 듣기라도 한다면 가뜩이나 불행한 터에 더욱 불행해지지 않을 수 없죠. 아무리 남에게서 칭찬을 받는다 해도, 부끄러운 죽음을 당한다면 좋을 것도 없고, 보탬이 될 것도 없어요. 죽는 것은 무섭지 않지만, 죽고 싶을 때 죽지 못하는 것이 무서우니까요.

제발 부탁이에요. 우리들이 다 몰살을 당해서 대가 끊어지기 전에 분한 마음을 가라앉히세요. 언니가 이 자리에서 얘기한 것은 말 안 했던 것, 아무 일도 없었던 것으로 하고, 조심하겠어요. 결국 늦긴 했지만 힘이 없으니까 힘 있는 자에게 복종하도록 깊이 생각해 주세요.

코로스장 그대로 하세요. 사람에겐 앞을 내다보고 현명하게 생각하는 것만큼 이로운 일은 없습니다.

엘렉트라 네가 말한 것이 새삼스러울 것은 없어. 내가 말한 것을 네게 거절하리라는 것을 잘 알고 있었다. 하지만 나는 혼자서라도 내 손으로 이 일을 해내야 한다. 나는 이 일을 절대로 그냥 내버려 두진 않을 테니.

크리소테미스 아아. 아버지께서 돌아가셨을 때 그런 생각이 드셨더라면 좋았을 텐데. 언니 같으면 무슨 일이든지 해냈을 것이니까요.

엘렉트라 내 성질, 그때도 마찬가지였지만, 생각이 거기까지 미치질 못했어.

크리소테미스 평생토록 그런 생각을 가지도록 노력하세요.

엘렉트라 그렇게 충고하는 걸 보니 협력해 주지 않겠단 말이로구나.

크리소테미스 무턱대고 하는 일은 망하기가 쉬우니까요.

엘렉트라 그 깊은 생각이 부럽구나. 그 비겁한 마음은 밉고.

크리소테미스 언니가 날 칭찬해 줄 때는 지금처럼 조용히 듣고 있겠어요.

엘렉트라 아예 내 입에서 그런 칭찬 들을 걱정은 마.

크리소테미스 그건 앞으로 오랜 세월이 정해 줄 거예요.

엘렉트라 저리 가거라. 너 따윈 아무 도움도 안 되니.

크리소테미스 그렇진 않아요. 언니한테 배울 마음이 없을 뿐이에요.

엘렉트라 어서 가서, 네 어머니한테다 고해바쳐라.

크리소테미스 그렇게까지 언닐 미워하고 있진 않아요.

엘렉트라 그렇지만 적어도, 네가 얼마나 나를 욕보이고 있는지 알아야 해.

크리소테미스 욕보인다니요. 그렇진 않아요. 난 그저 언닐 생각해서 하는 말이에요.

엘렉트라 그렇다면 내가 네 그 올바른 생각이라는 것을 따라야 한단 말이냐?

크리소테미스 언니가 신중히 생각하게 된다면, 그땐 내가 언닐 따를 거예요.

엘렉트라 딱한 일이로구나. 그런 훌륭한 말이 잘못되고 있다니.

크리소테미스 그건 그대로 언니의 잘못을 말하는 것이에요.

엘렉트라 어째서? 너는 내가 말하는 것이 옳지 않다고 생각한단 말이냐?

크리소테미스 하지만 옳다는 것도 해로운 수가 있거든요.

엘렉트라 나는 그런 법에 따라서 살아가고 싶지는 않다.

크리소테미스 그래도 그렇게 하신다면, 언젠가는 날 칭찬하시게 될 거예요.

엘렉트라 하지만 나는 하고야 말겠어. 너 따위한테 위협받진 않는다.

278

크리소테미스 그것이 정말이에요? 다시 생각하실 순 없겠어요?

엘렉트라 잘못된 생각보다 더 미운 건 없어.

크리소테미스 내가 말한 것은 조금도 들어주시지 않는군요.

엘렉트라 내 결심은 오래전부터 굳어진 것이야. 새삼스러울 건 없다.

크리소테미스 그렇다면 난 가겠어요. 언니는 내 말을 들어줄 수 없고, 나도 언니 하시는 일에 찬성할 수 없으니까요.

엘렉트라 그렇다. 안으로 들어가거라. 네가 아무리 그러길 바란다 해도, 널 따를 생각은 없다. 헛된 일을 따르는 것보다 더 바보는 없어.

크리소테미스 언니 생각이 옳다고 생각되시거든, 그렇게 생각하고 계세요. 그러다가 화를 당하게 되면 그땐, 내 말이 옳았다고 하게 될 거니까요.

(크리소테미스 퇴장)

코로스 (노래)

생각 깊은 하늘의 새들이

저들을 낳고

키워 준 어미새들에게

반포反哺하는 모습을 보면서도

어째서 우리는 그 구실을 안 할까?

그래서는 제우스의 번개와

하늘에 계신 테미스[37] 여신께서

머지않아 벌을 주신다.
오오, 지하의 죽은 이들에게까지 울리는 하늘의 소리여!
저승의 아트레우스의 아들[38]에게
이 슬픈 외침을 전해 주소서.
기쁨 없는 욕스런 얘기를 전해 주옵소서!

이제 이 집의 가운은 기울고
자식들도 서로 다투어
이미 정다운 우애는 깨졌다고.
홀로 버림받은
엘렉트라는 괴로워 몸부림치며
눈물에 젖은 꾀꼬리처럼
언제나 아버지의 불운을 애탄하여
조금도 죽음을 꺼리지 않고
원수 두 사람을 쓰러뜨리고 나서
기꺼이 이 세상과 작별할 결심.
이렇듯 갸륵한 아버지의
갸륵한 자식이 다시 있을까?

누구나 착한 사람은
천하게 살면서 남에게 알려지지도 않고 이름을 더럽히길 싫어
하는데

오오 그렇듯 아가씨여, 아가씨여.

그대는 스스로 슬픔의 일생을 택하여

욕스러움을 박차고, 현명하며 바른 딸이라는 두 가지의 칭찬을
한 번에 얻으셨다.

지금은 그대가 비록 원수의 천대를 받고 있지만

원컨대, 힘에서도 재물에서도

그대가 적을 누르고 살아가소서!

그대야말로, 불우한 속에서도

이 세상 최고의 법으로 보아

제우스 신께 대한 그대의 경건으로써

가장 고귀한 영예를 얻고 계시니.

(오레스테스와 필라데스, 두 종을 데리고 등장. 한 종은 조그만 청동의 뼈
항아리를 들고 있다.)

오레스테스 거기 계신 부인들, 우리가 들른 곳이 틀림없겠죠? 우
린 바로 찾아왔을까요?

코로스장 무엇을 찾고 계신지요? 무슨 일로 오셨는지요?

오레스테스 아까부터 아이기스토스님의 궁을 찾고 있습니다.

코로스장 그러시다면 바로 오셨군요. 길을 가르쳐 드린 사람에
게 잘못은 없습니다.

오레스테스 그러면 고대하시던 우리들이 돌아왔다고 어느 분이
건 집안사람들에게 전해 주시지 않겠습니까?

코로스장 이 아가씨가……, 만약 가장 가까운 사람이 전해야 한다면.

오레스테스 그러면 아가씨, 부탁합니다. 포키스에서 온 사람들이 아이기스토스님을 찾고 있다고 안에 전해 주십시오.

엘렉트라 아아, 기막혀라! 설마 이분들이 내가 들은 소문의 확실한 증거를 가지고 오신 건 아니겠죠?

오레스테스 당신이 말씀하시는 소문이란 무엇인지 모르지만, 스트로피오스라는 노인께서 오레스테스의 소식을 전하라고 하셨습니다.

엘렉트라 여보세요, 그 소식이란 무엇일까요? 어쩐지 무서워집니다.

오레스테스 보시다시피 저 조그만 항아리에다 돌아가신 그분의 한 줌의 유골을 넣어서 가지고 왔습니다.

엘렉트라 아아, 슬퍼라! 드디어 내 눈앞에 그 무서운 괴로움을 보다니.

오레스테스 오레스테스님의 불행을 슬퍼하고 계시다면, 이 항아리에 그분의 유골이 들어있음을 말씀드립니다.

엘렉트라 아아, 여보세요. 부탁입니다. 그 항아리 안에 들어 있다면, 내 손으로 들게 해주세요. 이 유골을 위해서가 아니라, 내 자신과 내 집안을 위해서 울며 슬퍼하고 싶습니다.

오레스테스 이분이 누구신진 모르지만, 이리 가져다 드려라. 이렇게 부탁하시는 걸 보면, 돌아가신 분에게 악의가 있는 사람은 아니다. 아마 친구이거나 집안 간이 되시는 모양이로군.

엘렉트라　아아! 이 세상에서 누구보다도 그리운 오레스테스의 모습이 이것뿐이라니. 너를 떠나보냈을 때의 부풀던 희망과는 당치도 않게, 이 무슨 절망 속에 너를 맞이한단 말이냐? 지금 내가 안고 있는 것은 가엾은 너의 유골, 집을 떠날 때는 그렇게도 생기가 빛나던 너였는데. 내가 이 손으로 너를 훔쳐 내어, 다른 나라로 보내서 죽음을 면케 하기 전에, 차라리 내가 먼저 죽었으면 좋았을 텐데. 그랬더라면 너도 그날 죽음을 당하여 조상의 무덤에서 함께 잠들 수 있었겠지.

그런데 이제는 집에서 멀리 떨어진 딴 나라 땅으로 망명하여 이 누나와 멀리 떨어져서, 비참하게 죽고 말았구나. 슬프게도 나는 내 부드러운 손으로 네 몸을 씻고서 옷을 입혀 주지도 못했고, 또한 화장의 불이 타오르는 속에서 예법대로 네 뼈를 주워 주지도 못했구나. 불쌍하게도 알지도 못하는 사람의 손에 장례를 마치고 조그만 항아리 속의 한 줌 재가 되어 돌아왔구나.

아아, 그 옛날 너를 키우던 고생도 수포로 돌아갔다. 언제나 나는 그것을 즐거운 고생으로 알고 너를 위해서 했건만, 너를 귀여워했던 것은 어머니보다 나였고, 너를 키운 것도 집안의 하인들이 아니고 내가 양육했지. 그리고 너는 늘 나를 누나라고 불러 주곤 했단다. 그러던 것이 이젠 너의 죽음과 함께 하루 동안에 사라지고 말았어. 마치 회오리바람처럼 너는 모든 것을 휩쓸고 갔구나. 아버지는 이미 돌아가셨고, 너를 잃고서는 나도 죽은거나 다름없고, 너 자신도 죽고 말았다. 그리고 원수들은 비웃고 있다. 어머니 아닌 어머니는 기뻐서 넋을 잃고, 네가 직접 원수를 갚으러 온다고 어머니 몰래 기별해 보냈지만, 그런 희망도 우리 두 사람의 슬픈 운명이 무엇이고 다 약탈해 가고, 이렇게 그리운 모습 대신에 너를 재로 만들어 헛된 그림자로 해서 보냈구나.

아아, 아아! 이 가엾은 모습, 아아, 아아……. 그리운 사람아! 이 슬픈 나그넷길 끝에 나를 죽이고 말았구나. 정말 나를 죽였어. 그리운 동생아. 그러니 헛된 그림자를 그림자 속에 넣어서 이후에도 지하에서 너와 함께 지내도록 나도 너의 이 항아리 속에 넣어 다오. 네가 이 세상에 있었을 때는 무엇이고 너와 함께 나누었으니까. 그래서 이제는 나도 저승으로 가서, 네 무덤 속으로 들어가고 싶구나. 죽은 사람에겐 고생이란 없을 테니까.

코로스장 엘렉트라님이여! 죽음을 면할 수 없는 인간에게서 태어났다는 것을 생각하세요. 오레스테스님도 마찬가집니다. 그러니 너무 슬퍼 마세요. 우리들 누구나 다 당하지 않으면 안 되는 운명이니까요.

오레스테스 아아, 아아! 무엇이라고 할까? 어쩔 수 없는 이 처지에서 무슨 말을 해야 할까? 내 혀를 더 이상 눌러 둘 수가 없구나.

엘렉트라 왜 그렇게 괴로워하십니까? 어째서 그런 말씀을 하시나요?

오레스테스 당신이 저 고명하신 엘렉트라님이십니까?

엘렉트라 네, 내가 바로 그렇습니다. 딱한 꼴이죠.

오레스테스 그러시다면 참으로 기박한 운명이시군요.

엘렉트라 정녕 그것은, 여보세요, 날 위해서 슬퍼해 주시는 건 아니겠죠?

오레스테스 아아, 무참한 파멸에 빠진 딱한 모습.

엘렉트라 그 재수 없는 말씀은, 여보세요, 바로 내 얘기로군요.

오레스테스 아아, 출가도 못하시고 박복한 그 생활.

엘렉트라 여보세요. 어째서 또 그렇게 날 유심히 보시고 슬퍼하십니까?

오레스테스 나는 정말 내 불행을 이다지도 모르고 있었구나.

엘렉트라 내 얘기를 어디서 어떻게 아셨습니까?

오레스테스 그렇게도 많고, 그렇게도 큰 불행이 눈에 보이니까요.

엘렉트라 하지만 당신이 보시는 것은 내 불행의 아주 작은 부분밖에 안 됩니다.

오레스테스 그러나 이보다 더 심한 불행이 또 있을까요?

엘렉트라 내가 살인자들과 같이 살고 있다는 말이군요.

오레스테스 살인자라니 누굴 죽였다는 말입니까? 어째서 그런 끔찍한 일이 일어났나요?

엘렉트라 아버질 죽인 자들입니다. 게다가 나는 억지로 그들의 노예가 되고 있어요.

오레스테스 도대체 누가 그런 일을 강요하고 있습니까?

엘렉트라 이름만은 어머니죠. 하지만 그 행실은 조금도 어머니답지 않습니다.

오레스테스 어떻게 구박합니까, 폭력인가요? 학대인가요?

엘렉트라 폭력이며 학대며 온갖 나쁜 짓은 다 ······.

오레스테스 감싸 주거나 말리는 사람도 없나요?

엘렉트라 아무도 없습니다. 단 한 사람 있었지만, 당신 손에 재가 돼서 왔지요.

오레스테스 정말 딱하십니다. 아까부터 보기가 불쌍해 못 견디겠군요.

엘렉트라 지금까지 내가 동정이라고 받아 본 것은, 당신 한 분뿐입니다.

오레스테스 그 불행에 가슴이 아픈 것은 오직 나뿐이니까요.

엘렉트라 설마 집안 간이 되시는 분은 아니겠죠?

오레스테스 여기 계신 분들을 믿어도 좋다면 말씀하겠습니다만.

엘렉트라 다 좋은 분들입니다. 마음 놓고 말씀하세요.

오레스테스 그렇다면 그 항아리를 내려놓으세요. 다 말씀드리겠으니.

엘렉트라 하지만 부탁이에요. 그렇게 무정한 말씀 마세요.

오레스테스 내 말대로 하세요. 나쁘진 않을 테니.

엘렉트라 아뇨, 제발 소원입니다. 내 가장 소중한 것을 빼앗지 마세요.

오레스테스 그건 안 됩니다.

엘렉트라 아아, 딱하구나. 오레스테스야, 너를 내 손으로 묻어 주지 못하다니.

오레스테스 불길한 소리 마세요. 당신이 슬퍼할 까닭은 없으니까.

엘렉트라 죽은 내 동생을 슬퍼하는 것도 잘못인가요?

오레스테스 그 사람을 그렇게 말해선 안 됩니다.

엘렉트라 내가 그렇게까지 죽은 사람에게 욕스런 여잘까요?

오레스테스 욕스럽다는 건 아닙니다. 다만 당신이 하실 일이 아니라는 것뿐이죠.

엘렉트라 하지만 내가 들고 있는 것이 오레스테스의 유골이라면……

오레스테스 오레스테스가 아니에요. 그저 그렇게 꾸민 얘깁니다.

엘렉트라 그럼 그 불쌍한 사람의 무덤은 어디 있습니까?

오레스테스 있긴 무엇이 있어요. 산 사람의 무덤이란 없으니까요.

엘렉트라 아아니, 뭐라고? 이 사람아!

오레스테스 내 말엔 조금도 거짓이 없습니다.

엘렉트라 그럼 그 사람이 살아 있다고?

오레스테스 내가 살아 있는 것이 사실이라면.

엘렉트라 그럼 당신이 그 사람?

오레스테스 여기 내가 가지고 있는 아버지의 이 문장紋章을 보시고, 내 말이 정말인지 아닌지 확인해 주세요.

엘렉트라 아아, 기쁜 날이로구나.

오레스테스 정말 기쁜 날입니다.

엘렉트라 아아, 이 목소리, 돌아와 주었구나.

오레스테스 이젠 남에게 물어볼 것도 없지요.

엘렉트라 정말 내가 널 안고 있는 것일까?

오레스테스 언제까지나 안기고 싶습니다.

엘렉트라 아아, 다정하신 분들. 우리 시의 부인들이시여, 보세요. 이 사람이 계략으로 죽었다가 이제 다시 계략으로 무사히 돌아온 오레스테스입니다.

코로스장 보고 있고말고요. 아가씨, 이렇게 일이 잘됐으니 우리도 기뻐서 눈물이 납니다.

엘렉트라 아아, 이 후예여, 내 가장 소중한 분의 후예여. 이제 드디어 돌아왔구나. 너는 그리워하던 사람을 찾아서 보고 있구나.

오레스테스 이렇게 내가 돌아왔어요. 하지만 잠시 가만히 계세요.

엘렉트라 그건 왜?

오레스테스 입 다물고 있는 것이 좋겠어요. 집안의 누군가가 들어선 안 되니까.

엘렉트라 영원한 처녀 아르테미스에 맹세코 언제나 집안에 처박혀 있는 '대지의 군짐[39]' 이 되는 여자들 따윈 이젠 결코 무서울 것 없어.

오레스테스 그러나 여자에게도 아레스의 정신이 들어 있다는 것을 아세요. 자기 경험으로도 잘 아실 텐데.

엘렉트라 아이고, 아이고, 너는 감추지 못하고 풀 수도 없고 잊을 수도 없는 저 우리들의 불행을 또다시 생각나게 하는구나.

오레스테스 그건 나도 알고 있어요. 하지만 때가 돼서 재촉한다면 그런 일들이 생각날 것입니다.

엘렉트라 언제든지, 나는 언제든지 그것을 때를 가리지 않고 말해도 좋겠지. 이제 겨우 마음대로 입을 열게 되었으니.

오레스테스 나도 그건 그렇게 생각합니다. 그래서 그 자유를 소중히 지켜야죠.

엘렉트라 어떻게 해야 할까?

오레스테스 때가 되지 않았을 때, 말을 많이 하고 싶어해선 안 된다는 것입니다.

엘렉트라 하지만 네가 돌아왔는데 어떻게 말 안 하고 견딜 수 있을까? 정녕 이제 뜻밖에 네 얼굴을 보았으니.

오레스테스 이리 돌아오도록 신들께서 나를 움직이셨을 때, 누님은 내 얼굴을 보신 겁니다.

엘렉트라 정말 신께서 너를 이 집으로 보내셨다. 너는 앞서 한 말보다도 더욱 기쁜 말을 했구나. 그것이야말로 신의 뜻이다.

오레스테스 기뻐하는 누님을 말릴 생각은 없지만, 기쁨이 좀 지나치지 않은가 두렵군요.

엘렉트라 많은 세월이 흐른 뒤, 기쁘게도 돌아올 마음이 되었으니, 이렇게 이렇게 고생하는 나를 보고서, 제발······.

오레스테스 제발 어쩌란 말입니까?

엘렉트라 네 얼굴을 보고 있는 낙을 내게서 빼앗지 마라. 억지로 그것을 버리게 하지 마라.

오레스테스 딴 사람이 그런 짓을 누님에게 하려는 것을 본다면 화를 내겠습니다.

엘렉트라 그럼 들어 주는 거지?

오레스테스 어떻게 않겠어요.

엘렉트라 여러분, 들으리라고는 생각도 않았던 소리를 들었습니다. 격하는 마음을 누르고 소리를 삼켜 들어도 소리조차 내지 않는 불쌍한 이 몸, 하지만 이제 내게는 네가 있다. 불행한 중에도 잊을 수 없는 그리운 모습대로 돌아와 주었구나.

오레스테스 어쨌든 쓸데없는 말은 그만두세요. 어머니가 지독하다든가, 아이기스토스가 아버지의 유산을 이리저리 뿌리고 낭비하고 있다는 건 말 안 해도 됩니다. 지껄이고 있으면 마땅한 때를 놓칠 수가 있으니까요. 그보다도 당장 필요한 것을 말해 주세요.

이렇게 돌아온 내가 우쭐대고 있는 적을 쓰러뜨리기 위해서 어디로 나타나고, 어디로 숨어야 할는지 얘기해 주세요.

그리고 우리가 집에 들어갔을 때 생기 있는 얼굴을 하여 어머니가 눈치 채지 않도록 조심하세요. 적당히 자기 불행을 슬퍼하는 체 하는 겁니다. 일이 잘되기만 하면 그때야말로 마음대로 기뻐하며 웃고 지내게 될 것이니까요.

엘렉트라 그거야, 얘, 네가 좋다고 생각하는 대로 나도 그렇게 하겠어. 내가 얻은 기쁨은 다 네 덕택이고 내 것이라곤 하나도 없으니까. 나는 아무리 좋은 소득이 있다 하더라도 너를 괴롭히는 것이라면 바라질 않겠어. 그렇게 해서는 지금 우리의 행운을 가져다주신 신께 버릇이 없으니까.

지금의 집안 사정은 알고 있겠지? 아이기스토스는 부재중이고, 어머니만 집에 있다는 것은 들었겠지? 내가 어머니에게 생기 있는 얼굴로 보이지 않을까 하는 걱정은 하지 마. 그전부터의 원한이 가슴 깊이 사무치고, 게다가 너를 만나고서는 기쁨에 눈물이 그치질 않고 있으니까. 하기야 그칠 까닭은 없지? 죽어서 돌아왔다고 생각했는데 살아 있는 모습을 보았으니…….너한테 내가 너무나 뜻밖의 일을 당했어. 그래서 설사 아버지께서 살아 돌아오신다 해도 그걸 이상하게 생각하지는 않고, 정말 그분을 뵙고 있다고 생각할 거야. 어쨌든 이렇듯 놀랍게 돌아온 바에는 네가 앞장서서 네가 생각하는 대로 일러 다오. 나 혼자라도 두 가지다 실패하진 않았을 거야. 훌륭하게 살아가든가, 아니면 훌륭하게 죽어 버렸을 것이니까.

오레스테스 가만히 계세요. 누군가가 집에서 나올 듯한 소리가 들리니까요.

엘렉트라 자아, 손님들, 안으로 들어가 주세요. 집에서 누구 하나 기쁘게 받아들이진 않더라도 거절할 수 없는 것을 가져오신 각별한 분들이니까.

(늙은 종 등장)

늙은 종 어리석고 지각없는 사람들이로군. 도대체 목숨이 아깝지 않다는 겁니까? 아니면 태어나면서부터 분별이 없단 말입니까? 당신들께서는 가장 큰 위험이 닥치고 있는 그 한가운데에 계시면서도 그걸 모르시다니. 내가 아까부터 문 옆에서 망을 보고 있지 않았더라면, 당신들의 몸보다 계획이 먼저 집 안으로 들어갔을 겁니다. 하기야 그런 걱정이 없도록 내가 조심은 했지요. 이젠 그런 긴 얘긴 그만두시고 또 기뻐서 떠들썩하지도 마시고 안으로 들어들 가십시오. 이런 일에선 늦는 것이 아주 나쁩니다. 어서 빨리 끝장을 내는 것이 좋으니까요.

오레스테스 그럼 내가 들어간다 하고, 안의 형편은 어떻습디까?

늙은 종 아무도 도련님을 알아차릴 사람은 없는걸요.

오레스테스 내가 죽었다고 알려 줬겠지?

늙은 종 여기선 도련님이 저승에 계신 것으로 되어 있으니까, 그렇게 아십시오.

오레스테스 그 소식을 듣고 좋아들 하겠군? 무슨 말이라도 있습디까?

늙은 종 일이 다 끝나면 말씀드리겠습니다. 지금 같아서는 그들 일은 다 우리에게 편하게만 돌아갑니다. 편한 것만도 아니지만.

엘렉트라 얘, 이 사람은 누구냐? 말해 주렴.

오레스테스 모르고 계셨어요?

엘렉트라 짐작이 안 가는데.

오레스테스 전에 누님이 날 누구에게 맡겼는지 생각 안 나세요?

엘렉트라 누군데? 무슨 소릴 하는 거냐?

오레스테스 누님이 깊은 생각으로 나를 은밀히 포키스에 보내도록 맡긴 바로 그 사람이에요.

엘렉트라 그러면 아버지께서 죽임을 당하셨을 때, 그 많은 사람 중에서 단 하나 믿음직한 사람이었던 바로 그이냐?

오레스테스 그렇습니다. 한데, 그 이상은 더 묻지 마세요.

엘렉트라 아아, 기쁜 날이로구나. 당신만이 오직 아가멤논의 집을 구해 낸 은인입니다. 어떻게 여길 오셨나요? 당신이 정말 이 사람과 나를 그 숱한 고생에서 건져 준 바로 그분입니까? 아아, 그리운 이 손, 그리고 그 발도, 다시없이 기쁜 구실을 다해 주었군요. 아까부터 와 계시면서 어쩌자고 그렇게 밝히질 않았지요. 내게는 정말 기쁜 일인 줄 알고 있으면서, 꾸며 낸 얘기로 나를 그토록 괴롭혀 놓았습니까? 정말 반갑군요. 아아, 아버지, 이렇게 뵙고 있으니까 아버지 같은 생각이 듭니다. 참 반갑습니다. 단 하루 동안에, 세상에서 당신같이 미운 사람도 없다고 생각했는가 하면, 당신같이 반가운 분도 없군요.

늙은 종 그만하면 됐습니다. 그동안의 사연이야 이 뒤로 수많은 밤과 낮이 돌아와서 다 밝혀 주겠지요. 엘렉트라님, 그래서 거기 계신 두 분께 말씀입니다. 이제야말로 행동할 땝니다. 지금은 클리타이메스트라뿐이고, 안에 남자라곤 한 사람도 없습니다. 우물쭈물하고 계시다간 그자들만이 아니라 더 많고 더 강한 자들까지 상대로 해서 싸우지 않으면 안 된다는 것을 생각하셔야 합니다.

오레스테스 이젠 이렇게 긴 소리를 늘어놓을 것이 아니라 필라데스, 어서 빨리 안으로 들어가야 할 것 같군. 우선 이 문간에 모셔 놓은 우리 선조의 신들께 배례를 하고서.

(오레스테스와 필라데스는 늙은 종을 데리고 안으로 들어가고 밖에는 엘렉트라가 남아 있다.)

엘렉트라 아폴론 왕이시여, 아무쪼록 은혜를 내리시와 그들의 소원과 또한 저의 소원도 들어주시옵소서. 이 가난한 손이 드릴 수 있는 여러 가지 제물을 가지고 자주 참배한 저입니다. 오오, 리키아의 아폴론님이시여, 제가 할 수 있는 맹세로써 비옵니다. 애원하옵니다. 부디 혜택을 내리시와 이번 일을 도와주시옵소서. 그리고 경건치 못한 자들에겐 신들께서 어떤 벌을 내리시는지 세상 사람들에게 보여 주시옵소서.

(엘렉트라 집 안으로 들어간다.)

코로스 (노래)

　보라, 아레스 신께서 아무도 견줄 수 없는 죽음의 복수를 내뿜으며, 어디로 나가고 계신지.

　이제 무모한 죄를 쫓아

　아무도 피할 수 없는 복수의 개는

　남모르게 집 안으로 들어갔다.

　내 마음의 꿈도

　길게 기다릴 것 없이 이루어지겠지.

　죽은 자의 넋을 지키는 자가

　발소리를 죽이고 안으로 들어갔다.

　퍼렇게 벼린 칼을 손에 쥐고

　대대로 보물을 자랑하는 아버지의 집 안으로.

　마이아의 아들이신

　헤르메스님께선 계략을 어둠으로 감추시어

294

뜻을 이루도록 이끄시고 늦추질 않으신다.

(엘렉트라, 집에서 나온다.)

엘렉트라 친절하신 여러 부인들, 남자들이 이제 곧 일을 끝낼 것입니다. 하지만 조용히 기다려 주세요.

코로스 대체 어떻게 되고 있습니까? 그분들이 지금 무엇을 하십니까?

엘렉트라 그 여자는 장례를 치르기 위한 유골 항아리를 치장하고 있고, 두 사람은 그 옆에 서 있습니다.

코로스 그런데 왜 당신께선 급하게 나오셨나요.

엘렉트라 아이기스토스가 모르는 사이에 들어오지 않도록 지키기 위해서죠.

클리타이메스트라 (안에서) 아아, 아아, 집 안엔 도울 사람이라곤 없고, 살인자로 가득 찼구나.

엘렉트라 안에서 소리치고 있죠, 안 들립니까, 여러분?

코로스 아이고, 무서워라. 들어서 안 될 것을 들었구나. 몸이 오싹 하구나.

클리타이메스트라 (안에서) 아이고, 아이고머니, 아이기스토스, 당신은 대체 어딜 가셨어요?

엘렉트라 저, 또 누가 큰 소릴 지르고 있구나.

클리타이메스트라 (안에서) 아아, 얘야, 어미를 불쌍히 여겨 다오!

엘렉트라 자기는 그 아들도, 아들의 아버지도 불쌍히 여기지 않았으면서.

코로스 아아, 이 나라여. 아아, 불운한 가족이여, 날마다 너를 쫓아다니던 운명도 이젠 사라져 간다. 사라져 간다.

클리타이메스트라 (안에서) 아이고! 찔렸다.

엘렉트라 또 한 칼, 힘이 있다면 한 번 더.

클리타이메스트라 (안에서) 아아악 짤, 또 한 칼.

엘렉트라 아이기스토스도 지금 함께 있었다면 좋았을 것을.

코로스 저주가 지금 이루어진다.

　땅속의 사람은 살아 있다.

　오래전에 죽은 사람들도 죽인 자의 피를 말려 없애 원한을 풀고 있다.

　아아, 그분들이 나오시는군. 아레스의 제물에 손은 피투성이,

　그래도 나는 그걸 나무랄 수가 없어.

(오레스테스와 필라데스, 안에서 나온다.)

엘렉트라 오레스테스야, 어떻게 됐지?

오레스테스 안의 일은 잘됐습니다. 아폴론의 신탁이 옳았다면.

엘렉트라 그럼 그 죄지은 여자는 죽었지?

오레스테스 이젠 앞으로 그 우쭐대는 어머니의 구박을 받을 걱정이 없어졌습니다.

코로스 그만 하시죠. 저기 보이는 이는 틀림없이 아이기스토스입니다.

엘렉트라 어서, 얘들아, 안으로 들어가겠니?

오레스테스 어디 그자가 보입니까?

엘렉트라 시골서 기분이 좋아서 돌아오고 있구나. 우리 뜻대로 되려고.

코로스 어서 빨리 문간으로 들어가세요. 자아, 처음 일을 잘하셨으니, 이번도 잘 되겠죠.

오레스테스 염려 없습니다. 해내고 말 테니까.

엘렉트라 그럼 어서 생각대로 서둘러라.

오레스테스 그럼 난 갑니다.

엘렉트라 이쪽 일은 내가 맡으마.

코로스 그 사나이는 몇 마디 부드러운 말로 그 귀를 달래는 것이 좋겠지요. 아무것도 모르고 정의의 심판으로 뛰어들다니.

(아이기스토스 등장)

아이기스토스 오레스테스가 전차의 파편 속에서 목숨을 잃었다는 기별을 가지고 온 포키스의 손님이 어디 있는지, 너희들 중의 누가 아는 자가 있느냐? 너, 그래 너 말이다. 네게 묻겠는데, 지금까지 우쭐대는 얼굴을 하고 있던 네게 말이다. 네게 관계가 가장 깊은 일이니 네가 가장 잘 알고 말해 줄 수 있겠지.

엘렉트라 알고말고요. 어떻게 모르겠어요? 그래서야 제게 가장 소중한 분에 대해서 남이 되니까요.

아이기스토스 대체 그 손님들은 어디 있느냐? 말하라.

엘렉트라 집 안에 있어요. 친절한 안주인을 만나서 뜻을 이루었지요.[40]

아이기스토스 그래, 그 녀석이 정말 죽었다더냐?

297

엘렉트라 그렇고말고요. 말뿐이 아니라 증거를 보여 주었습니다.

아이기스토스 그럼 이 눈으로 그걸 볼 수 있단 말이지?

엘렉트라 보실 수 있고말고요. 그저 보기에 부러운 모습은 아니죠.

아이기스토스 다른 때와 달리 여러 가지 기쁜 말을 해주는구나.

엘렉트라 이런 일들이 기쁘시다면 아무쪼록 기뻐하세요.

아이기스토스 조용히들 해라. 그리고 문을 열고 모든 미케네와 아르고스 사람들에게 보여 주어라. 그들 중에 만약 지금까지 그놈을 위해서 헛된 희망을 걸고 들뜬 자가 있었다면, 이제 그 시체를 보고 순순히 내게 복종하여, 내게서 혼이 난 다음에야 억지로 사리를 깨닫는 일이 없도록 하기 위해서.

엘렉트라 저도 제가 해야 할 일은 하고 있습니다. 이제야 겨우 강한 자에겐 복종해야 한다는 철이 들었으니까요.

(헝겊에 덮인 클리타이메스트라의 시체가 보이고 그 옆에 오레스테스와 필라데스가 서 있다.)

아이기스토스 오오, 제우스여, 지금 보는 이 모습은 신의 미움을 받고 죽은 것이라고 말할 수 있겠죠. 그러나 네메시스[41]가 꾸짖으시면 말 않겠습니다. 그 얼굴에서 덮은 것을 다 벗겨 버려라. 적어도 한집안이니 내게서도 슬픔의 제물을 받아야겠지.

오레스테스 당신이 벗기십시오. 이 시체를 보고 다정하게 말을 건네는 것은 당신이 할 일이지 내 일은 아니니까요.

아이기스토스 그럴 법한 말이로군. 그렇게 하지. (엘렉트라에게) 너는 클리타이메스트라가 안에 있거든 불러 다오.

오레스테스 당신 옆에 있는걸요. 다른 데서 찾진 마시죠.

아이기스토스 (덮은 것을 벗기면서) 악! 이건 뭐냐?

오레스테스 무엇이 무섭습니까? 무엇을 모른다는 건가요?

아이기스토스 아차, 대체 어느 놈의 올가미에 걸렸단 말이냐?

오레스테스 아까부터 당신이 살아 있는 사람에게 죽은 자와 얘기하는 듯한 것을 알아차리지 못했던가?

아이기스토스 오오냐, 이제 알았다. 내게 그렇게 말하고 있는 것은 오레스테스 놈밖엔 없다.

오레스테스 그렇게 잘 알면서 꽤 오래 잘도 속았구나.

아이기스토스 아아, 기막힌 일이로구나. 하지만 한마디라도 좋으니 말 좀 하게 해 다오.

엘렉트라 아니다. 얘, 더 이상 말하게 해선 안 돼. 긴 소릴 늘어 놓게 해선 안 된다. 악운에 빠진 인간 중에서 곧 죽음을 당할 자가 잠시 늦추어 준다고 해서 그것이 무슨 소득이 있을까? 그보다 어서 빨리 죽여 버려라. 죽인 다음에는 우리 눈에 거슬리지 않도록, 이자에게 알맞은 장의사에다 던져 줘라. 이것밖에는 내 지금까지의 고생을 면할 길이 없으니까.

오레스테스 자아, 어서 안으로 들어가라. 지금은 말이 문제가 아냐, 네놈의 목숨이 문제지.

아이기스토스 왜 날 집 안으로 데려가느냐? 네가 하는 짓이 떳떳하다면, 어째서 어둠이 필요하냐? 왜 당장 죽이질 않느냐?

오레스테스 군소리 마라. 네놈도 우리 아버지를 죽인 곳으로 가는 거다. 같은 자리서 죽여 주마.

아이기스토스 그러면 이 집은 펠로프스 집안의 지금과 앞날의 온갖 불행을 보아야 한단 말이냐?

오레스테스 적어도 네놈의 경우는 그렇다. 거기에 관한 한 나는 훌륭한 예언자이다.

아이기스토스 자랑하는 재주만은 네 아빌 안 닮았구나.

오레스테스 말이 많구나. 늦어지겠다. 자아 가거라.

아이기스토스 앞장서라.

오레스테스 네놈이 먼저 가는 거야.

아이기스토스 달아날까 봐?

오레스테스 아니다. 네놈을 네 마음대로 죽지 못하게 하기 위해서다. 나는 네게 죽음의 고통을 맛보게 하겠다. 누구나 무모한 짓을 저지르려는 자에게는 당장에 벌이 내려야 한다. 죽음이라는 벌이. 그렇게 하면, 못된 짓 하는 일도 늘진 않겠지.

코로스 오오, 아트레우스의 후예여. 허다한 고난 끝에 이날의 계획으로 일이 이루어져, 드디어 자유롭게 되었도다.

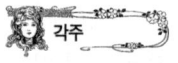
각주

1) 아르고스의 들판 | 아르고스 왕가의 시조.
2) 이나코스의 따님 | 아르고스의 헤라의 여신관인 이오를 말함. 제우스가 그를 사랑했으므로 헤라의

질투를 사서 제우스는 그를 어린 암소로 변케 하여 백 개의 눈을 가진 거인인 아르고스로 하여금 지키도록 했다. 그러나 헤라는 쇠파리를 보내서 그를 괴롭게 굴어, 이오는 아르고스를 떠나 세계를 방랑하게 되었다.

3) 리카이오스 | 아폴론을 말한다.

4) 펠로프스님 댁 | 아르고스의 왕가.

5) 피톤 | 델포이의 옛 이름.

6) 포이보스 | 아폴론의 다른 이름의 하나. '빛나는 자'라는 뜻.

7) 포키스 | 그리스의 중부에 있던 나라.

8) 록시아스 | 아폴론의 딴 이름.

9) 아레스 | 전쟁의 신.

10) 남의 나라에서 대접 | 외국의 전쟁터에서 전사하는 것을 의미한다.

11) 새끼를~밤꾀꼬리 | 아테네 왕 판디온의 딸인 프로크네가 트라키아의 왕인 테레우스와의 사이에서 이티스를 낳았는데 테레우스가 프로크네의 자매인 필로멜라를 사랑하여, 서로 맺은 것을 알고 이티스를 삶아서 테레우스에게 먹였다. 두 자매는 도망을 쳤으나, 테레우스가 그것을 알고 도끼를 들고 뒤쫓다가 잡힐 듯했을 때, 신들께 빌어서 프로크네는 꾀꼬리, 필로멜라는 제비가 되었다.

12) 하데스 | 저승의 지배자.

13) 페르세포네 | 하데스의 아내 되는 신.

14) 헤르메스 | 제우스의 막내 아들로서, 저승 길의 인도자.

15) 아테 | 저주의 여신.

16) 에리니에스 | 복수의 여신.

17) 이티스 | 아테네 왕 판디온의 딸 프로크네와 트라키아의 왕 테레우스 사이에서 태어난 아들.

18) 니오베 | 테베 왕 암피온의 아내. 자식 많은 것을 자랑하여 레토 여신을 모욕했기 때문에, 자식은 다 잃고 자기는 울다가 지치고 지쳐서 돌이 되었다.

19) 크리사 | 포키스의 큰 도시였다.

20) 아가멤논님의 아드님 | 오레스테스.

21) 아케론 | 저승을 흐르는 강. 죽은 자는 이 강을 건너야 한다.

22) 아버지의 이름 | 클리타이메스트라는 아가멤논이 죽은 날을 기념하기 위해서 다달이 노래와 춤으로 벌어지는 '아가멤논의 잔치'를 베풀었다 한다.

23) 헬리오스 | 태양의 신. 꺼림칙한 꿈을 꾸면 이튿날 그것을 태양신께 고하여 화를 면하려는 관습이 있었다.

24) 디케 | '정의'의 뜻.

25) 펠로프스 | 펠로프스는 피사(올림피아 근처의 도시)의 왕인 오이노마오스의 딸인 히포다메이아에게 구혼을 했는데, 왕은 자기와의 전차 경주에서 이긴 자를 사위로 삼겠다 하여 펠로프스와 경주를 했으나, 그가 왕의 어자인 로스를 속여서 이기고 히포다메이아를 맞이했다. 그 후 펠로프스는 은혜를 갚기는커녕 미르틸로스가 히포다메이아를 범하려던 것을 알고, 바다에 던져 죽였다. 미르틸로스는 죽을 때 펠로프스를 저주하여, 아르고스 왕가는 이때부터 재앙이 그치지 않았다는 것이다.

26) 레토의 따님 | 아르테미스 여신.

27) 아카이아 | 아가멤논이 지휘하는 그리스 군을 말한다.

28) 일리온 | 트로이.

29) 그분 | 메넬라오스.

30) 리키아의 왕 | 아폴론.

31) 아트레우스 | 펠로프스와 히포다메이아 사이의 아들.

32) 경주의~하나로 | 경기장을 한 바퀴 돌아서 다시 시발점으로 돌아가기 때문이다.

33) 리비아 | 리비아는 북 아프리카 전역의 이름.

34) 헬리오스 | 태양의 신.

35) 암피아라오스 | 아르고스의 영웅이며 예언자. 테베 정복 때 그것이 실패할 것을 미리 알고 참가를
    거절하여 몸을 숨기고 있었는데, 그의 아내인 에리필레가 그를 찾아다니던 자에게서 황금의 목
    걸이를 받고 배신했으므로, 전쟁에 참가 했다가 전차와 함께 땅속으로 떨어지고 말았다.

36) 살인녀 | 에리필레.

37) 테미스 | 확고 불변한 '법'의 뜻, 또한 그 신.

38) 아트레우스의 아들 | 아가멤논.

39) 대지의 군짐 | 호메로스의 일리아드와 오디세이아에 있는 말을 따온 것.

40) 집 안에~이루었지요. | 아이기스토스는 이 말의 다른 뜻은 모르고 있다. 엘렉트라는 이 말을 이
    중의 의미로 썼던 것이다.

41) 네메시스 | 네메시스는 죽은 자를 지키고, 그것을 모욕하는 자에게 복수를 한다.

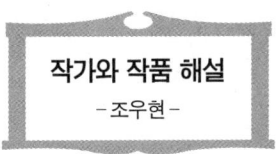

작가와 작품 해설
- 조우현 -

❀. 소포클레스의 생애와 업적

소포클레스(Sophokles, 기원전 496/495~406년)는 부유한 기사 계급출신의 무기 제조업자인 소필로스(Sophillos)의 아들로서, 아테네 근처의 콜로노스(Kolonos)에서 태어났다. 그는 행운을 타고난 사람으로서, 사회적으로는 상층 계급에 속했고, 뛰어난 용모와 훌륭한 재능을 겸해 가지고 있었다.

어려서 음악, 체육, 무용 등의 정성 어린 교육을 받았고, 열다섯 되는 해에는 살라미스 해전의 승리(기원전 480년)를 축하하는 소년 합창단의 찬가(paian-아폴론 신이나 아르테미스 신에게 바치는 승리 감사의 노래)의 지휘자로 뽑혔다.

그 후, 그는 그의 음악적 재능을 공개할 기회가 있었는데, 그것은 앞 못 보는 신화적 시인 타미리스(Thamyris)를 주인공으로 한 작품을 상연하였을 때였다. 거기서 탄금彈琴하는 그의 모습은 유명한 화가 폴리그노토스(Polygnotos)가 그린 스토아·포이킬레의 벽화 중 그림이 되기까지 하였다 한다.

그뿐만 아니라, 「나우시카(Nausikaa)」라는 작품에서, 나우시카

공주와 시녀들의 공치기 장면 춤으로 그는 관중의 절찬을 받았다고도 한다.

어떤 일에서든지 그의 외모와 태도는 그 고매한 마음이 그대로 나타난 것이었다.

기원전 468년, 나이 스물일곱 때, 처음으로 그는 비극 시인으로 등장하여, 자기보다 서른이나 위인 비극 작가 아이스킬로스(Aiskhylos, 기원전 525~456년)에게 승리를 거둔 다음부터 만년에 이르기까지 그는 비극에서 으뜸가는 자리를 차지했다.

아이스킬로스의 일생은 아테네가 발전해 가는 과정에 있었지만, 소포클레스는 흥성했던 조국이 펠로폰네소스 전쟁으로 기울어져 가는 것을 겪어야만 했다.

그러나 그 변화무쌍한 아테네에서도 그는 하나의 상징적인 존재였다. 그는 아이스킬로스나 에우리피데스와는 달라서 외국 통치자들의 초청에 한 번도 응한 적이 없었다. 그는 정치 문제에 대해서 특별한 관심을 기울인 일도 없었고 또 적합하다고 생각한 적도 없었지만, 그를 필요로 하는 공공 생활에서는 그의 책임을 다하였다. 기원전 440년에는 사모스의 반란을 진압하기 위해서 보낸 함대의 열 명의 장군 중 한 사람이었다. 이 중에는 페리클레스도 동료 장군으로 있었다. 그는 실제적인 수완도 능하여, 키오스와 사모스의 동맹국들을 상대로 협상에 나선 일도 있었다.

펠로폰네소스 전쟁 중에는 다시 장군으로서 출정하였고, 기원전 445년에는 재정관(Hellenotamias)으로서 아테네 동맹국의 재정 총책임자로 있었으며, 종교적으로 제관직에도 있었다.

소포클레스는 국가가 위기를 당할 때면 언제나 그의 힘을 필요로 할 만큼 국민의 신망이 두터운 사람이었다.

그의 인품의 매력과 세련됨은 그에게 많은 친구를 얻게 했던 것 같다. 그들 중에는, 그와 모습이 매우 흡사한 역사가 헤로도토스(Herodotos, 기원전 484~425년경)가 있었는데, 소포클레스는 그에게 시를 써서 보냈다고도 전해지고 있다.

그는 또한 신들, 특히 의술의 신 아스클레피오스(Asklepios)의 총애를 받은 사람으로서 옛 그리스 사람들에게 알려지고 있었다. 아스클레피오스 신의 신전이 완성될 때까지 그는 자기 집에다 이 신을 모시고 제사를 드렸다 하며, 그가 죽은 뒤에는 그 자신 '덱시온'(Dexion – 받아들이는 사람이란 뜻)으로서 제사를 받았다 한다. 그가 만년에 이르도록 계속해서 건강과 정신적인 활동력을 잃지 않았던 것은 아스클레피오스 신의 덕택이라고까지 전해지고 있다.

그의 자손으로는, 아테네 여자 니코스트라테에게서 이오폰(Iophon)이라는 아들을 얻었는데 그도 비극 시인으로 명성을 얻은 사람이었다. 시키온의 테오리스라는 여자에게서는 아리스톤(Ariston)이라는 아들을 얻었는데, 이 사람의 아들은, 그 조부와 같은 이름을 가진 사람으로서, 자신도 비극 작가로 유명했지만 나중에는 조부의 작품을 상연한 사람으로도 알려지게 되었다.

소포클레스는 자기가 죽기 몇 달 전에 세상을 떠난 에우리피데스(Euripides, 기원전 480?~406년)를 슬퍼하여, 자기의 배우들과 합창대를 거느리고 아테네 시의 디오니시아(디오니소스 신을 위한 축제)에 몸소 나타났다는 것은 그의 사람됨을 보여 준 일이었다.

그러나 그의 죽음에 관해서는 뚜렷이 알려진 바가 없다. 한 알의 포도로 숨이 막혀서 죽었다는 얘기가 있는가 하면, 「안티고네」를 공연할 때, 혹은 자기의 어느 희곡의 우승에 지나치게 흥분해서 죽었다고도 한다. 그러나 그와 같은 시대 사람들의 일치된 증언은, 그의 죽음이 그의 일생과 마찬가지로 장엄하였다는 것이다.

그가 죽은 뒤, 아테네 사람들은 그를 영웅으로 숭배하였고, 그를 기념하기 위하여 해마다 제사를 드렸다. 그 후, 유명한 웅변가 리쿠르고스(Lykourgos, ?~기원전 324년)의 제창으로, 그의 동상이 아이스킬로스와 에우리피데스의 동상과 함께 극장 안에 세워졌고, 이들의 작품이 후세에 변작될 것을 막기 위하여 그 결정판을 만들게까지 되었다.

소포클레스는 매우 많은 작품을 남긴 시인이었다. 전부 123편, 또는 130편에 이르는 작품을 썼다고 하며, 그 중 100편 이상이 그 제목과 단편斷片으로 우리에게 알려지고 있다. 그러나 완전히 전해 내려오는 것은 일곱 편에 지나지 않는다.

연대적으로 분명히 먼저 씌어진 것으로는, 기원전 441년에 상연된 「안티고네(Antigone)」이지만, 이것보다도 그 짜임새나 표현이 좀 서투른 점으로 보아 「아이아스(Ajas)」가 더 오래된 작품이라고 짐작되고 있다.

그 다음은 「엘렉트라(Elektra)」, 「오이디푸스 왕(Oidipous Tyrannos)」, 「트라키아의 여인들(Trakhinia)」, 「필로크테테스(Philoktetes)」(기원전 410년에 상연)의 순서로 볼 수 있겠다. 「콜로노스의 오이디푸스 (Oidpious epi Kolonoi)」는 이 시인의 마지막 작품으로, 앞서 말한 바 있듯이, 그가 세상을 떠난 다음, 기원전 401년에 시인의 손자가 상연해서 비로소 세상에 알려지게 되었다. 그 밖에 최근 발견된 사티로스(Satyros) 극 「뒤쫓는 사람들(Khneutai)」의 일부분이 전해지고 있다.

소포클레스의 업적은 비극 작품에만 그치는 것은 아니었다. 찬가, 엘레게이아(elegeia), 에피그람(epigram), 그리고 가무단 (choros)에 관한 산문 등도 지었다 한다.

그는 비극 작품의 경연에서 스무 번을 넘는 우승을 차지했고, 2위는 그보다 훨씬 많았으며, 한 번도 3위를 차지한 적은 없었다 한다. 그는 이미 생전에도 그랬지만, 고대 전체를 통해서 비극 작가 중 가장 완전한 작가라고 주장되고 있었던 것이다. 아이스킬로스가 그리스 비극의 창시자였다면, 그것을 완성시킨 이는 소포클레스였다. 그는 연극의 기술적인 방면에서도 처음으로 세 사람째의 배우를 이끌어 들여 짜임새를 복잡하게 하였고, 극의 예술적인 전개를 위하여 가무단원의 수를 열둘에서 열다섯으로 늘려서, 한 사람의 단장과 일곱 사람씩의 반가무단으로 나누었고, 또한 의상과 무대 배경의 장치를 완성하였다.

그는, 한 가지 얘기를 삼부작으로 구성하는 아이스킬로스의 계획을 물리치고, 각 작품마다 하나의 완전한 예술 작품으로 독립시키고 완성된 줄거리와 함께 각 세부의 모티프를 솜씨 있게 구성하였다.

❧ 작품 해설

「오이디푸스 왕」

이 작품이 씌어진 연대는 분명하지 않지만 대체로 기원전 429년에서 420년 사이가 아닌가 짐작되고 있다.

이 극은 테베를 뒤덮은 염병의 재앙을 면하기 위해서는 선왕 라이오스를 죽인 자가 드러나야 한다는 신탁에서 시작되고 있다. 그러나 이 극 속의 비극적인 운명의 원인은 극 밖에 있었다. 즉 라이오스 왕은 젊었을 때, 엘리스의 펠로프스 왕의 궁궐로 망명하여 있었는데, 그 아름다운 왕자 크리시포스를 사랑하여 이른바 동성애를 범했기 때문에 펠로프스 왕의 저주를 받았다. 그래서 테베로 돌아온 라이오스에게는 자식을 낳아선 안 되며, 만약 이것을 어기면 그 아들 손에 죽으리라는 신탁이 기다리고 있었다. 그러나 왕은 아내 이오카스테에게 접근하여 아들을 하나 얻었는데, 그가 바로 오이디푸스였다.

이로 인해서 오이디푸스는 아비를 죽이고 어미와 결혼한다는 저주스런 운명을 타고난 사람이었다. 그러나 그는 격하기 쉬운 기질이었지만 끝까지 자기의 힘을 신뢰하는 정의의 사나이었다. 자기 손에 죽은 사람이 바로 자기 아버지이자 선왕인 라이오스인 줄은 꿈에도 모르고, 오직 나라를 생각하고 백성을 걱정하는 일념으로 원인을 더듬어 가는 가운데서 차츰 자기의 정체가 의심스럽게 되자, 당황하기 시작하지만 그의 너무나 성급하고 자신을 지나치게 믿는 기질은 그래도 그칠 줄 모르고 운명의 끝장으로 자기를 몰고 들어간다. 이렇게 원인을 더듬어 가는 과정은 소포클레스의 독창적인 구성으로서, 극 중의 온갖 행위는 여기에 집중되어 어느 구석도 빈틈이 없다. 오이디푸스 왕도 그랬거니와 왕비에게도, 또 그녀의 동생인 크레온에게도 선의밖에는 없었지만, 마지막 파국은 어쩔 수 없이 한발 한발 다가오고야 만다.

이래서 한 정의의 인간은 인과응보의 저주 속에서 파멸의 길을 재촉하고, 작자는 이 피치 못할 신의 뜻이, 차츰차츰 그에게 닥쳐 가는 비극을 솜씨 있게 전개해 놓은 것이다.

「오이디푸스 왕」은 아리스토텔레스 이후, 비극의 줄기의 짜임새에 있어 아티카 비극의 모범으로 꼽혀 왔다. 또한 이 작품 속에 포함된 각 장면에는 매우 훌륭한 비극적 박력을 가지고 있는 데가 적지 않다. 이를테면 남편보다 먼저 그 참혹한 사실을 깨달은 이오카스테가 훌쩍 퇴장하고 마는 장면 같은 것이 그것이다.

그러나 비극으로는 좀 못마땅한 듯이 느껴질지도 모르는 수법이 있다. 그것은 이 「오이디푸스 왕」의 경우도 그렇지만, 다른 작품에서도 막상 처참하고 잔인한 장면은 직접 무대 위에 올려 놓지 않고 있다는 사실이다. 이오카스테가 목매달아 자살하는 광경이라든가, 오이디푸스가 자기 손으로 눈을 찌르는 장면 같은 것은 제삼자의 말을 통해서 전해지고 있을 뿐이다. 「안티고네」에서도 안티고네나 하이몬의 죽음의 장면이 그랬고, 「콜로노스의 오이디푸스」에서는 오이디푸스 임종 장면이 또한 그랬고, 「엘렉트라」에서는 오레스테스가 어머니에게 원수를 갚는 장면, 아이기스토스를 죽이는 장면들이 모두 간접적인 장면으로 전달되고 있다.

어떻게 생각하면 그런 장면이 관중의 눈앞에서 연기되는 것이 효과적일 것 같지만 그것이 끔찍한 일임에는 틀림없고, 오히려 눈살을 찌푸리게 하는 역효과를 가져오게도 될 것이다.

그러나 그런 이유보다는, 여기에 작가 소포클레스의 인간으로서의 기품이 나타나 있다고 보는 것이 더욱 옳을 것 같다. 소포클레스가 세상을 떠났을 때 희극 작가 아리스토파네스가 시를 바친 것은, 작가로서의 가치를 높이 평가했기 때문이라기보다는, 한 조화된 인간에 대한 찬사였음을 안다면, 그의 작품에 그의 사람다움이 나타나고 있다고 보아야 할 것이다.

프로이트가 이른바 '오이디푸스 콤플렉스(Oedipus Complex)'라는 말로 알려지고 있는 하나의 정신 분석적 이론을 전개하였던 것은 오늘날 상식이 되고 있다. 즉 아버지에게 저항하여 이를 제거하고, 자기 어머니에 대한 부자연스런 성적 사랑의 충동을 품는 것을 의미한다. 프로이트는 오이디푸스 신화가 이런 데서 생겨난 것이라 하지만, 그러나 그 후로 이런 설명법도 점차 달리 전개되어, 처음대로 주장되고 있지는 않다.

요컨대, 이 희곡은 본질적으로 인간 존재가 자기 자신의 존재의 성질과 그가 땅 위에서 차지하는 위치를 깊이 깨달을 때까지, 밟지 않으면 안 되는 가시밭 길을 상징적으로 그려 낸 것이라고 말할 수 있겠다.

「콜로노스의 오이디푸스」

언젠지 확실치는 않지만, 마지막 대작인 「콜로노스의 오이디푸스」는 소포클레스가 나이 아흔(기원전 406년)으로 세상을 떠나기 얼마 전, 그 이전의 작품이 나온 지 여러 해 뒤에 씌어졌으리라 생각한다. 처음 상연된 것은 작자와 같은 이름을 쓴 손자에 의해서였으며 기원전 401년 3월, 디오니시아에서였다.

콜로노스란 아테네의 변두리로서, 바로 이 비극 작가가 태어난 백토白土의 아름다움으로 유명한 곳이다.

그렇게도 혹심한 운명 때문에 오이디푸스는 스스로 눈을 찔러 앞을 못 보는 채, 한때는 자기 손으로 정권을 쥐고 다스렸던 고국 테베를 쫓겨나서, 맏딸 안티고네의 손에 이끌려 정처 없이 비렁뱅이로 떠돌아다니다가, 드디어는 이곳 콜로노스에 다다랐다. 이때, 그의 인생은 이미 서산에 기우는 태양이었다. 젭(R.C. Jebb, 1841~1905년) 교수의 계산으로는 눈이 먼 다음부터 이십 년의 세월이 흘렀으리라 한다.

이 콜로노스는 성스럽고도 무서운 복수의 여신들의 땅. 여기 오이디푸스가 나그넷길 끝에 생을 마치어 그의 시체가 묻힌 땅에는 축복이, 그리고 그를 쫓아낸 땅에는 저주가 있으리라고 일찍이 아폴론 신이 신탁을 내린 곳이다. 오이디푸스는 아테네 왕 테세우스에게 도움을 청하여 보호를 약속받는다. 이 극은 줄거리랄 것이 별로 없지만, 노시인의 아티카적인 정서가 짙은 애국적 희곡이다.

작자는 정의로운 인간성의 상징인 테세우스 왕과 폭력의 수단에 의지하려는 크레온을 비교함으로써, 때마침 기울어져 가는 조국 아테네를 향한 뜨거운 애국심을 나타내고 있다. 이 시인이 자기가 태어나서 자라난 콜로노스 땅을 찬미하는 코로스의 노래는 너무나 유명하다.

오이디푸스는 자기가 고국을 쫓겨났을 때, 아들들이 냉혹했던 것에 몹시 화가 나 형제가 서로 죽이고 말 것이라고 저주한 것은, 비극을 다음 대로 넘기는 것으로서 또 하나의 비극(「안티고네」참조)의 서막을 이루는 셈이 되었다. 그러나 신은 자기의 희생자인 눈먼 오이디푸스와 화해하려 하여 여기서 신과 인간의 화해라는 문제가 전개된다.

오이디푸스가 숲 속 깊이 걸어 들어가 천둥 번개 아래서 홀연히 세상을 떠난 일은 크나큰 신비로 남는다. 그 비밀을 아는 사람은 테세우스뿐이고, 그가 숨진 자리는 아테네 왕가 대대의 비밀로 덮여 있었을 것이다. 성지 콜로노스에서의 오이디푸스의 죽음은 정녕 숭고하고 비장한 아름다움 바로 그것이다. 그리고 이것으로 끝맺는 작품 전체는 안의 격정이 잘 다스려져 마치 그리스의 대기처럼 청명한 속에서 더할 나위 없이 빛나고 있음을 본다.

소포클레스는 이 극에서 제4의 배우를 채용하고 있다. 제3의 배우를 쓰기 시작한 것이 그였는데, 한 사람을 더 이끌어 들여 아테네 연극의 양식에 더욱 새로운 발전을 촉진시킨 공적을 남겼던 것이다.

이 사실과 이 극의 주제가 바로 그 제작 연대를 암시해 주고 있어 만년의 작품이라고 단정할 수 있게 한다.

소포클레스의 일생이 그랬듯이, 그는 작품에서도 완전한 구성, 완전한 말, 그리고 완전한 조화에 마음을 두고 있다. 갸륵하고 엄격한 정신으로 지지되어, 인간적인 약점을 넘어선 강한 마음이 버티고 있었다. 그러나 늘그막에는 이 냉엄한 완전성을 깨고 따뜻한 극을 지어내게 되었다. 그 노령의 유연성이 우리를 놀라지 않을 수 없게 하지만, 그러면서도 그는 「오이디푸스 왕」의 완전한 짜임새에 못지않은 훌륭한 작품을 남기고 세상을 떠났던 것이다. 이러한 전환에 자극이 된 사람이 에우리피데스라고는 하지만 이 두 시인 사이의 여러 모의 대립은 그대로 남아 있다.

「안티고네」

소포클레스는 아이스킬로스와 달라서 삼부작적인 구성을 물리쳤지만, 보이오티아 지방의 옛 도시인 테베의 랍다코스 왕가에서 일어난 일련의 비극적인 전설은 그로 하여금 흡사 삼부작 같은 작품을 지어내게 했다.

작품이 씌어진 순서로 보아서는 거꾸로 됐지만, 내용으로는 「오이디푸스 왕」, 「콜로노스의 오이디푸스」에 이어 「안티고네」에서 비극은 마지막을 마무리하고 있다.

모르고 저지른 일로 저주받은 운명을 뒤늦게 깨닫고서, 스스로 눈을 찌르고 나라 밖으로 추방되길 바라는 것으로 끝맺은 「오이디푸스 왕」은 오늘은 여기, 내일은 저기로 다른 나라의 땅을 지향 없이 헤매다가 흐르는 세월에 몸은 이미 늙어 아테네의 변두리인 '콜로노스의 오이디푸스'로서 한 많던 세상을 등진 다음, 그의 맏딸 안티고네는 동생인 이스메네를 데리고 고국으로 돌아왔건만, 기다리고 있었던 것은 자기의 죽음밖에 없었다.

조국에 활을 당겼다가 형제의 맞싸움으로 아우와 함께 죽은 오빠 폴리네이케스를, 외숙인 왕이 사형으로 으르는 준엄한 금지령에도 불구하고, 떳떳이 장례를 치른 안티고네는 왕에게 의연히 항거한다. 그는 아직 나이도 젊은 데다가 역경에서 자라난 강한 의지와, 운명의 학대에 시달린 동기간에 대한 깊은 애착과 왕녀로서의 체통으로 일관하는 도도한 기질을 지닌 여자였다. 이에 대해서 그의 외숙 크레온은 어디까지나 형식주의자로서, 무엇보

314

다도 법의 존엄성을 앞세우는 성격과 위치에 있는 독재자였다. 물론 그의 주장이 옳긴 하지만, 발칵 화를 잘 내고, 법의 존엄성은 알아도 인간의 존귀함에는 아예 눈가림을 한 사나이였다.

이런 두 사람 사이에서 피할 수 없이 일어나는 일이란 날카로운 대립, 그리고 드디어는 크레온의 사형 선고에 따라 안티고네가 스스로 택한 자살.

작자는 안티고네의 이런 기질과 대조적으로, 그의 동생 이스메네의 성격을 창작적으로 구상하여, 소극적이고 순종적인 인물로 설정해 놓았다. 이것은 「엘렉트라」에서 엘렉트라와 그 동생 크리소테미스의 성격적 대조만큼이나 뚜렷하다. 아마 소포클레스는 이렇듯 성격적인 대조를 통해서 한편의 기질을 두드러지게 부각시키고 싶었던 것 같다.

「안티고네」는 기원전 441년에 씌어진 것으로 알려지고 있고, 이 작품의 성공으로 소포클레스는 사모스 원정의 장군으로 뽑히게까지 되었다고 전해진다. 「오이디푸스 왕」이 기원전 430년을 좀 지나서 상연됐다고 한다면, 「안티고네」와의 사이에 십 년이 넘는 공백이 있지만, 그의 나이 쉰이 지난 원숙한 경지에 이른 시기의 작품이다.

그의 기교는 능숙하여 그의 희곡의 특징 중 하나인 중심적인 갈등과 그것을 에워싼 주인공들의 성격의 밑바탕을 드러내 보이는 수법은 극이 진행함에 따라 그 강도와 명확성을 높여 가고 있음을 알 수 있다. 세부의 하나하나의 사건, 하나하나의 대사는

315

어느 것이고 극을 진전시키지 않는 것이 없다. 그리하여 최고 절정에 이를수록 한걸음 한걸음 비극적인 무드를 강하게 이끌어가고 있는 것이다.

소포클레스는 「안티고네」에서 코로스의 구실을 뚜렷이 해 놓았다. 아이스킬로스의 경우처럼, 적극적인 구실은 안 하고 있지만, 언제나 긴밀하게 극의 진전을 돕고 있다. 즉 관람자의 머릿속에서 정리되어 가는 생각을 연기에 따른 여러 가지 동정적인 심정과 일치시키는 데에 큰 효과를 거두고 있는 것이다.

물론 이 극에는 그 짜임새에 있어 얼른 이해가 안 가는 점이 있다. 이를테면 여자 주인공이 극의 중간에서 자취를 감추고 있는 일이라든지, 그가 오빠의 시체를 두 번이나 찾아간 까닭들은 뚜렷하지가 않다. 그뿐만 아니라 안티고네만큼 기질이 강하고 소신에 굽힘이 없는 여자가, 나중에는 갑자기 유약해진 듯, 코로스의 동정을 바라는 장면이 있는 것은 앞뒤가 고르지 못하여, 주인공의 성격을 한결같지 않게 만든 것이라는 비판을 면치 못하게 하고 있다. 그러나 이것이 과연 성격상의 모순일까, 안티고네도 몸 안에 피가 흐르는 한 여성이었음에 생각이 미친다면, 기계적인 일관성이 과연 이 비극에 얼마만큼 도움이 되었을지 오히려 의심스럽기도 하다.

「엘렉트라」

이 작품이 씌어진 때는 대체로 기원전 420년부터 414년에 이르는 사이로 짐작되고 있지만, 정확히 단정할 근거는 없다. 다만 이 작품 속에 들어 있는 증거로 보아 후기의 작품이라는 것은 크게 잘못이 아닌 성싶다.

이 작품은 아이스킬로스의 삼부작 『오레스테이아(Oresteia)』의 제2부인 「제주를 바치는 여인들(Khoephori)」과 같은 얘깃거리를 다룬 것으로 둘 다 똑같이 오레스테스와 그의 친구인 필라데스의 등장으로 극이 시작된다. 이 작품은 에우리피데스의 같은 이름의 작품과도 내용이 중복된다. 그리스의 고전 작가들은 같은 전설을 가지고 각기 독자적인 창작의 세계를 열었다고 볼 수 있다.

호메로스의 얘기로 잘 알려지고 있는 트로이 원정에서 그리스 군의 총지휘관으로 출정했다가 십 년 만에 승리의 영광을 차지하고 돌아온 아가멤논 왕은, 왕비인 클리타이메스트라와 정부인 왕의 사촌 동생 아이기스토스의 공모로 욕실에서 암살당하였다. 이 극은 간단히 말하면, 왕의 딸 엘렉트라와 아들 오레스테스가 서로 협력해서 아버지의 원수를 갚는 이야기이지만, 암살자가 바로 그들의 어머니요, 당숙이라는 특수한 사정에서 복잡하고 심각한 비극성을 띠게 된다.

그러나 이 비극의 연원은 더 더듬어 올라가야 한다. 본래 아르고스 왕가는 저주받은 집안으로서 대대로 피비린내 나는 집안 싸움이 그치질 않았다. 아이기스토스가 자기 사촌형인 아가멤논을 죽이게 된 것은, 자기 아버지가 백부인 아가멤논의 아버지에게서 받은 박해에 대한 복수라는 뜻을 가지고 있었다. 한편, 왕비가 남편을 죽이게 된 데에는, 십 년을 독수공방 해야 하는 처지에서 사촌 시동생인 아이기스토스와 정을 통하고, 살아서 승리하고 돌아온 남편이 귀찮은 존재이기도 했겠고, 아이기스토스가 자기의 복수에 왕비를 이용했다는 까닭도 있기는 했을 것이다. 그러나 표면적인 이유는 물론 그런 것이 아니었다. 이 극 가운데서 모녀의 대화로도 알 수 있지만, 맏딸 이피게네이아를, 트로이 원정의 길에서 풍랑을 면하기 위하여 아버지가 희생으로 바친 데 대한 어머니의 원한이라는 것이 근본적인 동기가 되고 있다. 그런가 하면 이 작품에 나타나고 있진 않지만, 또 하나의 이유로는 아가멤논이 트로이의 공주를 사랑한 일이 아내의 복수심에 불을 질렀다고도 전해지고 있다.

호메로스의 『오디세이아』에서는, 아이기스토스가 클리타이메스트라를 꾀어서 아가멤논이 귀국하자 암살하고, 그 후에 오레스테스가 원수를 갚은 것으로 되어, 아이기스토스와 오레스테스 두 사람이 주요 인물로 나타나고 있다. 그러나 아이스킬로스의 비극 작품에서는 그 두 사람이 뒤로 물러나고 엘렉트라와 클리타이메스트라 두 사람이 주요 인물로 등장하고 있다. 또한 에우리피데스의 작품에서는 엘렉트라가 직접 어머니를 죽이는 것으로 되어 있지만, 소포클레스의 작품에서는 그 문제가 비극의 중심이 되고 있지는 않고, 적극적인 기질을 가진 엘렉트라가 아우인 오레스테스를 격려해서 목적을 달성하는 것으로 되어 있다. 여기서 엘렉트라와 여동생 크리소테미스의 성격적인 관계는 이스메네를 연상시키는 대조적인 것이 되고 있다.

소포클레스는 이 작품에서 냉혹할 만큼 자기 감정을 감추고, 극 속의 인물들은 마치 돌조각처럼 끄떡도 않고 있어 작자의 체온 같은 것은 느끼기 어렵다. 그것은 작품을 꿰어 뚫는 것이 어디까지나 정의(dike)이기 때문인 것 같다. 오레스테스는 아폴론 신을 신뢰하여 조금도 서슴지 않고 태연하게 정의를 행동으로써 실현한다는 점에서 이야기를 다룬 방법이 호메로스와 서로 통하고 있는 듯이 보인다.

등장 인명·신명·지명·용어 해설

| ㄴ |

네메시스 Nemesis 여신으로 닉스(Nyx, 밤의 여신)의 딸. 악한 행위를 벌하는 보복의 신. 무정한 애인을 벌하는 신으로도 알려짐.

__268

| ㄷ |

다나에 Danae 아르고스의 왕 아크리시오스의 딸. 아크리시오스 왕은 이 딸을 청동으로 만든 탑에 감금해 버렸다. 어느 날 왕에게 '너의 딸이 아기를 가질 것인데, 그 아이가 곧 너를 죽이리라.' 고 신탁이 내렸기 때문이다. 이때 제우스가 황금의 비가 되어 그녀에게 내리자 그녀는 아들 페르세우스를 낳았다. 아크리시오스는 통 속에 다나에와 아이를 넣은 채 바다에 던져 버렸다. 그러나 두 사람은 죽지 않고 모두 구출되었다. 나중에 경기 대회에서 페르세우스가 던진 원반이 공교롭게도 구경하던 외할아버지 아크리시오스에게 맞아 그가 죽음으로써 그 신탁이 실현되었다.

__213

데메테르 Demeter 대지의 어머니신. 대지의 생산력의 여신. 남동생인 제우스와 결혼하여 페르세포네를 낳음. __220

320

델로스 Delos 에게 해에 있는 작은 섬. 이곳은 아폴론과 아르테미스의 출생지로 알려졌다. 기원전 6세기 초 아테네를 맹주로 하는 델로스 동맹(대 페르시아 해상 동맹)의 본거지였다.

__24

델포이 Delphoi 포키스 지방에 있는 도시로서 아폴론과 모녀 가메스(Games)의 신탁을 받는 유명한 신전이 있던 곳이다. 기원전 6세기 초 제1차 신성전쟁神聖戰爭으로 델포이의 중립과 독립이 보장되어, 4년마다 제전적인 피티아(Pythia) 경기 대회가 시작되었다.

__28, 37, 108, 264

드리아스 Dryas 트라키아 왕 리쿠르고스의 아버지.

__50, 213

디르케 Dirce 테베 왕인 리코스의 아내. 테베에는 이 왕비의 이름을 딴 샘이 있었다.

__209

디오니소스 Dionysus 제우스와 세멜레의 아들로 술과 도취·해방의 신. 아테네 연극의 수호신. 후기 그리스 세계(헬레니즘 시대)에서는 최대의 신으로 숭배되었다.

__214

메로페 Merope 코린토스 왕 폴리보스의 왕비. 오이디푸스의 양모.
___52, 61

미르틸로스 Myrtilus 오이노마오스의 반역적인 전차 몰이꾼. 그는 자기 주인을 배반하였고 펠로프스에게 살해당했다.
___257

미케네 Mycenae 아르골리스의 고대 도시. 아르골리스는 아가멤논의 왕국. ___254, 298

| ㅂ |

보스포로스 Bosphorus 흑해와 마르마라(Marmara) 해 사이에 있는 해협. ___214

보이오티아 Boeotia 그리스의 비옥한 지역. 펠로폰네소스 전쟁 때 스파르타와 동맹을 맺었다. 아테네가 속한 아티카의 북서쪽에 있었다.
___265

| ㅅ |

사르디스 Sardis 고대 소아시아 중서부 리디아의 수도. 굉장히 부유

한 도시로 유명했다.

사르미데소스 Sarmydessus 흑해 연안에 있는 트라키아의 한 도시. 비잔티움 서쪽에 인접해 있었다.

스트로피오스 Strophios 포키스의 왕. 필라데스의 아버지.

스핑크스 Sphinx 테베 사람들에게 수수께끼를 물어 풀지 못하면 모조리 죽여 버린 괴물. 오이디푸스가 그 수수께끼를 완전히 풀자 자살했다.

시필로스 Sipylus 소아시아 서북부 프리기아에 있는 산.

| ㅇ |

아드라스토스 Adrastus 아르고스의 왕. 폴리네이케스의 양아버지.

아레스 Ares 그리스의 전쟁신. 후에 로마 신화의 마르스 신과 동일시

되었다. 제우스와 헤라 사이에서 태어난 외아들.

__26, 163, 214, 288, 294, 296

아르고스 Argos 펠로폰네소스 반도의 동남부에 있던 도시. 이 도시
가 있는 지역을 말하기도 한다. 이 지역은 아카이아 또는 미케네
문명의 중심지 중의 하나였다. 그리스의 신화 역사에서 중요한
역할을 했고, 후기에 아르고스는 스파르타와 아테네의 전쟁터가
되었다.

__106, 148, 151, 174, 178, 258, 264, 298

아르카디아 Arcadia 목축에 적합한 펠로폰네소스 반도의 산악 지대.
판 신은 여기에서 널리 숭배되었다. 후에 낭만주의 시대에는 아르
카디아의 목자 생활을 동경하기도 했다.

__148

아르테미스 Artemis 제우스와 레토의 딸. 아폴론의 쌍둥이 여동생.
델로스 섬에서 태어났다. 수렵의 처녀 여신이며 달과도 동일시되
었다. 암컷 물의 보호자이며, 특히 젊은 여성들의 보호신이었다. 또
한 자녀 생산을 관할한다고 생각되었다. 타우리케(Taurice)에서는
사람을 희생 제물로 여신에게 바쳤는데, 그리스 사람들은 이 여신
을 아르테미스라 불렀다. 브라우론 참조.

__27, 259, 261, 288

아울리스 Aulis 보이오티아의 항구. 이 항구에서 그리스 군이 트로이 원정을 위해 이피게네이아를 제물로 바치고 출항했다.

__259

아이게우스 Aegeus 테세우스의 아버지이며, 아테네 초기의 왕이었다.

__92, 115, 117, 133, 141, 157, 166

아이톨리아 Aetolia 그리스 서쪽에 있던 험한 산악 지대. 신화에서 이 지역은 많은 사냥의 전설지로 나타난다.

__148, 265

아카이아 Achaea 호메로스는 아카이아를 헬라스(Hellas)와 동일시했다. 그래서 아카이아 인(Achaeans), 아르기우에, 다난스(Danans)는 후에 헬라스로 불렸다.

__265

아테나 Athena 팔라스라고도 불리는데, 제우스의 딸로서 처녀 여신이었다. 아테나는 특히 아테네의 여자 수호신이었다. 보통 전쟁의 여신으로 알려져 있지만, 평화, 예술, 지혜의 수호신으로도 되어 있다. 그녀를 가리키는 폴리아스(Polias)라는 명칭은 '도시를 수호하는 자' 란 뜻이다.

__135, 138

아트레우스 Atreus 아가멤논과 메넬라오스의 아버지. 아이스킬로스의 『오레스테이아(Oresteia)』 삼부작은 이 아트레우스가의 비극을 그린 것이다.

___ 280, 300

아폴론 Apollo 흔히 포이보스(Phoebus)로 불리기도 한다. 비극에서 그는 보통 치유와 예언의 신, 음악의 신으로 불린다. 아폴론과 연관된 가장 두드러진 신화는 포세이돈과 함께 트로이의 성벽을 쌓은 것, 트로이 전쟁에서 트로이를 끝까지 지지한 것, 카산드라에 대한 놀라운 예언 등이 있다.

___ 22, 23, 25, 28, 76, 95, 262, 293

아프로디테 Aphrodite 사랑의 여신. 이 여신의 제의祭儀는 주로 키프로스(Cyprus) 섬에서 행해졌다. 그래서 그녀는 키프리스라 불렸다. 이 여신을 숭배한 다른 곳으로는 키테라(Cythera)와 파포스(Paphos)가 있다.

___ 208

암피아라오스 Amphiaraus 아르기우에의 예언자이며 영웅이었다. 그는 테베 원정의 비참한 종말을 미리 내다보았지만, 기구한 운명에 말려 들어간 일곱 사람 중 하나였다. 그의 아내가 원정에 나가도록 그를 꾀었던 것이다. 그래서 이 예언자는 자기 아들에게 복수를 당부하였다. 테베를 공격하다가 반격에 부딪히자, 암피아라오스는 페리클리메노스(Periclymenus)에게 설득당했다고 알려졌다. 그런데 테베에서 이 예언자를 체포하자마자 땅이 입을 벌려 그를 삼켰다. 이러한 기적이 일어난 지점은 훗날 신탁 장소로 신성시되었다.

__ 148

에리니에스 Erinyes 정의와 복수의 여신들 푸리아이(Furies). 단수형은 에리니스. 고대 인과응보 사상의 인격신이다.

__ 240, 247, 256

에우메니데스 Eumenides '자비', 에리니에스를 위한 완곡어법. 비극에서 그들은 흔히 '자비로운 여신들' 이라고 불렸다.

__ 92, 111

에테오클레스 Eteocles 오이디푸스와 이오카스테의 아들. 형인 폴리네이케스와 테베의 왕위를 다투다 둘 다 죽었다.

__ 148, 175, 182

에테오클로스 Eteoclus 테베 원정에 참가한 일곱 장군의 하나. 왕족 출신이었으나 청빈하고 성실했기 때문에 존경을 받았다고 한다. 크레온 왕의 아들이자 테베의 영웅인 메가레우스가 네이스타이 문에서 그를 죽였다.

__ 148

에트나 Etna 시칠리아의 북동부에 있는 화산. 티탄 신족인 엔켈라도

스가 이 화산 밑에 묻혔다고 하는데, 제우스가 묻었다고 전해진다.

__104

오이네우스 Oeneus 그리스 서북부 아이톨리아 지방에 있는 플레우론과 칼리돈의 왕. 티데우스, 멜레아게르, 알타이아, 다이아네이라의 아버지이다.

__148

올림포스 Olympus 마케도니아와 테살리아 사이에 위치하고 있는 산. 그리스 로마 신화에서 이 산은 신들의 집으로 알려져 있다.

__66, 162, 200, 206, 244

올림피아 Olympia 펠로폰네소스 반도 서북부에 있는 엘리스의 한 지역. 여기서 올림픽 경기가 4년마다 한 번씩 개최되었다. 모든 도시 국가의 시민들은 이 경기에 참가하였다. 그리고 제우스의 유명한 신전이 이곳에 세워졌다.

__57

이아코스 Iacchus 제우스와 데메테르의 아들. 부분적으로는 디오니소스와 동일시되었다.

__222

이피아나사 Iphianassa 일설에 아가멤논에게는 이피게네이아, 엘렉트라, 크리소테미스, 이피아나사 네 딸이 있었다 하고, 다른 설에는 이피아나사는 이피게네이아의 다른 이름이라고도 한다.

__242

카드모스 Cadmus 고대 그리스 도시 국가 중의 하나인 테베를 세웠
다는 전설적인 창시자. 그래서 테베 사람들은 카드메이안스
(Cadmeans) 즉, '카드모스의 사람들' 이라고도 불렸다.

__29, 106, 110, 124, 220, 222

카파네우스 Capaneus 테베를 공격한 아르기우에의 일곱 장군 중의
한 사람이다. 제우스는 카파네우스가 테베의 성벽을 기어 올라올
때, 번개로 그를 쓰러뜨렸다.

__148

코린토스 Corinthos 아티카와 펠로폰네소스 반도를 잇는 이스트모스
지협에 있던 고대 도시. 그리스의 남부 육상 교통의 요지인 동시에
이오니아 해와 에게 해를 잇는 해상 교통의 요지였다. 매춘부가 많
은 도시로도 유명했다.

__52, 53, 58, 59, 61, 67, 78

콜로노스 Colonus 아테네에서 북서쪽으로 약 1.6km 떨어진 곳에 있

는 아티카의 시구. 이곳은 소포클레스의 출생지로 알려져 있으며, 전설에 따르면 오이디푸스의 무덤이 있다고 한다.
__89, 120, 131

키타이론 Cithaeron 보이오티아를 메가리스와 아티카로부터 분리해 놓은 산.
__63, 66, 67, 78, 80

| ㅌ |

탄탈로스 Tantalos 탄탈로스 일족의 조상. 펠로프스의 아버지. 제우스와 티탄 신족인 플루토('부자'라는 의미) 사이에서 태어난 아들이라고 한다. 리디아, 아르고스, 코린토스의 왕으로 굉장한 부자였다. 그는 자기에게 위탁된 비밀을 누설했기 때문에 신들을 분노하게 하여 타르타로스(지옥)에서 영겁의 벌을 받게 되었다. 그는 목까지 물에 잠기고 머리 위에는 과일 나무가 있는데도 항상 목이 마르고 굶주려 있어야만 했다. 물을 마시려고 해도 물에 다가갈 수 없고, 과일을 따려 해도 그것이 멀어지기만 할 뿐이었다. 또 큰 돌이 그의 머리 위에 실로 매달려 있기 때문에 항상 두려움에 떨어야만 했다. 그의 후손인 아가멤논을 비롯한 아트레우스 일가에게 내려진 저주

는 그가 신들에게 지은 죄 때문이었다고 전해진다.
__159, 209

탈라오스 Talaos 비아스와 페로의 장남으로 아르고 선 원정대(Argo-
nautes) 중의 한 사람. 히포메돈의 아버지.
__148

테살리아 Thessalia 그리스 중북부, 핀도스 산맥과 에게 해로 둘러싸
인 넓은 지방. 말 사육에 적합하여 고대부터 말과 기병騎兵으로 유
명했다. 신화·전설의 중심 무대였다.
__104, 265

트라키아 Thrace, Thracia 그리스 북쪽에 있던 지방. 신화에서는 예
언적 음유 시인으로 유명하며, 역사적으로는 호전적인 국민성과
혹독하게 추운 기후 등으로 유명했다.
__199, 214

티데우스 Tydeus 테베를 공격한 일곱 장군 중 한 사람. 디오메데스의
아버지. __148

| ㅍ |

펠로프스 Pelops 그는 프리기아에서 추방당한 후 그리스 인이 되었

다. 그는 오이노마우스의 딸 히포다메이아와 결혼하였다. 그리고 아트레우스 가문의 조상이 되었다. 펠로폰네소스(Pelophonnesus)는 '펠로프스의 섬' 이라는 뜻으로 그리스 서남부 펠로폰네소스 반도 전 지역을 일컫는 명칭이 되었다.

포키스 Phocis 그리스 북쪽에 있던 지방. 여기에서 델포이 신탁이 주어졌다.

폴리네이케스 Polyneices 오이디푸스와 이오카스테의 아들. 이 이름을 문자상으로 풀이하면 '말이 많은' 이란 뜻.

폴리도로스 Polydorus 랍다코스의 아버지.

폴리보스 Polybus 코린토스의 왕이며 오이디푸스의 양아버지.

프리기아 Phrygia 소아시아의 서북부에 위치한 나라. 트로이를 일컫는 이름이기도 함.

ㅎ

하데스 Hades 저승의 신. 사자死者의 나라(하데스의 나라)의 지배자인 동시에 지하의 부富를 인간에게 가져다준다고 해서 플루톤(부자)이라고도 하였다. 그는 크로노스와 레아의 아들로서 제우스, 포세이돈과는 형제간이다. 그들은 부신父神 크로노스와 그 일족을 정복한 후 제우스는 하늘, 포세이돈은 바다, 하데스는 저승의 지배권을 획득하였다. 하데스는 제우스의 딸 페르세포네를 아내로 삼았다. 그가 지배하는 사자의 나라는 지하에 있다고 생각되었으며, 그 국경에는 스틱스 또는 아케론이라는 강이 있어 나룻배 사공 카론이 사자를 건네주었다.

＿145, 158, 159, 163, 195, 198, 202, 207, 208, 218, 224, 225

헤르메스 Hermes 제우스와 마이아의 아들. 여러 속성을 가진 신이다. 올림피아 신들의 신령인 그는 또한 죽은 영혼의 안내자이다. 속임수와 도둑질은 그의 숨은 재간이었다. 행복을 가져오는 자로서 그는 에리우니안(Eriunian)이라고도 불렸다.

＿294

헤파이스토스 Hephaestus 모든 화산과 결부되어 있는 불과 대장장이의 신. 모스킬로스 화산이 있는 에게 해 북부의 렘노스 섬이 헤파이스토스 신 숭배의 발상지이다. 에트나 화산이 있는 시칠리아 섬 등

334

에서도 숭배되었다.
___216

히포메돈 Hippomedon 테베를 공격한 일곱 장군 중 한 사람.
___148